國王長著驢耳朵
上
七寶酥——著
虫羊氏——繪

目錄
CONTENTS

第一個樹洞

春早咬下一塊媽媽剛洗淨的脆蘋果，聽她邊拖地邊沒好氣地跟房東講電話。手機放在桌邊，開著擴音模式，兩人的交談因此盡收耳中。

母親春初珍滿臉不快，滑動拖把的姿勢像犁地，只差沒將瓷磚刨出個洞：「暑假前也沒跟我說要住過來一個男孩子，妳這樣子不是先斬後奏嗎？」

房東好言好語：『姐啊，我跟妳說，人家也是著急，附近都沒房子了，千方百計找到我頭上，妳不也是為了孩子上學方便才來我這租房子的，都是家長，就不能將心比心一下？』

「妳怎麼不能將心比心一下？男女混住有多不方便妳不知道？」這個理由顯然說服不了春初珍：「妳這房子也不是大豪宅，就一個衛浴，學校宿舍還分男女，怎麼到妳這就亂來了。」

她擺起憂心臉：「我女兒成績很好，誰知道要過來的是什麼牛頭馬面，之前合租的起碼是個高三生，知道用功。」

質詢正中槍眼，房東馬上接話，語氣都提高幾度：『這點妳放心，要搬過來的這個學生，我聽他爸爸說了——高一就拿了奧林匹克數學金獎，差點進集訓隊，那成績——還用說？』

話音剛落，春初珍嗆住，拄著拖把沒了聲。

本還散漫啃蘋果的春早放慢咀嚼頻率。

她吞咽下去，看向媽媽，對方碰巧也盯著她，不知道該怎麼往下接。

房東仍喋喋不休：『我知道妳女兒成績好，但人家小孩也不差，一隻腳都踏進名校大門了，哪能影響到妳女兒？我看妳就是想太多。想租我這房子的人都排到五年後了，妳要是實在不滿意，可以退房再找。』

春初珍聞言，激動上前幾步，拿起手機：「欸？妳這人——」

房東軟下語氣，意圖不改：『就這麼決定了啊姐，下午我帶人過來。』

說完就掛了通話。

春初珍長吸一口氣，向女兒望過去：「妳看看她！」

她猛薅一下頭髮：「真是氣死我了。」

春早面不改色，把蘋果換個面：「她是來通知妳的，哪有想跟妳商量。算了吧，別氣了。」

「我還不是怕妳住得不舒服。」

「反正大部分時間都待學校，我無所謂。」

女兒的隨遇而安在春初珍眼裡無異於委曲求全。她心火難泄，換出氣對象：「我倒要看看是什麼金獎資優生，知道隔壁是女學生還非要擠過來，我看就是家裡思想有問題……成績再好又有什麼用……」

她嘮叨不停，還沒見到新的合租對象，已經將人偕同他背後一家子打入萬劫不復之地。

春早半句也沒理，垂著眼，慢慢悠悠將果肉啃乾淨，然後扔掉果核，洗淨雙手。

早上都在收拾，所以母女二人午餐從簡，只做了兩碗蔥油麵。

春初珍炸蔥油很有一手，蔥段、油溫、醬汁，拿捏得恰到好處，劈啪一陣，整間屋子便鮮香四溢。

這味道到午後都沒散盡。

房東一領人進屋，就連嗅好多下問：「唷，妳們中午吃什麼啊？這麼香？」

春初珍跟隻笑面虎石墩似的坐鎮客廳中央，不動聲色地打量起她身後那對家長。

一男一女，均是中年人。男人灰襯衫，戴眼鏡，清瘦斯文相；女人成套黃裙，面若暖玉，氣質融融，左手還牽著個平頭小男孩，個頭只到她腰部，長得粉雕玉琢，看起來不過四五歲。

肯定不是這孩子。

春初珍蹙眉，起身上前。

房東的態度比剛才電話裡軟和，先是喚人：「姐，妳家春早呢。」

春初珍涼道：「午睡。」

「春早？」房東身側的男人微笑搭話：「您女兒叫春早嗎？」

他相貌不錯，眉目深濃但和順，態度也禮貌。春初珍心頭惡感減去一些，點頭應聲。

「是全名？姓春？」男人新奇。

房東回：「對，春天的春，這姓氏少見吧！」

女人附和：「還真是第一次見。」

男人看向春初珍，眼瞳隔著鏡片仍顯錚亮。他作自我介紹：「我姓原，」隨即攬一攬身畔女人肩膀：「這是我太太。」

最後斂目，示意低處的小不點：「我小兒子。」

初來乍到，那小孩一臉新鮮，大黑眼仁四處轉，幾番嘗試，想要掙脫母親的鉗制。他媽媽扣著，讓他喚人，他不情不願地把頭撇到一邊。

春初珍不在意，跟著笑笑，抬眼問起重點：「是你們大兒子要住過來嗎？」

原先生頷首，又道：「他現在有事來不了，我先跟他媽媽過來收拾一下。」

春初珍臉上閃過一絲微妙，心生較量：「你們倒是疼小孩，我女兒幫我收了一上午呢。」

原先生依舊溫文：「女兒都是小棉襖，到底貼心一點。」

相互打完照面，簡單寒暄幾句，房東就帶原家三口到隔壁房間熟悉環境，整理物品，春初珍則回了女兒那一間。

小心推開門，見春早靠坐在床頭看書，她動作不再拘束，唯聲音放輕：「被吵醒了？」

春早說：「自己醒的。」

春早在午休方面向來雷打不動。

哪想這家人來這麼早，還沒醞釀多少睡意，就被外面的響動趕跑。

老公寓的隔音並不好，春早躺在那偷聽完大部分，憑對話判斷道：「隔壁那家人我看還可以。」

「父母好像是不錯，」春初珍坐去她床尾：「家裡還有個小的，也不知道誰來陪讀。」

「妳別操心人家了。」春早卡上書籤，將書擺回枕邊，下床梳頭髮。

春初珍仍在揣測：「大概是個嬌生慣養的，妳看父母收拾人都不來。」

春早三兩下束好一條不高不低的整齊馬尾辮，瞥媽媽一眼：「說不定在家寫題目。」

春初珍不信，當笑話聽：「沒開學就寫題目？」

春早咕噥漱口，含糊道：「妳不懂競賽生。」

春初珍說：「我是不懂，競賽生能怎麼樣。」

春早說：「進集訓隊的保送清華北大，拿獎的會簽協議，名校錄取。」

春初珍總算有了些概念，目瞪口呆：「這麼厲害的呀！」

春早點頭，面孔平靜：「這些人在學校是保育類動物，跟妳女兒可不是同個級別。我們嫌棄人家，人家說不定還嫌棄我們呢。」

春初珍語塞，最後乾巴巴為自己挽回臉面：「那又怎麼樣，我女兒差嗎？」

春早笑笑，沒說話。

原家三人在隔壁房間待到四點多才走，走之前還過來敲門，跟母女倆打了聲招呼。

原先生多看春早一眼，見她樣貌端靜，放心了些，神色愈發妥帖：「男孩子性格到底不比女孩子，以後同個屋簷下還請多擔待。」

「哪有，你們家小孩這麼優秀還要請你們多擔待擔待我們呢。」春初珍客氣地跟出去送人。

門外又是一陣談笑，相互吹捧。

大人世界表裡不一的社交模式總讓春早頭部隱痛。

她輕捶兩下額角，靠向椅背伸懶腰。

臨近傍晚，問完女兒晚上想吃什麼，春初珍出門買菜。

雖已立秋，但夏季餘韻尚在，灼日烘烤著天地，趁著媽媽外出，春早將冷氣下調八度，這才感覺撿回半條命。

媽媽自認體感最佳且不易著涼的二十八度，在她看來跟屋外並無差別。

春早在這間屋子裡過完了整個高一。

考完試後，確認被宜中錄取的那個假期，春早父母就在商量女兒高中讀書的事宜。因為家裡社區跟宜中相隔太遠，不便於上下學。

他們在住宿和通勤之間思慮良久，定下後者。

作為本市最好的明星高中，學校周邊房子必然緊俏，租金更是高昂到可怕，父母合計一番，最終選擇了合租形式。

春早不是家中獨女，她還有個姊姊，大春早十歲，已經工作，未婚未育，經濟獨立的同時還有自己的小窩，基本無需父母操勞，所以春母才能放心陪同照料小女兒。

合租房不算大，三十多坪，三室一廳一衛，房型普通，水電不時還會出點問題。

可即便如此，也是家長們爭破頭皮的風水寶地，文昌福祉。

住來的第一個月，春初珍抱怨個沒完，嫌棄這邊，指摘那邊，可時間一久，便麻木和習慣了。

人無力對抗和改變環境的時候，最好的做法只有接受和適應。

以及……鑽漏洞找點樂子。

一刻鐘的極寒放縱後，春早抓著時間還原本來的溫度，讓房間從冰櫃變回蒸籠。

晚餐時分，春初珍視線不時往走廊那間緊鎖的房門上跑：「那小孩怎麼還沒來？」

春早看也沒看，專心碗裡的米飯：「也許明天報到才來。」

春初珍不跟女兒住同一間，但總會等她洗過澡才回自己臥室休息。

每到這時，春早才敢取出手機，躺床上聽一下搖滾樂。

閉上雙眼，彷彿浮蕩在無邊無際的黑色海面，她把音樂當衝浪板，直躍雲霄。

快十一點時，春早坐起身，摘掉耳機，下床，照例睡前清空膀胱。

一開門，春早停住了。

玄關處多了個男生，在換鞋，姿勢半跪。

他身穿白T恤，後頸乾淨，頭髮烏黑，肩胛骨隨動作清晰地拱起，彷彿兩道將撐未撐的翼。

許是聽見門響，他半回過頭來，定住，但沒完全轉向她。

春早一驚，立刻將門攏上。

房內只餘一隙光，彷彿一根銀亮的魚線，虛虛纏繞過她的睡衣。

她決定等他走了再出去。

她靜靜站著，調節呼吸，確認客廳再無聲響，才將手搭回門把，小心翼翼地向外抵去，放出一半眼睛。

春早動作驟停。

那個男生居然還站在原處，面朝這邊。

兩人目光交匯，他微歪一下腦袋，友善地彎起嘴角。

冷不防的一笑，卻無冒犯之感，只覺綠野復甦，滿目清朗。

春早微微怔神，而後當機立斷地，把自己關回黑暗裡。

外面的人春早並不陌生。

準確的說，在她就讀的高中，大多數學生對他都不陌生。

最開始在學校，春早無法將真人與名字對上。

真正弄清楚是來宜中的第二個月，彼時她正跟朋友上樓，本還滔滔不絕的朋友忽然靜音，用手肘連拱她手臂。

春早疑惑瞥她，就見她輕聲細語地提醒：「別看我！看前面！」

春早回過頭去，看到同樣結伴而行的男生。

那是春早第一次見識到人類的參差，物種的多樣性。

同樣的藍白制服穿在身上，大家都是皺皺巴巴的牛奶紙盒，只有他像一杯加了藍柑糖漿和優酪乳的夏日氣泡水，笑容自帶柔光濾鏡。

不怪朋友在擦肩而過後還誇張地一步三回頭，目光一旦黏上去，是很難從這樣的人身上撕走的。

等男生消失在轉角，她立刻湊近春早找認同：「是不是很帥？」

春早問：「他誰啊。」

朋友詫異：「妳不知道？」

春早瞥她：「不知道很怪嗎？」

朋友回：「他就是原也！」

這下春早清楚了。

年級裡總會有那麼幾個在女生間口耳相傳的名字，每次提起大家都眉飛色舞，心照不宣。它們代表的無非是幾位外形帥氣出眾的男同學。

原也就是其一。

而且他還非常的「內外兼修」。

如果成績也分三六九等，那原也絕對在TOP斷層級別。大考過後，他的照片和名字只會出現在榮譽牆的打頭位置。起初還有女生圍觀，偷偷拍照，後來大家見怪不怪，囫圇一瞟，只在偶遇本人時才故作矜持面熱心跳。春早也沒少看過他那張藍底兩寸照，漂亮到過目難忘的一張臉，但由於出現次數過多，少年不變的純良笑容也變得日漸倡狂和欠扁。

除了偶在走廊碰見或同伴口中提及，春早與他並無交集。

非要舉一個的話，那就是，他們在同一張榜上待過幾次。

一所高中裡，總有那麼一群毫無人性的霸榜者，每次考試都瀰漫著看不見的硝煙，一番刀光劍影過後，再按照功勳組合排列。文理分班後，春早就不再參與大混鬥，而是搬去了另一個陣營，另一座山巔。

資優生間免不了爭強好勝，會對權威產生偏見，妄圖挑戰、妄圖推翻、妄圖取代。

春早也曾不自量力過。

可惜原也的成績就像平流層的大氣一般穩定，「總有不擅長的科目」的論調在他身上全不成立。他是老師們心目中德智體勤美全面發展的最佳代表。春早忘不掉，高一校運會的百公尺賽跑，少年像一頭舒展的雪豹飛馳在草野。終點處，男生們將他團團埋住，捧得老高；女生的尖叫聲快把耳膜震破。

輾轉反側了一刻鐘，再三確認外面無人，春早才快步走出門，解決被迫積壓延後的內急。

從洗手間出來，隔壁房間的門恢復原狀——很難不讓人懷疑，男生方才的露面只是幻覺。

可瞄到鞋架上那雙多出來的大白船一樣的板鞋後，春早的假設立即被推翻。

原也真的住來了這裡。

並且只跟她隔著一堵牆。

春早往床鋪裡側翻身，不自覺盯著牆上的日曆發起了呆。明天就要報到，分班後的新征程即將開啟，上天卻附贈給她一個預料之外的開學禮物。

新室友的態度無疑友好，但她並不擅長應對從天而降的人際關係。

譬如今晚，她的反應和舉動就略顯糟糕，如臨不速之客，一面都嫌多。

好像不該這樣。

但已經這樣了也沒辦法。

春早不再想，眼皮漸垂。

翌日，春早照常被媽媽叫醒。

剛起身，春初珍就靠來床頭，面色神祕：「我看到隔壁那個男孩子了。」

春早忽略昨晚的偶遇，裝一無所知：「什麼樣啊？」

春初珍說：「高高瘦瘦的，長得不錯呢，像他爸，還跟我說了早。」

春早往門那瞥了一眼：「他人呢。」

春初珍說：「回房間了。我起來沒多久他就出門了，回來還幫我們帶了兩盒早餐。」

春早按壓著睡亂的瀏海：「他這麼客氣？」

「對啊，一口一個阿姨叫得很甜，不收都不好意思，」春初珍無奈地嘮叨，又擰眉補充：「而且哦，他就一個人住這。」

春早訝然：「啊？」

春初珍將分貝降至最低：「我問了他，我說你家長呢，下午過來嗎，他說他一個人住。」

春早問：「沒人陪讀？」

「好像是，」春初珍哼聲：「我就說家裡有個小的怎麼可能顧得上大的。就是他也沒外婆、奶奶的，父母看起來年紀也不大啊。」

她母愛泛濫地感慨：「才跟妳一樣大，怎麼照顧得好自己？」

春早沉默下去。這一刻她不知道要說什麼，可能是習慣了媽媽無微不至的圍繞和照料，她心頭湧出幾分惻隱。

還有一絲，不合時宜的羨意。

換好制服，春早的瀏海還是固執地維持原貌，像幾根不安分的新芽。她抬手搭住，裝不經意朝外走。

客廳裡很安靜，見不到一個人，春早這才放鬆神經。

洗漱完出來，媽媽已經將兩碗熱氣騰騰的白粥擺上了桌，一旁放著剛熱好的蒸餃和燒賣，應該就是她們的「新鄰居」買來的點心。

而早餐供應人的房門大敞著，燦白的光線透出來，朦朦的。

春早不再多看，坐去桌邊。

春初珍端著煎蛋從廚房出來。去年年底她在食譜APP上學會了「太陽蛋」的做法，成品造型不輸外頭餐飲店。自從被女兒誇過一次，就有事沒事在早餐上一展身手。

春早注意到盤子裡疊放著兩片煎蛋，提前拒絕：「先說啊，兩個我吃不完。」

「誰給妳吃了？」春初珍轉頭就走。

停在原也門前，她全無生疏地往裡探頭：「哎，你出來跟我們一起用早餐呀。」

「阿姨，我在外面吃過了。」男生清冽的嗓音隔牆傳出，不高不低。

春初珍勸道：「再吃點嘛。你買那麼多，我們吃不完，正好我粥煮得多，你來一起喝一點。」

房內靜默了一下，男生答應下來：「那謝謝阿姨了。」

為避免等一下分餐多事，春早立刻將上面那個煎蛋夾回自己碗裡，低頭開吃。心無旁鶩是假像，她的餘光始終留意著側方動靜。

合租屋的公用餐桌外形簡單，是那種最常見的松木桌，長方形，最多只能坐六人。

男生走去她對面。

報到日的關係，他沒有穿正式制服，還是跟昨晚一樣的白色短袖。

桌子中央的粥碗被春初珍單手移遠，停放在他身前。

「你吃這個，不夠跟我說啊，鍋裡還有。」春初珍語氣熱忱。

男生再次道謝。

媽媽將清空的粥鍋端往廚房，客廳裡霎時靜了下來。桌上只餘此起彼伏的碗筷聲響，細碎中隱隱透出幾分尷尬。

春早放不開手腳，眼觀鼻鼻觀心，以往的暴風吸入變成「鴿子胃表演」。

她連暗中觀察都困難，更別提主動搭話。

好在沒多久，春初珍落座，打破僵局，問原也名字。

男生掀眼：「原也。」

「原野？野外的野？」

「原來的原，之乎者也的也。」

「哦，是這兩個字啊。」春初珍恍然大悟，用筷子尾指自己：「我姓春，春天的春，你以後叫我春阿姨好了。」

男生「嗯」一聲。

春初珍又將話題轉來春早身上：「這我女兒，你們同個年級吧。她在三班，你在哪個班啊？」

男生聞言，輕輕擱下筷子，似有要專心聆聽長輩講話的架勢。

春初珍被他的禮數震到：「哎？你先吃啊。」

男生未再執箸，只回：「我在一班。」

「一班？」提到學校跟成績，春初珍就控制不住自己這張嘴，非要刨根問底：「一班是理科實驗班吧？」

「嗯。」

又趁勢嘮出房東那裡聽說來的隱私八卦：「你是不是還拿過什麼金獎啊，是不是都保送清華北……」

「媽——」春早忍無可忍打斷她。

春初珍一愣，轉臉瞧無故爆發的女兒：「幹嘛？」

春早平時就反感老媽沒完沒了地說閒話，此刻感同身受，心生不快：「妳叫人來吃的，讓人好好吃行嗎？」

春初珍反應過來，啞了兩秒，不好意思地笑開：「是是，」她自來熟地切換稱呼：「小原你吃你的，我看到你和春早是同年級，就想多問問，你別介意啊。」

「沒事的，阿姨，」男生語氣平和，並答完剛剛那些被腰斬的問題：「我沒有保送，還是要參加升學考。」

方才一惱，春早就杵高了腦袋，想以足夠的聲勢嗆回媽媽，再回眸，迎面撞上對桌人的目光。

男生唇畔勾弧——還是昨晚那種，自然真摯到完全挑不出缺點的笑容，黑白分明的眼睛像是會說話，在感謝她。

春早臉微升溫，連忙回過去一個禮節性抿笑。

然後垂下眼簾，繼續扒面前的白粥。

心不在焉地把筆袋和講義逐一放進書包，春早還在回顧自己那個乾巴巴的醜笑，越想越不忍直視，趕緊晃晃腦袋把畫面清除。

她與朋友童越約在社區外的文具店會合，一碰上面，近半月未見的小姐妹有說不完的話，尤其童越，旅遊十天胖了兩公斤，正在節食，大吐苦水的內容能寫成一篇千字減肥勸退長文。

「下次我們一起出去玩吧，妳知道攔我。我爸媽只會讓我喜歡就多吃。」童越苦惱地啃著蘇打餅乾，表情堪比生食青菜葉。

春早當玩笑話略過：「妳先問問春女士同不同意。」

童越不爽道：「妳媽也真是的。妳成績都這麼好了，放假還要把妳綁家裡，作業又不是多到做不完。」

春早睇她一眼：「妳做完過嗎？」

「……」童越汗顏：「不是有妳嗎？」

她掰下半片餅乾，遞過去：「來，我的專屬答案供應商，吃點聊以慰藉。」

「算了吧，」春早搖頭：「我早上吃很飽。倒是妳，別低血糖了。」

穿過一條煙火氣息很重的舊窄巷，就是別有洞天的高廈與商圈。萬千窗扇在日光下也示人以冷傲的那面，而百年老校宜中嵌在其中，樓體以白赭為主，似金銀冠中的雙色玉髓，與世無爭，歷久彌堅。

童越是樂天派，常年心情愉快，上學的心情也不會如同上墳。

她蹦跳著，身上叮叮噹噹。

春早有些羨慕這個朋友。羨慕她書包上可以掛滿有關迪士尼的一切，星黛露、可琦安、玲娜貝兒。不管是胡吃海喝還是輕斷食，她的父母都不介意。她像一株漂亮輕盈的聖誕樹一樣充溢著光彩。

分神間，馬路對面的交通號誌已經由紅轉綠，童越連忙拉上她步入人流。

此時正值各個年級返校，校園內理當熙熙攘攘，但因日頭威力不輸酷夏，香樟大道上見不到幾個人，大家躲進了兩側的樹蔭遮涼。

春早跟在童越後頭進班裡。

班裡同學已來了大半，三五男生聚在一起，路過時依稀聽見「Nike」、「Converse」等字眼，正在討論購入的新鞋。女生們則聊著暑期爆紅劇或哪位帥氣男星，然後一起尖叫跺腳。

春早的座位在裡側，緊靠走廊窗戶。她坐進去，拉開書包拉鏈，將習題本和各科講義取出來，分類擺放好，方便等等交給組長。

沒幾分鐘，隔壁桌盧新月也來了，春早驚奇地發現她剪了短髮，長度只到下巴，兩邊往耳後一挽，看起來格外清爽。

「妳剪頭髮了？」春早目不轉睛：「很好看欸。」

盧新月放下書包，摸頭一笑：「真的嗎？上個月剪的，剛剪完超醜的。」

「不騙妳，」春早左右打量：「我都想去剪了。」

盧新月雙臂大幅交叉：「NO——！剪完妳肯定後悔。我就是，哭了好幾天，現在長長了才順眼一點。」

「不要作死，」盧新月眨眨眼，神情真摯：「妳現在的髮型很完美。」

春早沒再出聲。

她自然只是說說的。

改變外形對她而言絕非隨心之舉。她留中長髮，常年一條馬尾走天下，有瀏海——是那種流行了有些年的韓式空氣瀏海，不過分厚重，能虛虛掩住偏高的額頭。國中時她一直束著女性長輩們獨愛的「大光明」，考完高中過後才憑著一紙宜中錄取通知書換來媽媽的髮型更變許可權。但去理髮店那天，春初珍還是全程陪同監督，春早不敢直說需求，極盡委婉地表達，幸好造型師能 Get 到，給出了還算如意的成果。

九點整，喧嘩驟止，班導準時到場。

一番萬變不離其宗的開學講話過後，各組組長開始收暑期作業，一些無所事事的男生被指派去圖書室搬運本學期新教材，再分發給每位同學。盧新月陪著春早將兩疊厚厚的英文講義送往二樓，高二年級任課老師的新辦公室就在那裡。

有說有笑的兩個女生，在離門一公尺遠的地方不約而同莊重起來。

盧新月有著多數學生對辦公室的恐懼，提前將手裡那疊講義交還給她：「就幫妳到這啦。」

春早笑著感謝和道別，左腳剛邁入門內，她的步伐滯緩下來。

因為瞥見一道極有存在感的身影，正背手站在三排左側的中年男教師身邊。

春早的英語老師跟他們隔個走道，伏首案後，只有一個盤著奶茶色鯊魚夾的髮髻露在外面。

辦公室裡冷氣很強，與屋外冰火兩重天，春早雙臂泛起雞皮疙瘩，抱緊胸口的試卷走過去。

雙唇翕合不斷的男老師面色嚴肅。

而男生一動也不動，側身而立的樣子，在模糊餘光裡似一柄白焰中淬煉的劍。

他犯什麼錯了？

從不被老師找麻煩也從不添麻煩的春早同學心生疑惑。

她儘量靠邊，迴避戰場。

停在英語老師桌邊，春早問了聲好。

女人含笑道謝，整理起辦公桌，幫忙騰出可以放置講義的空位。

春早心不在焉地等著。

此時原也就在身後，與她背對著背，間隔距離不到半公尺。

好奇心持續上升，春早不由屏息，下意識捕捉他們談話的內容。

原來原也不是在挨罵，那老師雖聲粗目怒，但語氣並無不快，相反還有點好言相勸的意思。

期間提到「保送計畫」、「也就差一點」云云，似與競賽相關。

男生從始至終一言不發。

春早放下試卷時，師生間的對話也進行到尾聲。

男老師下達最後通牒：「我再問你一次，你當真不參加了？」

「嗯，我已經決定了。」少年聲音冷靜，沒有遲疑：「請問我可以回班了嗎？」

春早努力憋住，才不至於讓自己錯愕到要回頭看一眼。

這就是年級第一的特權嗎？

她沒見人跟老師這麼理直氣壯地講過話，說句身分倒置都不為過。

果不其然，那老師瞬間生起氣——

「走走走走，出去！」

中年男人趕人如趕鴨，再也不看原也，抄起桌上的茶水杯就要離位。

原也為了讓路，被迫後退兩步。

春早不知情，直起身剛要走，肩胛處突地被撞了一下。

力道雖不大，但對重心還沒完全放穩的她來說，足以往前微一趔趄。

她扶住桌緣，吃驚回頭，對上同時轉身查探的男生。

他眼底閃過一瞬波動，很快平息。

「不好意思。」他低聲道。

春早連忙說「沒事」，接而跳開視線。

餘光裡白影一閃，男生已快步離開辦公室，姿態決絕，又若無其事。

春早才剛適應室溫的手臂再度雞皮疙瘩蔓延，她捉著光裸的手臂，也朝外走。

才出門框，她又看到了原也，他並沒有回教室，而是立在門邊。

正奇怪著，他忽然叫住她，更為正式地表達歉意：「抱歉，剛剛撞到妳。」

原來是在等她。

春早莫名緊張起來，還是跟早上不一樣的緊張。

那時有桌子作為隔斷，無需直面原也略有壓迫感的身形。

她也沒有偷聽他跟老師的談話，聽到一些她本不應該觸碰的八卦。

忐忑感無限膨大，不停擠壓著心臟，春早故作平靜，生硬地重複著差不多的話：「沒事的，真的不要緊。」

他又問：「妳上來交作業？」

「嗯，」春早頷首：「英語作業。」

大概推測出她是英語小老師，男生不再多言，只說：「回班嗎？」

春早「啊？」一聲，後覺他是在問要不要一起下樓，點頭應好。

他們所在的高二年級總共十六個班，文理組比例一比三，一二三班是實驗班，其餘都是普通班，原也在一班，春早在三班，教室很近，可以順路同行。

這一路走得很沉寂，彷彿複製貼上早晨餐桌上的社交酷刑，春早雙手垂在身側，微微捏緊手指。

期間不是沒想過主動找話，開口問對方一句。

「我好像聽見你說不參加什麼，是數學競賽嗎？」——以此彰顯自己只是一位誤入是非地的無辜聽眾，但又覺得多管閒事。他們的關係還沒有熟悉至此，遂作罷。

宜中的教學大樓俯瞰近正方形，四面通達，兩旁是洗手間和茶水間，而教室區域穿插了左中右三條樓梯，用於分流。

春早與原也從中間樓梯下來，到達一樓，左轉便是三班，班號再往前順延，原也班級的位置在最旁邊。

三班是文組實驗班，女生居多。

所以擁有一定校內知名度的原也出現在走廊時，班裡不少人揚起了腦袋，跟瞥見新鮮白菜的鵝群一樣。

他跟著春早停在三班前門。

刑滿獲釋，春早馬不停蹄道別：「我先進去了。」

想想又小聲補上：「拜拜。」

「好。」男生微笑應聲，抬足離開。

剛進門，春早就被人挾住脖子，險些踉蹌，她回頭找罪魁禍首：「妳幹嘛？」

童越的手臂還架在她肩上：「剛剛跟妳說話的！Who？是原也吧？」

「好像是吧。」春早格開她手臂，往自己座位走。

「什麼好像是吧，」童越亦步亦趨緊追不捨，聲音分貝唯恐天下不亂：「你們剛才分明走在一起啊。」

八卦群眾的目光紛紛往這邊聚攏。

春早逃回座位，童越一屁股坐到她隔壁桌的空椅子上，擺明不死不休。

春早不得已嘆氣：「妳小點聲，我就告訴妳。」

童越手動把嘴巴上拉鍊，氣若遊絲：「從實招來，妳怎麼認識他的？」

春早整理著桌上的書本：「我住的那個房子，之前的高三姐姐不是走了麼，然後……」她斜去一眼。

童越秒懂：「新搬來的是原也？」

春早點頭，再點頭。

童越霎時化身嚶嚶怪：「今晚我可以睡妳家嗎？」

春早：「……」

童越自然未能如願，且不說她父母是否介意她夜不歸宿，春早媽媽這一關的難度就不低。她對春早這位朋友的態度始終是觀望和存疑，即使兩個女孩從小學就玩在一起。

她覺得童越太過「浮躁」，成績也普普通通，實在算不上交友首選。

春早對她的功利心無法苟同，說她這人實際到無聊。

下午回到家，春早再也沒見到原也。

晚餐時分，男生也未現身，門扉緊閉。

春初珍瞧著一桌拿手好菜唉聲嘆氣：「這小孩怎麼神出鬼沒的，虧我還幫他帶了飯。」

春早瞟隔壁一眼，回自己屋裡包書。

春早包書的方式很原始。

她挑選了馬卡龍色系的純色紙張，每種顏色對應一門課程，而後攤書對照，定點劃線，框出範圍，再用美工刀裁下，精準無誤地封住四角，寫上科目名字與姓名，就算完成一本。

春早有條不紊地為課本裁製新衣，春初珍則在自己的臥室裡滑短影音，不時有魔性背景音入耳，外加女人壓低的笑聲。

不知過了多久，鐵門作響，春初珍迎出去問話，無外乎「去哪了」、「吃了沒」之類的關心，男生一一回應。

浴室裡傳出淅瀝水聲。

春早停下拿著美工刀的手。

活到這麼大，這好像是第一次在家聽到非親戚的異性洗澡。

有點……怪怪的。

她沒有深想。

按壓好最後一本書，春早愛惜而整齊地將它們收回背包。臨睡前，她去了趟洗手間，狹小的空間裡殘餘著烘熱水汽，混著一些不那麼分明的皂香，是不刺鼻的硫磺味。春早看到自己矮圓的多芬沐浴乳旁邊多了一個大瓶裝男士沐浴乳。它們都沾滿了水滴。

她抽出兩張衛生紙，將置物架上的瓶罐擦拭乾淨，又不浪費地二次利用，幫四角模糊的鏡面清潔一新。

呼，舒服了。

春早扔掉紙團，回房間翻出手機，準備聽音樂。

她的手機根本不算手機。

就是個磚頭兼隨身聽。

以防她玩物喪志，春初珍連ＳＩＭ卡都不辦，唯二休閒娛樂不過是聽提前下載的歌曲，以及俄羅斯方塊、貪吃蛇之流的單機小遊戲。

睡前這段時間被春早命名為「夾縫中的溫存」。

剛接上音樂，媽媽推門而入，例行看女兒一眼，詢問她明日三餐的安排，並督促她早點休息。

春早靠在床頭，見怪不怪，扯掉一邊耳機，應了聲好。

「少聽點歌，傷耳朵。」帶上門之前，她這般叮囑。

開學第一週平平淡淡地流走，三點一線，沒有起伏。

年輕新房客跟她們母女的交流不算多，他早出晚歸，除了報到日那天一起吃過早飯，之後一日三餐都自行解決，不見人影。春初珍對成績好的小孩向來偏愛，主動叫過他幾次，都被男生禮貌婉拒，吃閉門羹的次數一多，女人便知趣地不再叨擾。但原也也不是性子孤僻，相反的人緣很好，每逢在學校撞見，他身邊不缺朋友，男女生皆有，有時是好幾個，眾星捧月，有說有笑。

偶遇春早，他不會裝不認識，會跟她問好。不遠不近的，是讓人舒適的點頭之交。

至少，春早覺得舒服。

與社恐無關，她跟大多數同學都保持著恰到好處的同窗情誼。以座位為圓心，班級為直徑，她的舒適圈僅止於此。不抗拒交際，不代表不抗拒過度交際。不管是成績，還是外型，她的新室友無疑會被劃分到「過度」那一欄裡。

過度意味著麻煩。

童越就是個大麻煩。

儘管春早一遍遍強調自己跟原也不熟，好友童越仍不死心，尋了個春典獄長不在的週末，她夾著書包鬼鬼祟祟來訪，美其名曰「做作業」，實則為了近距離接觸原也。

她從小就這樣，花癡遠超讀書。

她也有點害怕春初珍，原因是：「我感覺妳媽不是很喜歡我。」

春早面上打哈哈：「怎麼會——」

內心：這傢伙的第六感是真準啊。

週六下午一點，春早準時下樓接童越。

聽說原也不在，女生瞬間洩了氣，來的路上她還特地買了三杯手搖飲料，有一份就是給他的。

「沒關係，我可以等，我等得起。」在結識帥哥的路上，童越百折不撓。

還鼓動春早把作業搬來客廳寫，守株待兔，這樣好第一時間關注到回來的原也。

春早向來拿她沒轍，一邊佩服，一邊照做。

童越占據最佳觀景位置，臉對門，時寫時歇，心不在焉地戳著紙頁。

而春早專注力強，筆沒停下，快到六點，她解完最後一道數學題，按回筆帽，再抬頭瞧童越，此人已趴在桌上酣然大睡。

友情換來了什麼？

春早伸個懶腰，為了伺候童大小姐，她甚至放棄了寶貴的午睡時間。

她疊好面前的試卷，將童越已經吸空的紙杯和吸管收進廚房垃圾桶。已經傍晚了，橘子汁一樣的斜陽潑進窗帷，她從房裡拿了本書出來看，沒多久，也睏得栽下腦袋。

一陣鈴音將兩個女生同時驚醒。

童越按亮手機：「靠，我媽電話，」又驚呼：「靠，怎麼九點了。」

話罷舉目觀察原也房門，見它仍保持原貌，她無語幾秒：「他是還沒回來還是已經進去了？」

春早轉頭看鞋架一眼，判斷：「應該是還沒回來。」

「啊——」童越哀號：「原也到底去哪了！妳不是騙我的吧！妳旁邊真的住了活人嗎？」

春早愛莫能助。

童越媽媽催她回家，出師未捷的女孩澈底絕望，拖著書包下樓，不忘擄走春早已經完成的作業。

連上計程車的背影都懨懨的。

春早心疼又想笑。

目隨黃色的計程車融入車流，春早打道回府。她踢著石子，慢慢悠悠踱步。

她很享受週末夜晚的小窄巷，路上幾乎不見人影，她也被世界遺忘，散漫而自由，既不是學生，也不是女兒，身邊陪著的，不過風與樹，星星和月亮，而且都沒重量。

忽的，身後有清脆鈴響。

春早習慣性讓路，一輛單薄全黑的公路腳踏車自她左側疾馳而過。

她耳畔湧風，碎髮絲被微微帶起。

交錯時，車上的人似乎回眸瞥了她一下。

但春早沒有看清對方。

腳踏車駛入正前方——

春早放緩腳步，感覺騎車的人像原也。

因為他標誌性的完美後腦勺，還有高而瘦削的身形。

少年的T恤被風鼓起。石磚路顛簸，他黑髮濺躍，路燈的光彷彿在上面跳舞。

眼看距離逐漸拉大，春早放棄辨認。

正要收回目光，那車倏而剎住。

男生單腳點地，穩住車身，而後回過頭來，證實了春早的猜想。

他停車的地方，剛好有一叢花瀑。

花朵從低矮的牆頭流淌出來，飽滿垂墜，白瑩瑩地泛著光。

沒料到他會停下，春早怔在原處。

見後面女生不動，原也長腿一跨，從車上下來。

他側身扶住把手，明確了等候的意圖。

小巷裡沒有風，蛾蟲玩命拍撞著路燈，帶出一聲不算輕的歘響。

這動靜驚醒了春早，她快步跑上前。

剛要如先前一般客氣問好，男生卻跳過開場白，奇怪地問出一句：「妳怎麼還在外面？」

春早聽出他的話外之音，這個時間，學生是該老老實實待在家裡——尤其她這樣的。

他應當是無意，但這句略帶長輩性質的問話有些觸她逆鱗，再就是，替苦等大半天的朋友扼腕可惜。

春早帶點情緒地反問：「你不也還在外面嗎？」

原也聞言笑了。

露齒笑，就像他常駐光榮榜的那張證件照，規矩生長的上排牙白得炫目。

他眼瞼微垂，似有些不好意思，再抬眸時，他承認：「嗯，是這樣。」

男生的坦然讓春早氣焰頓消，她降低音量嘟噥：「回去了。」

兩人並排而行，穿過那片如夢似幻的薔薇瀑。

春早走內側，目不斜視；原也在外側，單手推著車。

惦記著朋友撲空的遺憾，春早不禁想問清楚：「白天你是回家了嗎？」

原也看她：「沒有，去上網了。」

春早訝然，將目光分過去，短暫相觸一秒，她又正視前方，不置一詞。

原也注意到女生的反應：「怎麼了？」

春早垂眸，看腳底石磚上的那些坑窪：「沒什麼，只是沒想到你也會去網咖。」

原也語氣淡淡的：「週末沒什麼事。」

「……」春早哽住，他們過的是同個週末嗎，還是說一班老師不安排作業的？

但，就此中斷交談的話似乎不大禮貌，她努力搜腸刮肚：「是成康門小商品市場那邊的網咖？」

「妳知道？」

春早一頓，平靜地回：「只是聽我們班男生說過。」

原也不再往下問。

聊天陷入僵局似乎是兩人間的常態，春早已經見怪不怪自體免疫，便不再勉強自己硬找話題。

陪著原也在雨棚鎖完車，她從口袋裡取出鑰匙，先行打開大門，側身讓原也先進。

男生與她一前一後上樓。

開啟樓梯燈需要聲控，所以每到一層，兩人會間或咳嗽和加重腳步。到達三樓後，原也走在前面，所以出租屋的門鎖換他來開。

明明很生疏，卻又很默契，縈著說不清道不明的怪異。

居住的房子面積有限，玄關大小非常侷促，一同換鞋的話必定擁擠。原也暫時停在門邊，沒有再跟進來。

蹭掉帆布鞋時，春早抬眸看他一眼，男生漫不經心地靠著門板，低頭滑手機，睫毛烏壓壓地蓋過他眼睛，好像無論面對什麼人或事，他都展現出同齡人裡罕有的禮節與耐心。

她加快速度換鞋，騰出位置。

男生這才走過去。

起身後，他被仍留在客廳的春早微微驚到。女生悄無聲息地站在餐桌旁，面無表情，似乎已經凝視他一陣子。

她右手握著一杯未開封的飲料，粗吸管在同隻手上，被她夾在食指與中指之間。

女生走過來，伸出手：「給你。」

被動的人突然主動示好多少有點詭異，原也瞟了她手裡的東西一眼，沒有第一時間接過。

春早解釋：「我朋友下午來過，這是她買的。」

原也拿過去。

「還有吸管，」她像轉筆一樣，俐落地將吸管調個位置，交出去：「喏。」

他繼續抽走。

旋即掂高手機，瞄一眼，語氣懷疑：「現在喝？」

春早看看手錶，已經九點半了，這個時間喝飲料大概會失眠，但——

她不想強人所難，也不忍心看著朋友的金錢與精力付諸東流，尤其分別前她還信誓旦旦地接下了委託，於是為難道：「你下午不在，而且明天就不能喝了吧……」

她點到為止。

男生不再多言，當面捅穿封膜，吸了一口。

「謝謝。」

「謝謝。」

在他喉結微動咽下去的下一秒，他們同時道謝。

原也低笑一聲，很輕的鼻音，掉下來，彈在她額前，似乎別有深意。

春早頭皮立刻泛起麻意。

她不自在地抿抿唇：「我回房間了。」

原也：「好。」

春早三步併作兩步離開，一進臥室，她就坐到桌邊埋首抱頭，無聲長嘯：救命——如果童越在，絕對不會這麼難以自處腳趾摳地，場面早就熱鬧得像美食街或歌劇院，說不定原也都已經跟她們一起寫作業了。

肚子深處的叫喚切斷春早的社交自省，她這才想起自己還沒吃晚餐。

十指不沾陽春水的春早通常以泡麵應萬變，時間緊迫，她立即起身去廚房燒水，又從洗手間搬來媽媽坐著洗衣服的小板凳，踩上去，打開高處的櫥櫃。

在杯裝和袋裝之間取捨片刻，春早兩手抱出一盒康師傅紅燒牛肉麵，躍回地面。

電熱水壺裡的煮水聲愈來愈大，春早加快速度往麵餅上撒粉狀調味料，還被嗆出一個噴嚏。

「妳還沒吃飯？」

她又聽見原也聲音。

春早回頭，看到靠著廚房門框的少年，他環臂而立，姿態比之前鬆散一些。

搬來也有一年了，她第一次發現這拉門居然這麼小。

春早揉揉尚還發癢的鼻頭：「嗯。」

又回過頭去，慢慢抖空調味包，也清除掉心頭突如其來的拘窘。

外面乒鈴乓啷，換她也無法忽略，不過既然得到答案，他應該會回去了吧。

結果男生還在關心：「就吃泡麵？」

春早第二次掉頭：「也沒別的吃的，其他的……我也不會做。」

她下巴發緊，但語氣四平八穩，因為不想被看出赧意；同時自我洗腦，她還是學生，自理能力有所欠缺也沒什麼大不了的。

「啪嗒」，開水抵達沸點，水壺自動關閉，咕嘟聲逐漸止息，廚房裡一陣寂靜。

「要不要我幫妳點份外送？」原也適時終止冷場。

春早馬上擺頭：「不用。」

「謝謝你，」她補充原因：「但已經很晚了。」

原也觀察她片刻，點點頭，重心回歸，轉身離開原地。

春早呼口氣，連忙將開水沖入泡麵碗，再熟練地用叉子封住碗口，最後把自己和泡麵一起關回臥室。

春早從不在房內吃東西。春初珍的規矩比憲法還多，當中一項就是不能在臥室吃任何有異味的食物，倘若知道她今晚破了戒，還全程把門封死，回來後怕是要將內部家私集體翻新重置。

春早不再想，迅速解決掉整碗泡麵，又打開窗戶通風散味，這才回到桌邊，將空碗推至一旁。

忽然無所事事。

她看手錶一眼，十點多了，都怪童越這個搞事精，在平常週末，她這時早該洗過澡安心看書聽歌等睡覺。

焦慮陡生，春早從衣櫃裡取出睡衣，又跑到門後，拉開一條縫，觀察對面的公用盥洗間。

無人占用。

原也會不會也要用？

秉持著禮讓原則，春早捺住性子坐回去，抽出一本狄更斯的《匹克威爾外傳》，信手翻閱。

紙頁翻飛的速度越來越快，春早耐心見底，第三次抬高手腕看錶時，她再也無法忍受，走出房間。

出乎預料的是，原也的房門開著。

不似她那般閉關鎖國，沒有半遮半掩，很大方地敞著。

她小幅度往裡伸腦袋，發現原也也在看書。

與她不一樣的是，他沒有正襟危坐，而是散漫地靠著椅背。手裡舉著的，也非老師規定的高中必讀課外書，封面上提著偌大的三字標題，《平面國》。

他戴著白色的藍牙耳機，眉心緊蹙，看起來有些沉浸。

猶疑著要不要叫他時，男生斜來一眼。

他將書反扣在桌面，摘下對著她這面的耳機：「有什麼事嗎？」

春早問：「你現在要用洗手間嗎？」

原也回：「不用。」

春早停一秒：「那我先去洗澡了。」

男生也反應一致地卡頓：「嗯，好。」

春早轉身要走，又被叫住。

她看回去，原也已將耳機全部取下，隨後拎起桌邊一個白色紙袋，走到她面前，將它遞過來。

春早疑惑抬眼。

「我家裡買了很多零食放這，」他語氣自若：「一個人吃不完，分些給妳。也謝謝妳朋友的飲料。」

有泡麵事件在前，春早不是低情商，就沒有推辭他的好意。

紙袋來到手裡，沉甸甸的，重量超出預期。

她改雙手提，道了聲謝。

回到房間，春早拉開袋口看了看，裡面裝著一些散裝的小麵包、迷你盒裝洋芋片、餅乾和肉乾，而且數量可觀，快將袋子塞滿。

男生都吃這些零食嗎？

她將紙袋攏好，不再拖延，拿上床尾的睡衣去到洗手間。

以往洗過澡，她都會把外穿衣物隨手丟在髒衣簍裡，從不多操一份心，反正媽媽會一併收拾清洗，但今天不一樣，離開前，她特地將它們全部取出，認真疊好，抱在懷裡帶回臥室。

鎖上門，如蒙大赦。

唇齒間遺留著牙膏的檸檬薄荷味，涼颼颼的，春早輕微噺氣，暗嘆終於可以平心靜氣獨處到天明。

她靠到床頭，關滅大燈，只留一盞小檯燈照明，而後摸出枕畔的手機和耳機，打開單機版消消樂，專心闖關，與世隔絕。

確認門外完全安靜，原也才從房間出來。

一邁入洗手間，就像踏進了甜果香滿溢的熱帶雨林，他被縛足一秒，回身關上門。

儘管四周水霧氤氳，整個洗手間被收拾得像是剛做過深度清潔。

無端地，原也勾起唇角，並保持了一下。

時候已不早，他速戰速決淋浴完，套上T恤，又將換下來的衣褲一股腦扔盆裡，端至高處，往裡面加洗滌劑和自來水。

冷水傾瀉而出，很快將霧濛濛的環境中和至清明。

原也單手撐臺面，斂目，盯著翻湧的泡沫輕微走神。

忽的，男生目光一頓，轉而擰關水龍頭。

窄長的手埋入泡沫，拈了個東西出來。

一根女生的頭髮。

潮濕的關係，一脫離水面，它就柔軟地黏繞在他骨骼分明的手指上。

第二個樹洞

翌日大早，不過五點，春初珍就回到出租屋。

生怕趕不上女兒早餐，一收拾好從家帶來的大袋肉蛋菜果，她便淘米起鍋，清洗秋葵，用調羹攪勻雞蛋備著，而後走去春早門前，輕擰一下把手，見她從內好好上著鎖，她滿意地洩口氣，離開原處，專心收拾起屋裡。

春早週末的生理時鐘跟上學期間幾乎一致，無論有無鬧鐘，她都會按時醒來，前後誤差不超過五分鐘。

她的假期計畫有序且單調，除去吃飯與午休，只餘三件事：寫題目、背書、記作文素材——來回交替，一樣乏了膩了就換另一個，總之不會讓自己的學習發條停下來，最後耗到六點去學校上晚自習。

走出臥室，春早下意識掃了右側一眼，原也應該還沒起床，合攏的房門像座不容打擾的堡壘。

剛進洗手間，她被不聲不響的媽媽嚇了一跳，女人窩身蹲著，正把洗手臺下方累著的塑膠盆往外拖拽，裡面還裝著大瓶小瓶的洗衣精和柔順劑。

春初珍體型偏豐腴，窄窄的走道被她占去大半，春早進也不是，走也不是，索性乾站著。

抬眼見是女兒，春初珍撇頭示意空空如也的髒衣簍：「妳衣服呢。」

春早一怔：「放臥室了。我拿給妳。」

春初珍明白過來，嘀咕著怨道：「住個男孩子就是不方便。」

春早心裡認同，但沒有附和她的話語，只轉身回臥室取來換下的衣服。

早餐是口味無可挑剔的秋葵燉蛋和燕麥粥。春早填飽肚子，就回到臥室，自覺縮小活動範圍，變回衣食無憂，行為刻板，並隱匿起本性的困獸。

大約八點多，媽媽在外面跟原也問早，男生簡單應付幾句，就出了門。

春早留神聽著，暗自揣測他今天又要去哪裡消遣假日。

在她眼裡，原也像一隻無拘無束的白鴿，飛行，覓食，再在日暮時分回歸窠巢，沒人知道他曾去往何處，又見到了怎樣的風景。

她輕輕吁了一口氣，壓下這份同齡人落差帶來的忿忿和消沉。

熬到六點，春早火速收拾好書包，離家返校。童越照舊在文具店門口等她，她買了一條牛奶糖，邊拆邊走，沿途遞來一顆，春早把它含進嘴裡，靜靜等待低靡的情緒被彌散開來的甜味融化。

童越的話題始終圍繞著昨天那出並未如願的帥哥攻略計畫，又問自己的飲料到底有沒有交到原也手裡，得到春早答覆，女生一蹦三尺高，像已經跟原也牽上小手。

春早瞥了快跳起扭臀舞的朋友一眼：「妳這麼喜歡原也嗎？」

童越的回答總是很噎人：「我平等地喜歡每一個帥哥。」

「……好吧。」春早幽聲道：「妳有沒有想過，原也可能跟妳想的不太一樣……」比方說優等生如他，也會去那種游離於準則之外的黑網咖。

童越眨眨眼：「哪裡不一樣？他襪子很臭？」

春早澈底失去語言能力。

高二晚自習的時間是六點半到十點，中間會休息十五分鐘，而這短暫的一刻鐘，被童越稱為掃貨黃金期。

倘若沒被老師拉去當壯丁，春早就要友情擔任福利社零食搬運工。

童越的抽屜堪稱三班任意門，一大袋零食總能被她妥善安置，有時還能抽出N本言情小說和穿搭雜誌。

福利社裡擠擠攘攘，學生聚在貨架或收銀檯，春早跟誓要蕩平零食家族的童越知會一聲，就走去清淨一點的文具區域，挑選起便利貼和貼紙。

福利社商品多以吃喝為主，文具的品項和款式自然不及校外文具店，但春早還是聚精會神，仔細對比和挑選。

至於童越，她左蒟蒻條，右麻辣零食，腋下卡一盒即沖熱飲，興致勃勃要殺出重圍尋找朋友，眼一斜，突地瞥見一道高瘦身影，定睛細看，居然是她失而復得的男主角，原也。

男生膚白個子高，臉上掛著閒閒笑意，偏過臉與人講話時，眉目生動，讓人移不開眼。

要過來了！

雷達狂響，童越忙不迭撇下手裡這些「粗俗之物」，撥瀏海，清喉嚨，兩手空空迎上前去。

「哈羅，你好呀──」她夾著嗓音，興高采烈。

原也頓足，臉上閃過一絲疑惑，但還是禮貌回應：「妳好？」

他身邊的同班男生瞟瞟面前這個熱情洋溢的陌生女生，又覷覷原也，不明就裡。

童越開門見山，亮明身分：「我的飲料好喝嗎？」

原也一下反應過來，莞爾：「哦……妳買的麼，」又說：「很好喝，謝謝。」

「你喜歡就好，」童越笑肌愈發上拱，佯作委屈道：「就是昨天沒當面給成，為了彌補遺憾，我今天請你喝水好嗎？」

說著目光已鎖定貨架上的進口礦泉水，並自我寬慰──好馬配好鞍，貴水配俊男，世界就是這麼現實，乙女遊戲裡都要氪好感。為男人花錢倒楣一生，為帥哥花錢積德行善，大出血她甘之如飴。

原也被女生的自來熟打得有點措手不及，安靜兩秒，他提議：「要不然我請吧。」

「謝妳的飲料。」他說。

原也的同學被他們打啞謎似的對話搞得一愣一愣，不禁插嘴道：「你們到底在說什麼啊？」

原也不答，四處望了望，才垂眼掃視排滿飲料的貨架，須臾，他單手取出兩瓶白桃果汁，交給童越。

女生一手一個接過，一開始並未領會，三秒後恍然大悟，舉高當中一瓶：「給春早的？」

原也「嗯」了一聲：「她沒跟妳一起嗎？」

童越東張西望：「跟我一起來的，但她看別的東西去了。我現在就去找她過來。」

「不用了，」原也叫住她，又隨手拿了兩罐普通礦泉水，一瓶塞給尚在茫然狀態的同學，一瓶留自己手裡：「走了，結帳。」

這瓶白桃飲料橫到春早面前時，她還沉浸在便利貼色系的選擇困難之中。

粉嫩瓶身晃花人眼，春早回過神來：「幹嘛？」

童越表情賊兮兮，眉毛連挑：「哦豁——妳猜我剛剛碰到誰了？」

春早問：「誰？」

「我的手搖王子！」

春早立刻對號入座，差點要對這個稱呼猛翻白眼，但看朋友一臉開心，只能咽下吐槽，捧場問：「這又是什麼名字？」

童越有理有據：「喝了我的手搖，就是我的王子。」

春早要笑不笑：「那妳是什麼，珍珠公主？」

童越睜大眼睛：「我靠，春早妳好棒，我今晚就回去改網名。」

「……」

春早拿起藕荷色的便利貼就走。

童越追在身側，儼然化身狂熱追星迷妹：「他請我喝飲料了！還帶了一瓶給妳！」

「他人好好啊！」

「我一開始還以為他很傲呢。」

「結果完全沒有。」

「是不是代表我機會很大？」

「妳說我下一步該怎麼行動呢？」

童越喋喋不休，春早安靜行走。

她在夜色裡徐徐呵氣，一瓶飲料而已，至於嗎？

回到教室，春早與課桌上還未開封的白桃果汁面面相覷。

果汁包裝浮誇，瓶身呈亮粉色，LOGO下方的水蜜桃圖案瑩潤欲滴，與背後疊成高臺的講義習作格格不入。

可能她的少女心過早衰竭了或遲遲未至，春早幾乎無法對動輒被粉紅泡泡淹沒的童越產生共情。

就像面前這瓶即使外形甜美至極，也掀不起任何情緒波瀾的果汁。

她擰開瓶蓋抿了一口。

春早結結實實愣住。

一瓶飲料而已……

……居然這麼好喝。

春早的白桃果汁在第二節課被她喝個精光，而童越手裡的雙胞胎姐妹，一滴未漏。晚自習下課，她還把它珍愛地揣在懷裡，沿途甚至雙手捧高對月禱告，天靈靈地靈靈我和原也一定行。

春早時常對朋友的言行感到無語，但極少置喙。

不過她也沒有丟掉空瓶，而是塞在背包側袋裡，捎回了家。

入門便有香氣，來自春初珍慣例為女兒備好的宵夜，春早喚了聲「媽」，轉頭往臥室走。

春初珍喊住她。

春早回頭：「怎麼了？」

春初珍問：「妳包裡裝什麼？」

春早往後探一眼，發現她問的是那瓶她根本不會購買的漂亮飲料。

避免媽媽想入非非，她淡定謊稱：「童越請的。」

春初珍撇嘴：「少喝這些全是糖精的飲料，對大腦發育不好。」

春早語塞一下，回嗆：「妳少說兩句，我腦子更靈光。」

「妳……」春初珍氣結。

將書包掛在椅背上，春早出來吃宵夜。

春初珍是各種修身養性網路文章的忠實信徒，常不分對錯地傳教一些「健康知識」（養生謠言），經她之手的飯菜多是清淡類型，肯××或麥○○的炸雞薯條，出現在深夜餐桌上的頻率屈指可數。

比如今晚的赤豆元宵，表面淺撒一層黃澄澄的乾桂花，看起來賣相極佳，但捏起勺子入口，就會發現幾乎嘗不出甘甜。

春早機械地舀著，一顆接一顆將寡淡小圓子往嘴裡送。

春初珍候在一旁，百無聊賴，就戴起老花眼鏡，從自己房內拿了平板出來看直播。

她開著最低音量，但主播炫耀產品品質的語氣還是浮誇高亢，幾乎能穿透耳膜。

期間原也也回來了。三人簡單打個照面，男生就回了房間。

春初珍目隨他進門，回頭新奇道：「妳說這小孩真能上清北？一放假就跑出去，也沒見他看過書。」

妳問我，我問誰？春早抱有同樣的困惑。

但她不愛置評他人，當即轉移話題：「妳又要買東西？」

春初珍擺頭：「怎麼可能，我才不會被這些話術騙錢呢，就打發時間。」

春早想到家裡那快溢出櫥櫃抽屜的百卷垃圾袋，不由暗嘆口氣。

主播聲音愈發尖昂。

春早聽得心煩，迅速將碗裡剩餘的湯水喝光，春初珍這才退出直播間，收走她的碗筷。

正要離席，春早目光飄向那臺待機的平板上。

有個暫時拋卻腦後的計畫再度萌發，春早看媽媽的背影一眼，將平板撈過來。

為圖省事，春初珍從不幫電子設備設置密碼，春早輕而易舉進入，打開音樂軟體，搜出自己早前就想觀看的影片。

她喜歡的一個國外女歌手不久前剛發新專，上週五無意間聽到班裡同好聊到新出的MV，說得天花亂墜，她滿心憧憬；今晚正好，想趁機看一眼。

前奏一出，廚房裡水聲戛止，春初珍唯恐慢了般衝出來：「妳幹嘛呢？」

春早切掉畫面，保持鎮定：「查個東西。」

春初珍的回話彷彿在講笑話：「妳手機不能查嗎？」

春早瞠目幾秒，不厭其煩地重複這個已經訴苦多次的事實：「媽，我手機沒裝卡，連電話都打不出去，怎麼查？」

挺諷刺的。

她的母親，忘不掉她每一次考試的成績和名次，卻在這件事情上面永遠失憶。

永遠只記得曾寬恕過她一支手機。

「哪來那麼多東西要查的……」春初不耐煩地嘟囔著，雙手在罩衣上擦拭幾下，靠過來，毫不留情抽走女兒手裡的平板，「咣」一聲攤放到她面前：「查吧，要多久？」

因動作有些大，平板的邊緣撞在春早微攏的指背上。

不疼。

但莫名屈辱。

春早眸光定住，回答媽媽：「幾分鐘。」

春初珍下巴一抬：「那好，我看著。」

春早的胸腔劇烈起伏一下。

「不查了。」

她起身離開座椅。

春初珍無名火起，對著她背影定罪：「妳就是想看亂七八糟的東西。」

春早刹在門框裡，轉身反駁：「誰想看亂七八糟的東西了？」

春初珍語氣篤定：「不是心裡有鬼為什麼不敢當著我的面？」

春早愕然地盯著她，片刻，扯唇一笑：「我不是不敢，是不屑。真當別人稀罕妳的破平板。」

春初珍也頗覺荒唐地笑了：「妳不稀罕還偷偷拿起來看？」

春早咬住牙關，眼前起霧：「偷偷？我以前沒跟妳好好說過嗎？妳哪次不是廢話連篇，心不甘情不願地答應我？又有哪次不是像看犯人一樣看著我？」

春初珍沒了聲音。

最後她冷淡地推一下平板，語氣輕飄飄，如施恩：「妳用啊，我不看，記錄別刪。」

春早一動不動。

自從上學，這樣的對峙會迸發在她生活裡任何一刻，沒有預兆，也沒有成效，她舉起槍，也扣動扳機，最後造成的傷害值不過是，水墜入水裡。

客廳裡像死海。

春早收起自己不自量力的隱形玩具槍和彈珠，轉身回到臥室。

知女莫若母，春初珍是很瞭解她。

她就是要查一些在她看來「亂七八糟」的東西——可只要……五分鐘，五分鐘而已，一首歌的時間。她居然一而再再而三地奢望媽媽能夠理解和答應。

奇跡並未發生。

明明習慣了這種無力而挫敗的時刻，習慣了母親強橫的審判和置喙，可為什麼，每次還是會有大股的酸楚流淌出來，春早坐在桌前捂了下臉，兩分鐘後，她抽出衛生紙，擦乾通紅的眼周。

她抽出書架裡一本A4大小的英語習題本。

把自己埋回密密麻麻的紙頁，修復灼傷的情緒。

春初珍將鍋碗瓢盆收進櫥櫃，沒如往常一般去關心女兒。

春早自然也不會跟她道晚安。

母女間的相互懲戒總是無聲且默契。

門外聽到的最後動靜是春初珍如沒事人一般和原也搭話：「你要洗澡啊？」

原也「嗯」了一聲。

春初珍道：「那你等一下，我把洗衣機裡面的被套拿出來。」

「好。」

快到十一點半，春早合上已經填滿的英語題目。這是課外作業。她的發洩途徑通常單一，伴隨著無可指摘的目的。

她去洗手間洗漱。

媽媽是省電狂魔，本以為開門後迎接自己的會是一室漆黑，沒想客廳燈居然還亮著，洗手間亦然。

多少感到寬慰。

春早停在洗手臺前，觀察沒有變化的自己。哭泣的時間很短，難過並沒有在她眼白裡留下任何痕跡。

她扯下髮圈，將散髮綁成高揪，隨手拿起印有貓咪圖案的漱口杯。

鏡面裡的女生動作驟停。

漱口杯的下方，壓著一張紙條，被折了兩折，看不到當中內容。

春早立即用杯子蓋回去。

她彎身湊近，小心翼翼重新拿高，確認眼前所見並非幻覺。

真的有……

春早心跳驟快，喉嚨發緊。她看半掩的洗手間門一眼，伸手將它關好鎖牢，回頭拆那枚「密信」。

非常俊逸，好辨的黑色字跡，是很隨性的行書體。

第一行：我開了熱點。

第二行是密碼，包含數字與字母，一共十一個字。

不知怎麼的，臉霎時升溫，好像誤開蓮蓬頭，有熱流毫無防備地淋下。春早連忙將紙條藏回手心。

她洗了五分鐘戰鬥澡，關燈關門，回到臥室。

然後躲進被裡，深呼吸，把紙條扔到臉旁邊，半信半疑地打開手機，搜尋無線網路。

四個 wifi 爭先恐後蹦出來。

春早拇指一頓。

她怎麼知道是哪個。

但這個顧慮很快消散了，根本不需要猜，訊號全滿的某一個，有著個人特徵異常鮮明的名稱。

僅一個圓圈字：〇。

很小的時候，春早擁有過一條金魚。那天是被媽媽帶出去買菜，菜市場門口常有些販賣花鳥魚蟲的小攤，春初珍遇見熟人，停下閒聊，春早就擠進孩子堆，蹲下看那些小烏龜和小金魚。

見別的小孩都有，她百般央求，哭得淚汪汪，春初珍才放下要強拽她離開的手，同意購買一條，老闆問要不要再買個魚缸，春初珍嗤聲，「要什麼魚缸」，並斷言「她肯定養不活」。睫毛上綴滿淚珠的小女孩，雙手緊攥著塑膠袋打結處，將那條小魚提回了家，一路上，她動都不敢動，手臂痠僵。

直到金魚被倒入瓷碗。

當時的春早不懂得養魚技巧，以為要像貓咪一樣曬太陽，就把它擺在陽臺上。

傍晚再去看它，那條金魚已經奄奄一息，翻著肚皮，雙目無神，半透明的鰭無力飄蕩，只剩嘴巴翕合。

春早驚慌失措到又開始哭，最後是姊姊聞聲過來，安撫並告訴她，她有辦法拯救小魚。她把魚碗端進水槽，又將水龍頭出水口擰成最小，讓春早耐心等著就好。

做完這一切，姐姐回屋寫作業，春早找來張凳子，墊高趴在水槽旁，為小魚祈禱。

滴答。

滴答。

水珠一顆接一顆掉進去，漾出漣漪和氣泡，春早靜靜待在那裡，目睹這個過程循環往復。

不知過去多久，窗外燒紅的天幕變成深邃的藍絲絨，那條魚慢慢挺立起身體，重回活潑狀態。

彷彿親見魔法，春早瞪大雙眼。

再長大一點，春早學到了當中的原理，滴水可以增加水裡的含氧量，所以小魚才會「死而復生」。

這個夜晚，魔法重演。

那個「〇」，是一粒陡然出現在密閉水族箱的氧氣泡，浮在水面，只等她游近，享用它。

對照密碼連接上去的第一刻，春早心臟狂跳。

接著是動容。

複雜的情緒如洩洪，她鼻頭酸脹，深吸一口氣，直奔期待已久的ＭＶ。

她也不貪念，只播放三遍，然後心滿意足地關閉手機。

翻來覆去一陣子，春早掀開被子，躡手躡腳下床，先把手機歸置到原處，然後撕拉開一張今晚剛買的便利貼，抽出馬克筆寫上：謝謝。

一筆一劃，吹乾水跡，彰顯誠意。

至於手裡的這封「通敵文牒」——她在毀屍滅跡和收藏留念間搖擺許久，終究不忍心把它丟棄，就夾進了抽屜深處的白色鐵盒裡。

盒子裡收納了不少零碎物品，有遊樂園電影院的票根、一直不敢對外使用的哥德風吊飾、搞怪胸針，還有朋友旅遊帶給她的海邊貝殼或小擺飾，以及大還她從報刊上面裁剪下來的國內外風景照片，它們全是生活裡為數不多的絢爛光點。每逢出遊，哪怕直接刷身分證或條碼就能放行，春早還是執意去窗口打票，也不介意被童越戲稱為「中老年」。

她把紙條插進鐵盒最下層，用其他東西嚴嚴實實掩好，才放心蓋上。

離開座椅，大腿被椅背的書包硌了一下，春早低頭看，瞄到側袋裡的空瓶飲料。

凝視它片刻，春早把它抽出來，留下粉色瓶蓋，坐回去用衛生紙細緻擦拭一番，同樣收進鐵盒裡。

翌日，不到五點，春早在電子錶的滴滴聲裡睜開眼睛。

屋內光線蒙昧。她貼到門上聽了一下，才輕手輕腳開門，跑向洗手間，準備把「感謝信」以同樣的方式回饋給原也。

春早愣在洗手臺前。

原也不用漱口杯。她之前未曾留意。

男生都這麼粗糙的嗎？

可目光落到那臺底座閃爍的全黑電動牙刷上面時，她又矛盾地覺得，這個人還是蠻精緻的。

行動不如預想中順利，春早決定先退回臥室，剛要出去，洗手間旁的那扇臥室門被從內打開。

春初珍抓著頭髮從裡面出來，一臉疲態。

春早滯住。

女人半低著頭，還沒注意到杵著的女兒。

春早穩住心神，決定先發制人，不帶情緒地叫了聲「媽」。

如幻聽，春初珍赫然抬臉，一下子精神抖擻。

她看手機一眼：「五點都不到，妳今天怎麼起這麼早？」

春早無懈可擊地回：「心情不好，就沒睡好。」

春初珍頓住，臉上閃過一絲不自在：「行吧，起都起了。」

她示意洗手臺方向：「妳先洗臉。」話罷走向廚房。

春早沒有推讓，只將緊握成拳的右手悄然收回褲子口袋。

回到臥室，她粉碎小紙條，一邊綁馬尾，一邊重擬新計畫，思考如何以其他方式道謝。

只能當面找他。

Plan B 有了進展，原也雖一如既往不在家吃早餐，但他今天起得有些遲，春早坐在桌邊咬飯糰時，斜對面的房門都沒有動靜。

吃完飯回到臥室，春早選出一份數學講義，故意拖延，密切關注隔壁動向，以便適時攔截。

六點四十五分。

耳聽八方的春早立即抄起桌面試卷，背上書包，叫住正在換鞋的原也。

男生緩慢直起身，單肩背包，回頭看她。

他才洗漱過，瀏海髮梢濕漉漉的，眼因而顯得格外清亮。

春早晃晃手裡折了兩折的數學試卷：「可以等我一下嗎，有個題目想問你。」

原也對此毫無詫色：「好啊，我看看。」

說完低頭將右腳蹬入運動鞋，動兩下，似乎覺得鞋不夠跟腳，又屈身拆開鞋帶。

他重新綁鞋帶時，後腰柔韌度驚人，一段修長白淨的後頸完全舒展，觀感近似湖光之中天鵝鳧水。

春早忽然有點不知道該怎麼上前。

男生站直身體，眼神疑惑她怎麼還不過來。

春早走過去：「路上說吧，時間趕。」

原也跟在她後面出門。

老公寓的樓梯過於狹窄，走一起的話怕是連空氣都無法路過，春早放棄了並排溝通，也不急於步入正題。

確認脫離春初珍的可視聽範圍，她才轉頭看原也：「你應該能猜出來吧，我不是真的要問數學題。」

少年原本散漫的視線定格到她臉上。

他眼底泛起笑瀾：「嗯。」

「我知道。」他說。

春早備好的腹稿忽而卡住。

因為被這樣看著。

原也的距離其實合理合矩，但奇異之處在於，當他專心注視你的時候，你會覺得他離得很近，甚至是有些親密。唇角恰到好處的弧度分明掛著「積極營業」。

這張臉，這種神情，任何人都無法堅持對視超過五秒，春早察覺到胸口和雙頰隱燙的細微反應，倉促別開臉，繼續朝前走，正聲說：「謝謝你昨晚借我網路。」

「沒事，」原也不以為意：「反正妳也沒用多久。」

春早眉心起皺，因為那麼一點點的被「監視」的恥感：「你知道我用了多久？」

「我手機有提示，螢幕左上角，會有標誌，」原也輕描淡寫地解釋著，在末尾處，他遽地認真：「差不多十五分鐘？」

春早：「……」

脖頸的位置有點發硬，春早吞咽一下，承認：「嗯。」

為什麼，為什麼要記錄她的使用時長，她警覺地發問：「是要收錢嗎？」

原也忍俊不禁。

「妳在想什麼啊……」挾笑的口吻，尾音拖長了，有點懶，混在清新的晨氣裡，搔得人耳膜發癢。

春早小聲：「我以為……」

身旁的男生總是很坦誠：「我只是好奇，妳要查什麼？」

昨晚的起伏歷歷在目，春早抿了抿唇：「你覺得呢？」

男生安靜了，須臾，他猜：「一部動畫短片？三首歌的時間？總不會是查上課資料吧。」

他一邊說，一邊不露聲色地探察身畔女生的神態變化。

春早渾然不覺唇角上揚。她直勾勾望向正前方的車棚，裡面排滿了新舊不一的小電動車，橫七豎八，並不齊整。

但她心情順暢：「不是三首歌。是一首歌，我看了三遍。」

她停下身。

原也從一開始就被她帶著走，懶得留神路況，也跟著止步。

兩人呆立幾秒。

原也率先問：「怎麼停在這了？」

春早指指車棚：「你不是要取車嗎？」

原也定一秒。單手抄口袋，先是右邊，摸了空，又換左邊，取出車鑰匙。

他很快在車列裡鎖定自己的腳踏車，毫不費力地單手拖拽出來，傾身解鎖。

兩人繼續往社區門口走。

快到正門時，春早提前說：「我朋友在文具店等我，就不跟你走了。」

原也應聲「好」，不再拖延，拋出在心頭來回掂量一路的建議：「沒考慮過自己辦張SIM卡嗎？」

他居然還在幫自己想辦法，意外之餘，春早照實答：「我的身分證在我媽那。」

「妳在服刑嗎？」向來神色穩定的男生臉上有些匪夷所思。

春早倒沒有多難堪，抿唇苦笑一下：「差不多吧。」

吃飯，睡覺，上課，其他時候寸步難行，是跟坐牢差別不大。

原也沉吟少刻：「我有張閒置的卡，妳需要的話可以借給妳，不過，」他頓了頓：「放在家裡了，這週末才能回去取。」

「不用了吧……」春早低頭看鞋尖。太麻煩了，她做不到心安理得地接受他人接二連三的好意。

而且——

儘管對這個提議的心動值少說有百分之八十，但她還是第一時間寬慰自己：一刻鐘的充氣量已足矣。

自由就像容易上癮的甜點，即使清楚它有賞味期限，她也不敢保證自己不會貪得無厭。

「嗯——」原也遲疑的鼻音將她的視線牽拉回去，只見他面露難色：「手機時刻開著熱點……也挺耗電的。」

春早訝然：「你不會還沒關吧？」

原也取出口袋裡的手機，瞄一眼，平放到女生眼下，是他的個人熱點畫面：「沒有哦。」

他語氣輕鬆，春早著急起來：「快關掉啊。」

原也被她的氣勢唬住，忍笑滑兩下，把手機收回去：「好了。」

春早腮幫子微鼓，呼出一口氣。

「考慮一下吧。」

微微仰臉，男生明亮的眼睛仍看著她，面色真誠。

春早欲言又止，重新垂低眼簾。

在她悶聲半晌的踟躕裡，他耐心不減：

「下次要用怎麼辦？」

「敢來敲我的門嗎？」

第三個樹洞

春早被他的問題堵住了嗓子。

隨即臉微微發熱。

她承認，在媽媽眼皮子底下，她斷然不敢也不會去敲原也的門借網路。

但昨晚那種情況不是第一次發生，需求猶在，此刻又有人願意幫忙，很難不心生一線僥倖。

與原也道別前，春早不再躊躇，答應了他的提議。

男生沒有表現出明顯的得逞或戲謔，只回一句「週末找機會給妳」，便騎車揚長而去。

來到學校，一想到這交易，春早心跳快得如同剛跑過一百公尺，隱祕的興奮和緊張將她包裹，只能靠抓耳撓腮，跟隔壁桌聊天，或一些刻意的閱讀行為轉移情緒。

這或許就是，共犯心態？

歷史課下課，體育股長指示各班排隊作操，學生們像被撬開瓶口的巧克力豆，從教室門往外湧動。

一時間，走廊烏泱泱擠滿了人，女生間的嬉笑打鬧伴隨著班導的到來戛然而止。班導師陳玉茹雙手環胸，面色冷淡，「押」著兩隊人去操場。

今天依然很曬。

晴空碧藍如洗，只有在路過花圃時，才能享受到一閃而逝的樹蔭。光斑在少男少女的制服和髮頂遊移。

三班的隊伍停下來，轉身立定，春早位列中段。

烈日當頭，她蹙起眉，將惱人的碎髮夾到耳後，以手為簷，擋在額前，用來抵禦過分猖獗的紫外線。

童越跟她身高幾乎無差，被安排在同一排。

她惜顏如命，先觀察班導，隨即從口袋裡抽出一瓶分裝防曬噴霧，傾低腦門，對臉和手臂一陣猛噴。

附近女生戰術閃避，春早亦然。

童越不滿道：「躲什麼，SPF五十，蹭到就是賺到。」

身後有女生掩唇偷笑；也有人湊近讓她再來幾下。

童越得令，繼續自己的灑水車行為。

隊伍最前端的班導殺來一記眼刀，幾個女生頃刻噤若寒蟬。

沒安靜兩秒，再度騷動起來。

竊竊私語裡混雜著「原也」二字。

童越從不知心理包袱為何物，第一時間踮腳豎腦袋，掃射尋找目標。隊伍裡出現一隻領頭羊，其餘人即刻產生從眾效應。春早也跟著舉目。

一班的隊伍正從他們左側穿過。

身高使然，原也的站位相對靠後，但大家總能第一眼注意到他。

男生佼佼不群，在日光下白得刺眼。

不知有意無意，兩班交匯時，他往這春早這邊瞟了一眼。

四目相撞，春早當即偏臉，佯作沒看見。

心臟開始做高頻跑跳動作。

慌什麼？

春早不能理解自己，是因為這個目光對對碰太像特務接頭嗎？所以她才下意識遮遮掩掩？

眼睛是不看了，可耳朵卻比在英語考場做聽力還專心。

十秒後，春早果斷放棄。清澈聲音聊著的，是宛若天書的遊戲，什麼「蝴蝶刀」，什麼「噴漆」。春早迷茫地摳摳額角。

升旗儀式過後，晨操音樂奏響，滿操場的藍白提線木偶開始活動，有的品質良好，有的明顯需要回爐重造。

春早屬於中間等級，挑不出錯，但多少也有些應付了事。她對體能活動興趣不大，常常肢體運動大腦放空，默背歷史大事年表。

做轉體運動時，春早一眼眺見那個優越的後腦勺。

原也烏髮茂盛，顱骨生得尤其好，如果有堂課要講人體結構分析，他的腦部X光片恐怕會被掛在白板上作為「圓頭」的最優典例。

小頭小臉，長手長腳，還很聰明獨立。

基因彩券持有者，女媧炫技之作。

春早不平衡地挪開目光。

接下來的一週，春早覺得自己眼裡的原也變得有些不一樣了。

儘管彼此的日常生活並無變化，兩人的相處程度也只能稱得上「泛泛之交」，但空氣裡的隱形扭結已如蛛絲盤繞，偶一對視或碰頭，都會迅速結網，未必肉眼可見，亦悄無聲息，但你知道它在擴張。

確定這發現始於週三睡前，春早收起耳機線，正準備關掉手機，鬼使神差的，她點入無線網路。

春早呼吸一滯。

那個名為「〇」的熱點，居然還開在那裡。

巋然不動的圓圈，變得像一隻狡猾的貓科動物的眼睛，滿瞳狀態，在凝視她。

一股被狩獵的慌張跑出來，春早飛速退出無線網路畫面。

她把手機塞回枕頭底下，側躺壓住。

臉頰發燙，心砰砰直跳。

原也忘記關了？

不對，上次明明看著他關掉了。

還是說，他是男菩薩？時刻銘記福澤同袍？不是說過很耗電……也太容易知行不一了吧？

春早自然不好意思再借網路，並尋思著要不要提醒他關閉，節省電量。

但思前想後，她得出結論，原也才不是菩薩，是撒旦，萬惡之源，用無處不在的網路和那張SIM卡引誘她走向墮魔深淵。

春早告誡自己。

一張卡，夠了。

贓物來到她手裡，她把錢交給原也，然後清算這場見不得人的勾當。

如此想著，等待週末的日子竟變得比往常漫長和難熬。

高二上學年是雙休，原也上午自然醒，下午在市立圖書館寫題目，待到四點半，他離開圖書館，去往最近的地鐵站。

攢動人頭裡，高瘦挺拔的少年穩穩立著，面無表情。

二十分鐘，五站路，穿過光怪陸離的看板和階梯，原也離開地鐵站，往家裡社區走。

停在當中一棟高樓下，他按亮手機掃一眼，才五點，家裡應該沒人，遂放心進入電梯。

「滴滴──」剛按兩下密碼鎖，門被人從裡頭打開。

原也左手落空，隨即垂回身側。

面貌秀美的女人有些詫異，回頭朝屋裡高喚一聲：「原屹──原也回來了。」

看體育新聞的原父聞聲而至，手裡遙控器都忘了放下，臉上浮出意外之喜：「回家怎麼不提前說一聲啊？」

他一邊講話，一邊將卸下放鬆的皮帶扣回去。

原也一言不發蹭掉球鞋，抿高唇線，這才抬眼叫人：「爸、程阿姨。」

「我回來拿東西。」他趿上拖鞋。

原屹上下端詳：「讓爸爸看看，住到外面瘦了沒有？」

原也回：「還好，跟住校差別不大。」

程昀看看父子倆，溫聲提議：「川川爸，難得原也回來，你又有時間，等等接了川川，我們一起吃個飯吧。」

原屹直說「好好，這個建議好」，又去詢問原也。

男生沒有反對，「嗯」一聲，走去臥室。

他拉出書桌最左邊的抽屜，拂開一堆充電線，取出最下面那張還未拆封的手機ＳＩＭ卡。

又從中間抽屜翻找出另一支安卓手機，插上電，指節叩桌稍候片刻，手機自動開機，他嫺熟地將小卡裝機，撥通自己電話。

並未停機。

確認網路使用也沒任何問題，他用自己的手機幫它充值兩百元，才拆出小卡，放回之前的塑膠袋裡，壓實，揣進褲口袋。

把桌上東西各歸各位，原也打開房門。

原屹已經關掉電視機，襯衫衣擺一絲不苟地塞回西裝褲；程昀也背上皮包，只等他一同出門。

原游川上課的美術班在離家不遠的一間大型商場四樓。剛到門口，等得不耐煩的小男孩立刻掙脫老師的手，歡呼雀躍，直奔媽媽懷抱。

程昀一把將他舉高；原屹鼻子出氣裝不高興：「怎麼都不叫爸爸？」

原游川脆生生喚：「爸！」

原屹笑應一聲，伸手將小兒子攬來自己身前。

原也站在一旁，百無聊賴，視線無處落腳，望著商場中央的巨型懸吊花環怔神。

他們在同家商場的一家火鍋店就餐。

四人座。

程昀本來想跟原游川坐同邊，方便看顧他進食。但這小孩不知何故鬧著要跟哥哥坐一起，連哄帶騙也沒辦法，只能遂他的意。

程昀入座，朝他瞪瞪眼睛：「那你千萬別打擾哥哥吃東西哦。」

原游川點頭如搗蒜。

原屹瞧著對面這雙漂亮兒子，抿口麥茶，笑說：「一定是太久沒見哥哥了，想他了。」

原也睫毛攏翳，安靜地幫原游川和自己燙洗碗筷，弄完才說：「我去配醬料，你們誰要一份？」

程昀說：「沒事，你挑自己喜歡的，我們要什麼自己來。」

原也起身離席。

程昀瞧著他瘦削的背影，嘟囔：「你說我們川川以後能不能變得像原也一樣懂事啊？」

原屹嘁聲，斜妻子一眼，搖頭：「有妳這種媽，難說。」

「什麼啊。」程昀嗔他，推他手臂一下。

原屹笑呵呵的。

回坐時，原也雖沒多帶醬料，但端來了一盤什錦水果和零嘴，放得滿滿的。

剛把它放到桌子中央，原游川就整盤拖過去，興沖沖享用起來。

原也眉略挑，不置一詞坐下。

他單手拔掉手邊四罐雪碧的易開罐環扣，分發給每個人。

湯汁沸騰，餐燈下白霧繚繞。

剛開始原游川情緒還算穩定，一口飲料一片涮肉吃個不停，但半飽後，他對食物失去興趣，開始想鬼點子。一下子瞄準桌上的醬料，先要來老媽的，又索走老爸的，混進面前的大盤子，雙手伸進去，抓捏，揉按，弄得一塌糊塗。

中途原屹勸阻無果，見他自己「調顏料」調得挺開心，就沒再管。

原也握起雪碧，正要喝一口。

「哈！」

兩隻肉嘟嘟的小手突然蓋到他T恤袖口。

原也一愣，瞄向自己袖子上突兀的巴掌印。

他微不可查地蹙了蹙眉，手臂一伸，將桌子內側的衛生紙盒撈過來，抽出兩張。

「欸？」專心吸粉條的原屹這才察覺，停筷問：「川川你幹什麼？」

「謔謔哈嘿！哇——」看見爸爸反應變大，小孩更是起勁，以迅雷不及掩耳之勢在原也手臂上瘋狂塗抹，原也下意識收手閃避，他就換地方，將亂七八糟的黏稠醬料全蹭到他腰側。

分秒間，全白的T恤變成半片難看的塗鴉牆。

原游川拍手，驕傲欣賞自己的作品：「哇塞，真好看呀！」

原也咬肌輕微發緊。

但沒有發作。

原屹嫌棄地嘖一聲，佯慍道：「原游川，怎麼能把醬料弄到哥哥身上呢。」

程昀一直靜悄悄看著，此時才開腔：「川川爸，你別跟他生氣。」

又溫柔地瞥向兒子：「川川，你告訴爸爸，是不是因為剛上完美術課，所以想在哥哥身上畫畫啊？快問爸爸畫的好不好，這樣爸爸就不會生氣啦。」

「是！」小男孩中氣十足：「爸爸我畫的好不好？」

話落，手又趁機惡作劇地拍上原也肩膀，一臉得意。

原屹愣生生看樂了，撐起的嚴父氣勢一下散去，不知再如何開口是好。

爸爸的笑容似免死金牌，原游川直接端起盆子，壞笑著要往原也身上蹭。

小孩的笑聲過於尖銳和豪放，後面那桌的女人轉過頭來，瞥到原也半邊衣服掛彩，吃驚地捂嘴叫旁邊人一起瞧。

原屹見狀，收起笑意，抽走小兒子手裡的盤子，把面前的溫毛巾遞給原也：「原也，你擦擦。」

男生正用衛生紙擦拭著，蹭了幾下，發現紅油和醬油已經滲透進去，完全無法處理，於是放下衛生紙，也沒接爸爸手裡的毛巾：「不用了。」

「我去洗手間清理一下吧。」他不好意思地莞爾。

又看向還在抓撈剩餘殘渣的原游川：「正好帶川川去洗一下手。」

原屹擰擰眉，又舒展開來：「行，洗不乾淨也沒關係，吃完我們去二樓買件新的，我記得這邊很多你們男孩子喜歡的運動品牌店。」

原也應「好」，雙手夾到原游川腋下，將他提抱到地面，牽上就走。

面孔俊朗的少年領著小孩，衣著狼狽，因此非常引人注意。

但他面無異色，只有目光在走道兩旁的食客身上逡巡。

剛一番「作惡」讓身畔的小男孩情緒高漲，發出無邏輯無內容的音節，刺耳無比。

走出去約十公尺，原也停下腳步，躬低上身，指著不遠處一個人，低聲同原游川說：「川川，你看那個叔叔。」

小男孩睜大眼睛，朝他示意的地方張望。

那邊坐著個胖碩的男人，穿白色短袖，身後是大大的翅膀標誌，露出來的手臂上有繁複花紋。

原游川眨眨大眼睛，瞅瞅自己空白的手臂，又去看那人，頗覺新奇。

原也語氣溫和：「他身上畫了畫欸，你覺得有你畫的好看嗎？」

原游川嘟起嘴，雄赳赳氣昂昂，天下第一：「不好看！我畫的才好看！」

原也循循善誘：「那你要不要去幫他變得好看一點？」

手裡陡然脫力。

小男孩迫不及待地跑了出去。

原也慢慢直起上身，撚去指端髒汙，目送厭惡的猴子直奔虎山，勾動嘴角。

孩子的哭喊響徹餐廳時，程昀正殷切地將幾片剛燙好的牛肚往丈夫碗裡夾。

起初她並未留意，但那嚎哭聲越聽越耳熟，幾個服務生紛紛往那攏，於是起身查看狀況。

這一眼便心亂如麻。

隔著幾個座位，有位身材壯碩的花臂男人站那，沒好氣地四處喊話：「這誰家小孩啊。能不能管管啊？」

而自己的寶貝兒子坐在地上，面紅耳赤，涕淚橫流。

循聲過去的一位女服務生將他拉站起來。

原游川頓時哭得更凶。

程昀推擠自己丈夫，要他讓行，原屹瞟她一眼，不知怎麼了，聽她說是川川哭，這才趕緊撂下筷子，一同過去。

她三步併作兩步，邊喊「借過」，邊撥開圍觀人群。

原也見狀，不疾不徐到場。

程昀將兒子攬來身前護住，輕聲問：「川川，你怎麼哭了呀？」

一見媽媽，原游川更是委屈，伸手指認，對準那男人：「他打我。」

程昀一聽，慌了，蹲下身四處檢查孩子身體，問他被打到哪了。

原游川不答話。

程昀像匹護犢的母狼那般露出敵意：「你們打他了？」

跟男人同桌的女人炸出聲音：「誰打他了？也就推了一下，你家小孩別張口就汙蔑人行嗎？」

「推孩子就對了？」程昀瞪著她：「你們怎麼隨便推孩子呢。」

花臂男氣極反笑：「推他怎麼了，我沒打他都算好的了。」

程昀深呼吸，胸線迭動：「欸你這人怎麼說話呢？」

花臂男說：「我就這麼說話怎麼了？妳孩子用髒手在別人身上亂抹妳還有理了？妳要是不會管小孩就別帶出來丟人現眼，給人找麻煩。」

身穿黑色細肩帶的女人立刻幫腔：「就是啊，我男朋友一開始也跟他好好說了，他不聽，我們活該坐著被小屁孩亂搞？觀音菩薩來了也沒這麼好脾氣吧。」

說著丟了兩團髒兮兮的衛生紙過來，滾到程昀面前。

人證物證俱在，程昀被堵住，張口結舌間，她突地想起落了個關鍵角色，便揚起臉來四處尋找。

原也適時出現在眼前。

「不好意思，」少年乾淨的聲音擴散開來，頃刻稀釋劍拔弩張的氣氛：「是我不好，沒看住我弟弟。」

「我向你們道歉。」

「實在對不起。」

他低眉順目，態度謙和。

那女人多瞄他一眼，見他身上更是不堪入目一團糟，忍不住陰陽怪氣：「哈，難怪呢，自家人都能弄成這樣，還指望能對陌生人有什麼教養。」

程昀正要反駁兩句，懷間一空。

一旁暫未插手的原屹，見附近座位有食客舉起手機，連忙將原游川提過來，威嚇一聲：「哭什麼哭！跟叔叔阿姨道歉！」

爸爸面容凶怖，原游川登時止聲，大腦空白，只能照做。

他啜泣著，一邊抹臉，一邊喃喃：「叔叔、阿姨，對不起……」

原屹繼續教：「我不該在你們身上亂抹。」

原游川照著念：「我，嗚，我不該在你們身上亂抹……」

原屹注意到男人袖口的汙漬，補救道：「先生，實在抱歉。是我教子無方，讓他把你衣服弄成這樣，您看是賠償您還是？」

男人瞥他一眼，不屑道：「不用了。看你老婆那不服氣的樣子，別回頭被倒打一耙說我們騙錢。」

原屹眉頭微緊，回頭眼神制止。

程的銀牙咬碎，敢怒不敢言，只能將孩子重新拉來身前。

服務生見狀，連忙上前勸解，說孩子還小不懂事，和氣生財，那對男女不再計較，坐回去繼續用餐。

程昀抱著原游川回座，輕聲哄慰；原屹沉著張臉，一言不發。

原也跟在後面，信步自若。片晌，他側過臉去，輕悠悠地呵出一口氣。

本該其樂融融的一餐，因這個突發事故，變得異常沉悶。

後半段，原屹食不知味，連飲幾杯大麥茶說飽了，問妻子什麼時候走。

程昀面皮薄，自然也不想多待，就說：「現在走吧。」

原屹點點頭，看向原也：「你今天就住家裡吧？」

原也婉拒：「我這週作業多，有不少沒帶回來，還是回出租屋吧，我怕做不完。」

見他身側背包是不厚實，挎在那裡，原屹不再強求：「那我們先送你回去。」

原屹去地下一樓取車。

原也、程昀、原游川三人在路口等候，小孩還在抽噎，剩餘兩人均不出聲。

黑色的奧迪A8L剎停下來。

原也坐入副駕駛座。上路後，後排程昀仍在安撫驚魂未定的原游川。

女人聲音細碎不絕，原屹本就心情煩悶，叫她少這麼溺愛，兩人辯嘴幾句，車內再無聲響。原也靠向椅背，摸出降噪耳機，一左一右戴好，側眸看窗。

轎車滑過沒有盡頭的幻光霓虹和樓宇，停駐在眼熟的小巷口。

原也下車剛要走，被握著方向盤的爸爸叫住。

男人回頭叮囑妻兒：「小昀，我跟原也上去說兩句，妳和川川車裡等我。」

程昀一怔，微笑應聲。

原屹把冷氣留著，下了車。

窗外兩道影漸行漸遠，程昀熱忱相送的神態冷卻下來。

她從包裡取出一支棒棒糖，拆袋，遞給陷在安全座椅裡的原游川。

男孩舔舐著，情緒總算好轉。

女人挽起笑靨：「川川，你不是去洗手的嗎？在哥哥身上畫畫就算了，怎麼好端端的用髒手抹別人呢？是不是哥哥讓你做的？」

小男孩用力點頭：「就是哥哥讓我畫的。」

程昀攥拳，水紅色的指甲掐進肉裡。她深吸一口氣，又緩慢吐出，然後升起車窗。

一路上，父子倆基本沒講話，不過幾句客套寒暄，住得習慣與否，原也收起耳機，逐一作答，只是沒什麼情緒。

原屹跟著原也上樓，對樓梯間的環境全程挑剔：「要不是實在沒空房，才不會選這間，這樓梯小的，多來兩個男的都要塌。」

原也沒回應，取出鑰匙開門。

屋內一片漆黑，只有些戶外的黯淡光斑淋在器物上。

「沒人麼？」原屹有些意外：「隔壁那戶回家了？」

原也掃見女生房門縫透出一隙亮，又瞄了她媽媽房門一眼，迅速打開客廳燈：「好像是。」

「就一雙拖鞋。你別換了。」

他說著，走去自己房間。

原屹跟進去，考慮到家裡沒旁人，就沒有掩門。

男人四處打量，見兒子屋裡收拾得還算整潔入眼，不再過問生活方面的事，走去他書桌旁，拖出椅子坐下。

「你也坐。」原屹指床。

原也一言不發照做。

原屹拿起他桌邊習題本翻兩下，又放回去，不賣關子：「我前幾天到北京出差，沒空管到你，你知道你們湯老師打電話給我嗎？」

不用想都知道是為什麼事，原也回：「猜到了。」

「他說你放棄競賽了？真的假的？」

原也揚眸：「真的。」

本還沒特別當回事，等真從兒子口裡確認，原屹再也無法掩飾自己的驚疑：「你就自己決定了？」

原也說：「對，我不想參加了。」

「你說不參加就不參加？」原屹聲調陡然提高：「這麼大的事也不跟我商量一下？」

原也面孔平靜：「我想專心升學考。」

原屹不以為然：「這衝突嗎？再考一次怎麼了，又不是差多少，六十二名，差兩名就能進集訓隊，清華北大就穩了，按你的勢頭和這麼多年的經驗，下次進是百分之百的事情，為什麼不去了？早奮鬥早享受的道理我不信你不懂。」

原也直直看著他：「那又怎麼樣，我全科成績從沒掉出過年級第一。你擔心什麼？」

原屹嘲他：「你是真不懂還是假不懂？國家集訓隊的價值是升學考能比的？」

原也彎了彎唇，並無切實笑意，只覺冷森：「是對你機構來說吧。」

原屹如鯁在喉，半晌，他按住火氣，放平聲腔：「你弟弟和程阿姨還在下面等，我沒工夫跟你掰扯這個。我是你爸，我會害你嗎？你現在還不明白當中的利害關係，別拿自己的將來賭氣。」

「我的將來我比誰都清楚，」原也雙手撐床，稍稍後仰的姿態格外悠閒，也愈顯肆意：「我能為自己負責。你別管了。」

提到這個原屹更是生氣：「我怎麼管你了？這麼些年我睜一隻眼閉一隻眼偏袒你的次數還少嗎？今晚川川的事，你真當我不明白？還有，你偷偷替博知出題——賺那幾個錢準備幹嘛，家裡是不給你錢用還是虐待你了？」

男人想想又冷笑：「我原屹、原校長的兒子，幫對手出題，你怎麼想得到的，講出去真是讓人笑掉大牙。」

原也沒有出聲。

原屹深諳兒子脾氣，完全遺傳他親媽，看起來溫煦好相處實際心硬如頑石。

於是又擺出好商好量的態度：「原也，你真想清楚了？備戰升學考不參加競賽，不再好好考慮考慮？」

男生目光決然，閉門謝客：「不用再考慮了。你回去吧。畢竟川川和程阿姨還在等你。」

他說話帶著火藥味，原屹聽得血往大腦湧，怒不可遏，起身就是一句：「行，你厲害，不參加比賽，好啊，那就給我當狀元！」

「不然你就對不起你現在說的每句話！跟家裡慪的每次氣！」

男人說完便走，步伐毫不停頓。

最後轟一下甩上正門。

偷聽許久的春早被摔門聲嚇得一激靈，手裡的自動鉛筆因力往下一按。

她心跳如雷，連忙抹開紙上斷掉的筆芯，嘎噠兩下按出新的，強令自己繼續寫題目。

然而思緒全亂，再也解不下去。

她撓撓頸側，心想媽媽去超市前肯定關掉了屋外所有燈，他們可能以為家裡沒人才吵成這樣。

還是不要讓原也知道她的存在為好。

這麼想著，春早決定「坐實」屋內無人的假像。

她輕手輕腳起身，關掉臥室燈，只留著桌角的護眼檯燈打光。

坐回桌邊，她不忙握筆，靠向牆面，側耳聆聽，屏息留神隔壁響動。

那端傳來穩定的鞋履聲，只有六下，便中斷了。

「吱呀」一聲，似乎是開衣櫃門的動靜。

少頃，踩在地板上的腳步聲再度響起，漸而遠去。

她吁口氣，一屁股坐回椅面，這才將筆捏起來，把寫滿的紙換面。

正要伏身繼續做作業，門板被叩三聲。

春早驚彈起上身，看向房門，一時不知如何是好。

他知道她在家？

心亂片刻，女生拉一拉睡衣衣擺，端正表情，走去開門。

門外果然是原也。

從臉色到狀態，風平浪靜，彷若無事發生。連身上的白T恤都乾淨規整得看不出一絲皺褶。

春早儘量不與之對視，不想讓他感覺到端察和研判，以至於挫人自尊。

男生遞出左手，一張嶄新的白色手機卡被他夾在兩指間：「妳的卡。」

「接著。」他言簡意賅。

春早雙手抽走，頷首致謝，又問：「多少錢？」

「嗯？」一個困惑的鼻音掉落下來：「這好像是借給妳的，不是賣給妳的。」

春早頓時臉熱。

「我知道，」她連忙解釋：「我沒有要一直占有它的意思。就是這樣白用你的卡……我感覺不太好，畢竟電話、網路都要錢。」

她還在扭捏不安，而男生已快速給出解決策略：「這樣吧，請我吃頓飯好了。」

春早看向他，眼底有所顧慮：一頓飯就夠了嗎？

男生似乎並不在意是否等值交換，繼續徵求她意見：「可以嗎？」

好吧，就按他說的來吧。春早心一橫，同意：「好，下個星期你選一天，我請你吃飯。」

原也「嗯」一聲，示意她手裡的卡：「不試一下嗎？」

春早反應過來，回身走到床邊，掏出枕頭下方的手機，開始裝卡。

她知道怎麼操作，但因為少有這樣的時刻，所以有點手忙腳亂。

原也沒有主動插手或指導。

屋外有燈，屋內晦昧。

女生恰好停在光與影的交界處，腦袋微傾，小巧的鼻頭像是半掩於深水間的珍珠。

她的動作略顯生疏，但非常地認真和執著。

時間和空間變得像是屬於她的，他不想入侵，也捨不得打破。

終於開機。

螢幕的光映亮女生的雙眼。

原也忍不住抿高嘴角，就像是，贈送禮物的人也分到一角蛋糕。

春早克制著翻騰的喜悅，走近他，點開音樂軟體，隨意選了一首，輕快前奏很快流出。

「謝謝。」她再次道謝，心頭感激涕零：「可以用。」

網速還很快，嗚嗚。

原也回：「那就好。」

完成「交易」，男生正要走，忽的，他側回身來，薄薄眼皮微掀，朝只餘一盞微光的房內隨意一瞥：「妳還真是節約用電。」

「……」春早噎住，無措地用手背蹭額角：「呃，反正就一個人在家。」

極為刻意地目送「原大恩人」回去自己臥室，春早才關上房門。

她一個箭步坐回床邊，戴上一邊耳機，配著歌單BGM，瀏覽各大網站，登錄聊天軟體，上社群，盡在掌控。

非黑即白的空屋正式與外界搭軌，新鮮的清甜的氣流灌進來。

春早愉快地跟著音樂哼歌，腳後跟在拖鞋裡有節奏地上下蹦跳。

當然，隨時警惕看門，留心屋外動靜，以免過於得意忘形，被回來的春初珍逮個正著。

正自嗨著，一則簡訊提醒跳出來。

春早打開。

陌生號碼，內容：『test』。

測試？

測試……手機通訊？

除了這張卡的另一位擁有者，她想不到還有誰會傳這種訊息。

作為忘乎所以的租賃方，春早本想惡搞地回覆：ＴＤ[1]。

但想起方才隔壁的激烈情形，她規規矩矩地打下「收到」，並將號碼儲存到通訊錄裡。

男生沒了動靜。

春早等了幾分鐘，情緒不受控制地宕下去。

她倒頭躺回床上，覺得如此高興的自己有點刺眼和過分了。

原也和他爸爸爭吵的內容彷彿還在耳邊迴盪。

很難不往深處想，他應該是回家拿卡才會遇見他爸爸；他們口中的「程阿姨」，是報到那天過來的那個女人麼，原也的家庭構成竟然是這樣的……出題賺錢，該不會她借用的這張卡也是他的辛苦錢吧？至於競賽狀元之類的，對成績有這麼明確的要求，跟她的悲慘處境沒兩樣，甚至更為嚴苛。

看似完美到毫不費力的一個人，私底下居然過得這麼艱難。

春早怔怔舉著手機。

1　網路用語，羅馬拼音「退訂」的英文首字母縮寫。

外表看起來沒關係，就真的沒關係嗎？

她聯想到自己和媽媽拌嘴之後的傷心難堪，越發歉疚。

春早關掉所有軟體，只留著簡訊畫面。連音樂都恥於再開。

冥思苦想過後，她主動問候：『你還好嗎……？』

對面回來一個『？』，似是不解。

「……」

春早繼續委婉發言：『你知道的，這間房子隔音效果不太好。』

但令她驚掉眼珠的是，兩則訊息接連跳出來，不帶標點符號：

『吵到妳了嗎』。

『抱歉』。

不不不……不是啊——

春早挺坐起身，內疚加倍增長。無奈她口笨，只能想出生澀拙劣的安慰：

『跟家長吵架其實蠻正常的……』

『你看我上週不也和我媽吵了。』

『過去就過去了。』

『也不用給自己太大的壓力，狀元什麼的，就算付出99%的汗水，也需要1%的運氣吧。』

『不要多想，你超級厲害了，真的。』

原也靠在床頭，看著訊息一則接一則跳出來，神色一時有些變幻不定，最後歸結為一個詞：想笑。

確定她已經結束發言。

他微微坐直了身體。

儘管不是要跟對方當面對話，他還是兀自清一下喉嚨，輸入：

『春早，』姓名起頭的方式讓這句話看起來鄭重了些：『妳聽過一個童話故事嗎？』

得到回信的女生正襟危坐，背靠牆：『什麼？』

他回：『《長著驢耳朵的國王》。』

春早思忖片刻：『好像有印象。』

正要切出去搜尋完整故事，又跳出訊息，似乎準備親自講述：

『從前有個受人愛戴，英明神武的國王，他有個不為人知的缺陷，就是長著一對驢耳朵。他很擔心被人民知道。』

『可他總要剪頭髮的，就請來一位守信用的理髮師。』

『理髮師因為幫國王保守耳朵畸形的祕密很痛苦，就去山裡挖了個洞講出來，又把洞埋上。』

『過了幾年，洞裡長出樹，被牧羊人砍下樹枝做笛子，後來……』

他斷在這裡。

經由原也講述，孩童時代塵封的故事在春早腦袋裡逐步顯形。

她不太確定地補充：『後來笛子吹出來的都是國王長著驢耳朵的祕密？』

對方肯定：『沒錯。』

又問：『如果妳在這個故事裡，妳會選擇當樹洞，還是當笛子？』

春早愣住了。

不過數秒，福至心靈，女生頓悟出這則童話的深層含義。

確定自己沒有做錯閱讀理解，她嚴肅打字回：『當然是樹洞。』

並添上原因：『感覺笛子很沒有道德。』

她絕不會成為那樣的角色。

她會幫他保守所有的祕密。

正如他賦予她的紙條和手機卡，他也一定不會外揚和聲張。

但她想得到確切的承諾，就問：『你呢。你會選擇當什麼？』

畢竟是關乎人性考驗的問題，春早做足等待的心理準備。

然而，前後幾乎無時差，男生的回答躍至眼下。

非常簡短，也非常有力：『我會一直當國王。』

春早做了一個夢。

夢裡的她置身於遮天蔽日的密林，周圍排列著無數株一模一樣的雪松，她想走出去，卻發現動彈不得，低頭一看，她的雙腿不是雙腿，變成了碗口粗的樹幹和根鬚埋於地裡，手也不再是手，而是綠葉攢簇的枝杈。

為什麼她會變成一棵樹啊？

春早惶惑不已。

突地，草木窸窣，一道峻挺的身影從正前方路過。來人衣飾富麗，是紅金相間的西方皇室軍服，腰間別有銀製的佩劍，但他的動作有些搞笑和詭異，像是擰上發條的錫兵玩偶，一直正步向前，目不斜視，也沒注意到這裡。

春早辨認出他是原也。

被困在樹裡的她寸步難行，只能求助大叫：「原也！幫幫我——原也……」

但那人恍若未聞，眼看著就要走出視野，急得汗流浹背的春早靈光乍現，變換稱呼：「國王——」

彷若按下某個開關，男生漂亮的面龐轉回來。

他腦袋上的兩隻長耳朵格外醒目。

春早聯想到驢耳朵國王。

不過奇妙的是，原也的兩隻耳朵都是潔白的，豎得很高，跟他那張標緻無瑕的臉格外適配。比起驢耳朵國王，他更像是一位兔子國王子。

春早苦著臉央求：「救救我，我是春早。我被困在樹裡了。」

男生改換路線，筆直地朝她走過來，停在她面前看著她。

「妳怎麼了？」他問。

春早激動得樹枝搖晃，抖落一地葉片：「我不知道為什麼變成樹了，沒辦法走路，也沒辦法離開這裡，你能幫我想想辦法嗎？」

男生手撐下巴，眉頭緊蹙。

思考間，他白茸茸的長耳朵還小幅度地前後彈動：「是不是需要什麼解咒方式？」

話音剛落，春早頭頂的密葉「嘩啦」一動，一隻巴掌大的青蛙從裡面蹦跳到地面，「呱呱」兩聲，看看春早，又看看原也，發出聲調古怪的腹語：「國王要親吻這棵樹才行！國王要親吻這棵樹才行！」

春早瞬間清醒。

第一個反應是摸摸手臂，確認自己還是人類，然後在黑暗裡急促地眨動眼睛。

女生的心跳快得不可思議，不知是因為夢的過程短暫還是夢的內容過於驚魂，所有細節像跑馬燈一般在腦內放映。

春早雙手搭臉，觸到的肌膚熱乎乎的。

這是什麼鬼夢啊，莫名其妙又讓人汗顏，以至於整張臉都皺起。

還好及時醒過來了，沒有讓這個夢的發展變得更離奇……

春早後怕又暗自慶幸，平復幾分鐘，她翻了個身，重新閉上眼睛，繼續醞釀睡意。

然而她的大腦比連喝十杯咖啡還清明。

胸口還是怦動不停。

春早放棄收集瞌睡蟲，摸出枕頭下面的手機。

打開的一瞬間，她釐清了這個怪夢的原因。

一定是原也那則童話故事的影響過於深入人心。

還有他的回答，過於有穿透力。

當時她對那句話似懂非懂，就去搜尋看完整篇故事進行解析，繼而回覆他：『國王是指被知道祕密也無所謂嗎？』

原也說：『是即使有缺陷，我也要做那個站在最高處的人哦。』

春早當場愣住。

……怎麼可以用這麼輕飄飄的口吻，講出這麼自大狂妄的話語啊。

但不得不承認，原也的確有這樣的資格。

至少在宜中，在這個屬於他們的「國度」，如果把成績作為兵器和武力，他不光是五邊形戰士，還是實力最強的那一位，毋庸置疑。

她只能嘴硬吐槽：『你好中二。』

男生回了個可愛溫良的笑臉：『:D』
對話終結在這裡。
春早退出訊息畫面，又登錄QQ[2]，想去看一下好友的動態。
第一則就是童越上傳的遊戲戰績截圖，一片藍，配字：我的野王哥哥好棒——
「……」
她想也沒想幫朋友按了個讚。
沒想到被熬夜冠軍童越抓個正著。
珍珠公主：『？』
因為一直將童越設置為置頂，春早就沒幫她備註過網名。而且每次見縫插針上線，目睹和收聽她隨機變幻的耍寶ＩＤ及其背後的淵源，也算是春早課業之餘的樂趣之一。
春早的食指停頓在螢幕上。
珍珠公主的另一則疑問已經甩過來：『本人？』
春早再也無法裝死：『嗯。』
對面問：『嚇死人了，妳怎麼這個時間上線？我還以為妳被盜號了。』
我才是差點被夢嚇死的那個好嗎？

2　中國大陸騰訊公司推出的即時通訊軟體。

春早一邊在心底咕噥，一邊戳字：『做噩夢醒了。』
童越又問：『妳回家了？』
春早說：『沒啊。』
童越：『那妳哪來的網路？』
春早回過神來。
遲疑片刻，她將實情分享給朋友：『我有手機卡了。』
童越難以置信：『春女士幡然醒悟大赦天下了？』
手指微微蜷縮一下，春早依舊選擇講真話：『是原也借我的。』
童越的反應像是在手機那頭跳了起來：『我靠？』
她重複她的回答：『原也借妳卡？』
『原也借妳卡！！！！！！！！！』
春早被她的驚嘆號晃到雙眼：『幹嘛……』
童越：『你們怎麼勾搭上的？』
盯著「勾搭」二字，春早生出些許不自在，長長地吸氣——呼氣——才將前後經過一五一十告訴童越。
童越傳來一張撒貝寧[3]吸氧氣梗圖，像親身經歷那般激動：『啊啊啊啊啊這個男的也太好

3 中國大陸中央廣播電視臺節目主持人。

了吧。』

又說：『上次在福利社買水也是。』

春早同意她的話：『是啊，他人是蠻好的。』

這兩個禮拜相處下來，原也給人的感覺的確很好，進退有度，友善又細心。

聊天室裡靜默幾秒。

童越說：『快看我新網名！』

春早更新一下，發現她從「珍珠公主」變成了「嗑學家」。

春早皺了皺眉：『什麼意思？』

童越說：『從現在開始，我將珍珠公主的尊貴頭銜轉交授予妳，退居二線嗑CP。』

春早聽不懂這些花裡胡俏的：『說人話。』

童越連傳N張不同類型的姨母笑梗圖：『妳和原也的CP，我死嗑到底。』

春早：『……』

凝視著這堆文字，夢境畫面又不合時宜跑出來，青蛙的怪叫繞梁不絕。

春早頂著張番茄臉，回斥：『妳有夠閒的。』

童越給出奇怪的關係鏈：『爹的，妳能不能有點志氣啊，妳現在是跟級草共用同張卡的女人了。』

又好奇：『你們聊過天嗎？』

春早用手搧風，幫臉降溫：『傳過幾則簡訊。』

童越又是一頓大呼小叫：『你們沒加QQ？用簡訊聊天？我的爺爺奶奶都不用簡訊聊天了。』

春早：『……』

春早辯駁：『我今天才拿到卡好嗎？』

童越：『去跟他要QQ啊，正好讓我分析一下原也的屬性。』

童越總愛透過異性的大頭照和帳號主頁研究歸類他們的個性，春早對她這癖好深諳於心。

春早回：『這沒什麼可好奇的吧。』

童越的語氣如同她暴殄天物：『妳不好奇我好奇行嗎！我好奇的要死了！那可是原也的個人資料！』

此道不通，她另闢蹊徑：『問題是簡訊也有限額啊，妳安心讓原也多交電話費？』

這倒是把春早問住了。

她將手機翻轉過來，盯住背面。

確實，她並不清楚這張卡的方案，也不知道有沒有簡訊吃到飽，說不定今晚那幾句聊天要原也多繳幾毛錢。

多虧童越提醒。

她忙不迭打開簡訊畫面，數了數自己傳送的簡訊數量，決定傳訊息問清楚方式形式，外加給出添加QQ的提議。

或者，WeChat也行。

瞄到螢幕左上角時間已經是凌晨一點四十六，春早立刻收手。

還是明早再傳吧。

夜深人靜，萬一吵醒他。

跟童越打岔幾句，春早終於擺脫這位即興入坑一秒沉迷還問東問西的狂熱「CP黨」，關掉手機，昏昏睡去。

♛

作為一名鮮有八小時標準睡眠的高中生，原也從不會荒廢每一個週末的早上。

不過，不是為了一日之計在於晨，而是要睡到日上三竿，補足電量，再留到上學期間慢慢消耗。

臨近晌午，原也逐漸轉醒。

臥室窗簾的遮光效果並不好，日光囂張地擠來屋子裡，床上的男生拱了下身，抬手蓋住眼睛，少刻，又垂下去，拿起枕畔的手機看當前時間，視線隨即滑至下方的通知提醒。

指端往上一滑，點開。

男生濃眉稍揚。

居然是隔壁的女生傳來的，長度堪比小作文，時間是早上七點四十七。

『打擾了。

昨天睡前我突然想到傳簡訊是不是會有數量限制，也不知道你有沒有幫這張卡開過簡訊吃到飽，所以有些擔心你會多花錢……以後聯絡用QQ或WeChat會不會更好一點？如果方便的話，我們可以加個QQ/WeChat嗎？』

粗略瀏覽一遍過後，原也又一個字一個字地重讀。

每個字都是水果口味的聖誕拐杖糖，他的唇角被一點點吊高。

原也隨意抓兩把蓬亂的額髮，撐坐起身，輸入：『好啊。』

並鍵入數字。

靠牆等待幾分鐘，有飯菜香漫來房間，原也側頭看門板一眼，心領神會，從床上下來，扯開窗簾。

房間頓時變得像撕掉薄膜的壓克力盒子一般通透。

原也開門出去，果不其然，女生正在和她媽媽吃午飯，見他出來，她飛快抬頭看過來，瀏海下方的眼睛亮晶晶的。

原也下意識跟她笑了一下，無聲版。

春早頓住，筷子尖還咬在嘴裡。

春初珍背對他夾菜，聽見動靜也回過頭去。她見男生明顯剛起床的樣子，不禁打趣道：

「小原昨天夜裡做賊去了？」

「嗯，」他笑得更開了，沒有否認：「啊。」

春初珍被少年人朝氣蓬勃的笑容侵染，跟著樂：「偷到什麼好東西了？」

原也沒有回答，只露出「不可說」的臉色。

怎麼，越聽越不對勁。

春早擰起眉。

尤其媽媽和原也逗完嘴，男生又望過來，抬起手臂，用拇指隔空示意房內兩下。

什麼意思？

回了訊息？

可不可以傳達更準確一點的肢體暗號？

男生從她身後路過，繞去洗手間時，春早有了一點被拎高心臟的緊促感。

她三兩下將碗底的米飯扒完，回到臥室。

春早一下子看書，一下子看門，焦灼感爆棚地等了半個小時，媽媽終於收拾好廚房和餐桌，回自己房間午睡。

路過時還替她帶上房門，叫她趕緊休息，晚上還要上晚自習。

春早闔上歷史筆記，用最輕最慢的手勁將門鎖上一道，鑽回毯子裡。

打開手機。

原也果真回了她訊息。

春早迅速複製那排數字，搜尋使用者。

對面通過得很快。

總算加上了。

春早舒了口氣。

原也的網名非常簡單，僅一個：X。

大頭照也是同齡段男生慣常會用的那種漫畫男。

正思量著要給出什麼樣的開場白時，男生無緣無故地提出問題：『妳這麼喜歡上學嗎？』

春早一頓，納悶：『啊？』

他指出：『妳的網名。』

春早這才注意到自己的ＩＤ，「小鳥說早早早」。

取自某首知名童謠：太陽當空照，花兒對我笑。小鳥說早早早，你為什麼背上小書包。我去上學校，天天不遲到。

難怪。

但……

春早抿抿唇，決定告訴他殘酷的真相：『有沒有可能，它還有另一個版本？』

彼時原也正在巷子裡的麵館吃飯，極為袖珍的一家店面，不過四張矮木桌，只用於造福周邊的街坊四鄰。

好看的男生倏地被麵湯嗆到。

確切地說，是被女生的回答逗笑，所以才會嗆到。

他放下手機，換杯子喝水，不等咽喉不適完全緩解，又舉高手機，將女生生怕他不理解，貼心後附的一張惡搞改編歌詞截圖打開，再看一遍：

『太陽當空照，花兒對我笑。

小鳥說早早早，你為什麼背著炸藥包。

我去炸學校，老師不知道。

一拉線我就跑，轟的一聲學校上天了——』

第四個樹洞

春早想到了原也會笑。

但沒想到他還能傳來兩個大拇指捧場，這種常駐家族 WeChat 群組的聊天方式放在原也身上屬實有些違和，也很難瞧出是褒是嘲。

春早只能回個「尷尬而不失禮貌的微笑」梗圖——還是從童越那裡偷存的。

原也沒有就此停止本次聊天，又問：『這麼討厭上學嗎？』

春早想了想：『也不算討厭吧。』

那感覺說不上來。

喜歡不夠格，討厭也不至於。

只是從她有念書的概念開始，上學對她來說更像是一張用於抵禦外界侵擾的保護殼，讀書的過程就是不斷地把它加寬加厚，編織起更多安全感的同時也封閉起自己——不是沒開過天窗，但通常在窗後等候她的是春初珍如同深淵凝視一般的眼瞳。

穩定的成績給予了她百毒不侵的能力，也使得她的四周變得密不透風。

上學，就好像在用一件不那麼趁手的攀岩工具，掌心周而復始地起繭生痛，但懸在半山腰的她別無選擇。

要麼接著攀爬，要麼跌落萬丈。

怎麼可能甘心退回谷底，誰都知道，最好的風景都在峰頂。

她不信原也不明白。

於是也問他：『你喜歡上學嗎？』

原也的答案令人吃驚：『喜歡啊。』

春早怔了一下，心頭滲出幾分無法言說的苦澀。也是，住一起半個月了，幾乎看不到原也看書寫題，輕而易舉飛越萬重山的傢伙怎麼會懂她這種一步一個腳印勤為徑苦做舟的學習狗。

她回了個『哦，是嗎。』

對面卻敏銳地察覺到了：『妳是不是不太喜歡我的回答？』

春早連忙打字否認『沒有啊』，剛要傳送出去，那邊又回了訊息。

原也：『我喜歡上學，是因為不用回家。』

春早沉默了。

我真該死啊。從睡前到醒來，春早都在唾罵自己，明明昨晚已經知悉他的家庭狀況，還這樣暗忖這位雪中送炭的大好人。

因為要送作業給童越，下午四點多，春早就假借「提早返校看書更專心」之由，去往宜中門口的飲料店。

童越已經在裡面提前占領座位。

一見春早進門，苦等她二十分鐘的女生立刻煥發生機。

「上帝，妳終於來了。」童越連忙將沒開封的大杯果茶一指禪抵過來。

春早摘下書包，抽出提前用燕尾夾整理好的講義，遞給她。

童越埋頭「筆耕不輟」；春早吮兩口果茶，無所事事，將書包側袋的隨身單字本取出，默默翻看和背誦。

單字本是體積袖珍的卡扣款，經由春早親自整合，厚厚一遝，每一頁字跡工整如印刷體。

童越一心二用，問起春早加好友的事。

春早翻看活頁的手一頓，回答：「加了。」

童越撂下筆，抻高腦袋，十指亂舞，惡魔低語：「讓我——看看——他主頁——」

春早說：「我沒帶手機出來。」

童越垮下肩膀：「……妳這卡借的意義何在？」

「我很自律好嗎？」春早淡淡說著，將那頁掀過去，目不斜視：「不過可以描述給妳聽。」

「請講。」童越求知若渴臉。

春早的視線停在相同的字母上：「他的網名是，X。」

「字母埃克斯？」

春早點頭：「嗯。」

「原也……」童越凝起眉，掐指分析的樣子堪比街頭算命先生，「他的名字裡沒有X哎。」

「要死，他是不是喜歡什麼名字裡帶X的女生？我名字裡沒有X。」

「妳也沒有！」童越按胸做心梗狀：「怎麼可以？歐兜給[4]！」

春早瞟她一眼，對她的愛演個性和三級跳思考保持沉默：「……」

童越重整思路：「名字先放一旁。大頭照呢。」

「漫畫頭。」

「男的？」

「嗯。」

「誰？」

「我怎麼知道？」春早莫名地望向朋友，她一看就是那種對日漫知之甚少的人吧。

4 韓文어떡해的音譯，意思是怎麼辦。

童越飛快掏出手機，專心致志翻找一陣，隨後豎高面向春早：「是這個人嗎？」

春早聚神看看螢幕裡的圖片，回顧道：「好像是欸……」

童越瞬間冷臉，關上手機，將它蓋回桌面，低頭執筆。

「怎麼了，」春早被她急速降溫，心如死灰的樣子逗到：「這張圖有什麼典故？」

童越看她，呵口氣：「折木奉太郎[5]，背後使用者非醜即渣。」

「我的CP死在我剛粉上他們的第二天，我很難過。」她狠抽兩下鼻子，佯哭，繼續奮筆疾抄：「收心讀書了，勿擾。」

春早笑意加深，拿起她手機研究：「渣男？圖裡這個男生看起來還好啊？」

「妳不懂。這個角色沒問題，但用這個圖的男的太容易踩雷了，」童越把手機抽回來：「如果原也再找妳聊天，我建議妳看看就好。」

不管友人是否言之有理，春早還是贊同這個提議的。

該怎麼形容原也出現之後的生活呢。漣漪、裂隙，還有不那麼明顯卻也不容忽略的三級震感，全是不穩定因子。

不穩定等同於不安全。

沒錯。

5　日本動畫《冰菓》的男主角。

約定好的請客一結束，她勢必會讓自己回歸到熟悉的安穩中。

今天晚自習是班導值班。

陳玉茹向來不苟言笑，眼神銳利可敵博物館紅外線警報器。所以從開始到結束，整個三班落針可聞，僅有沙沙書寫音，無人敢交頭接耳。

快下課時，她從講臺後起身，叫了聲「童越」。

童越是班裡問題學生，成績雖不拖班級後腿，但常年在校規的邊緣反覆試探，是陳玉茹心目中的地雷區蹦跳第一人。

童越以為自己又有什麼「罪行」被揭發上報，心頭一怵，扶桌緩緩起身。

春早回頭看她，默默替朋友捏把汗。

預想的午門示眾並未發生，陳玉茹只是簡單交代兩句：「馬上要國慶了，下週有上級長官來學校檢查，正好輪到我們班出公共走廊的黑板報，妳這個宣傳委員可以行動起來了。」

「明天下課去教務處領材料，」她環顧一圈：「班裡再找兩三個人，儘早弄完。」

童越寬下心，滿口答應，剛要小嘴抹蜜再拍班導兩句馬屁，陳玉茹已經嫌棄地叫她坐回去。

童越立刻雙唇緊閉。

無需童越多言，自她接受任務的那刻起，有著多年默契的春早就做好了當幫手的心理準備。

週一課間操時間，得到老師允可，她陪著朋友去了趟資材室，被抓來義務勞動的還有個同班女生。

她叫丁若薇，畫工較之從小就學國畫的童越有過之無不及，據說國中就開始在網路上賣插畫賺外快。

三人分工明確。

童越負責規劃區塊和大標題；丁若薇負責圖畫和上色；春早則負責板書。最後如有細節問題，再一起查漏補缺。

童越和春早一左一右提著大袋畫材回班。

丁若薇走在一側，在手機上四處搜尋素材圖片找靈感，不時給童越瞄幾眼，參考她意見。

因為公共區域的黑板面積較大，而且保留時間較久，不能像班級黑板報那樣只用簡單的粉筆。

回教室後，兩位「大大」在後排清點畫具、粉筆和顏料，一邊嫌棄地碎碎念。

童越：「嘖，都是什麼便宜貨？筆桿上連牌子都沒有。」

丁若薇：「有就不錯了，妳還要求這麼多？」

春早安靜地豎著耳朵聽，一邊將班級值日生用的所有抹布集中起來。

中午回家，春早提前告知媽媽晚自習前不回來吃飯，不敢講是要幫童越出黑板報，不然她鐵定不答應，還要嘮嘮叨叨一個世紀。

童越提前備好麵包和盒裝牛奶，作為小團隊的趕工伙食。

以最快速度囫圇充饑後，三顆腦袋並停在偌大的黑板前，半晌未動，又面面相覷。

上學期四班留下的上一個壁報還沒掉色，起碼八成新。

光清理就是個大工程。

童越絕望地哈口氣，假裝捋袖子，加油打氣：「姐妹們，動起來吧。」

春早將擰乾的抹布分發給她們。

為圖效率，她們一人負責一塊領地。不過十分鐘，黑板下半部的圖案和文字就被擦拭得一乾二淨。

丁若薇身高一百七十出頭，清潔區域明顯比左右兩邊多出一截。

高挑的女生後退幾步，看看面前這張參差不齊的「直條圖」，笑了笑：「我還是去搬兩張椅子來吧。」

童越看她：「妳一個人搬啊？」

丁若薇聳聳肩，語氣無所謂：「兩張椅子不算重啦……」

童越將抹布揣進粉筆槽：「我跟妳去拿吧。」

童越追著她離開原處。

一時間，黑板前只剩下春早一個人，突如其來的安靜多少讓人無所適從，尤其這個時間還在晚自習前，身後不時有學生穿行而過，都會好奇地往她這裡望一眼。

春早將濕抹布捏在手裡。

乾站著不動似乎更奇怪……

她看看左側那棟丁若薇創造出來的，明顯高出她「兩層」的黑色大樓，踮起腳，替自己面前的「平房」劃出一道濕漉漉的弧形屋頂。

又蹦跳兩下，吃力地糊上一對高矮不一的粗天線。

身邊有人駐足。

餘光裡，半塞在粉筆槽裡的那團抹布被撿起，春早以為是童越她們回來了，側頭剛要招呼：「哎，妳們……」

動作驟停，詞句也阻在喉嚨裡。

旁邊站著的人是原也。

男生單手揚高，很輕鬆地搆到了黑板最頂端。

他沒看她，也沒說話，心無旁騖地擦拭著。

從春早的位置看過去，他直峭的鼻骨之後，是被高處樓體和迴廊切割開來的，日暮的天空。

它就像油畫裡的湖泊，大片的暖色調，濃稠，寧靜，不會流動。

看久了就會被掠奪走呼吸。

春早覺得自己心臟的存在感變得過分強烈了，像是被看不見的力量攥緊。

簡單幾下，童越的區域就被男生清潔乾淨，他這時才低下頭來看她，逆著光的眉眼愈顯黑濃。

春早生怕慢了地偏開眼睛。

她發現自己的右手還握著抹布按在黑板上，許久未動。

春早匆忙放下，思索要如何與他搭話。

但他先開口了。

「借個過？」

走廊裡人來人往，他用只有他們兩個能聽見的聲音這樣問她。

「不然不太好幫到妳。」他提示春早面前的高處。

「啊……好。」春早反應過來，往右邊平移兩步，讓開位置。

男生也朝她的方向逼近。

比之前更近。

倘若她抬起手臂，也許會觸碰到他的身體；但若再次走遠，會顯得不得體又刻意。

春早茫然又緊張地僵立著。

高處的手臂還在大幅晃動，還有他的袖口，潔白的制服衣擺，都在動。明明有那麼多不容忽視的存在，她的目光卻再也找不到憩息地。

最後，定在低處，剛剛被她久壓過的地方。

那裡留下一小塊深黑色的濕跡，細看像一顆愛心。

春早瞳孔一緊，迅速抬眸觀察原也。確認他並未注意這裡，才抬起左手，裝不經意地連蹭兩下，好讓它的輪廓徹底走形。

丁若薇不是很明白，她剛尾隨童越走出教室，對方突然一百八十度大掉頭，還用架在身前的椅子一寸寸把她拱回門框內。

並且急不可耐地催促：「回去回去！不用拿椅子了，快放回去！快點！」

丁若薇：「搞什麼？」

童越微妙一笑：「有理組班的高個子男生幫忙擦了。」

「誰啊？」丁若薇正要探頭一看究竟。

童越將她扯回來：「一位不願留名的好心人。」

丁若薇：？

兩個女生雙手空空回去，童越打頭陣，停在不遠處扶額眺望：「春早啊，才一下子，我們的黑板怎麼變得這麼乾淨啊？」

春早含糊不清回：「……有人路過幫忙擦掉了。」

「哦？」童越小跑過去，勾肩搭背：「我還以為妳飛起來擦的呢。」

春早：「……」

她眼角微抽，挑開童越小臂，繼續對付黑板上那些顏料殘渣。

童越像螃蟹那樣一步步挪去她身側，拱她肩，嬉笑兩聲：「嘿嘿，我又仰臥起坐了。」

「什麼？」她常蹦出一些春早聽不懂的詞彙。

童越臉上跳起眉毛舞：「我這個CP狗又仰臥起坐了。」

春早警惕側目：「妳看到了？」

「你們在黑板前纏纏綿綿，想看不到都難哦。」

春早霎時語調發急：「誰纏纏綿綿了？」

「好好好——」童越撫平她有了皺褶的情緒：「是我，我纏纏綿綿，我跟丁若薇纏纏綿綿。」

一旁丁若薇隱約聽見自己名字，插嘴道：「妳們嘀咕什麼呢。」

童越看她：「在偷偷商量怎麼把最多的工作留給丁若薇。」

丁若薇失笑喊「滾」，順手拿髒抹布丟她。

童越一個靈活閃身，抹布正中春早手肘。

丁若薇連忙抬手苦笑，一邊抱歉，一邊去撿。

春早說「沒事」，提前一步拾起來，交還給她。

從女廁洗乾淨手出來，晚自習的上課鐘剛好奏響，三個女生互看一眼，手忙腳亂地朝教室衝刺。

女孩子的鶯聲燕語像香餌一樣散落在走廊裡，誘得一班、二班許多男生抬起頭來找。

原也的隔壁桌也揚高腦袋。

「幾班的啊，這麼瘋？」話雖如此，眼睛卻黏在那三道輕盈的藍白色身影上面，一刻也沒挪開，直到她們完全脫離視野。

自如飛旋的中性筆被原也卡停在指間。

男生眼皮半掀，瞥了瞥已空無一人的窗，微彎起嘴角。

第一節課是英語隨堂測試。

英語是春早擅長的科目，常規考試通常提前半小時就能完成整張試卷，相對簡單的隨堂測驗更是不在話下。

寫完作文，春早抬手看手錶一眼，距離下課還有一半時間，她仔細檢查一遍，確定並無錯漏，才撐腮發呆，任由思緒天馬行空。

至於另一隻閒著的手，就抓著筆，在紙上百無聊賴地寫畫著。

不知過去多久，下課鐘聲驚散她大腦裡的「白鴿廣場」，班裡沸騰起來，英語老師起身叫各組組長收卷，春早連忙將題目合攏，遞交出去，而後垂眼拾掇起面前的書桌。

視線落到右上角的計算紙上。

春早一愣。

本來空無一物的紙頁，被她不知不覺間畫上了無數個圓圈，它們就像咖啡上用量過多的奶泡，隨時要溢出杯面。

怎麼會畫這麼多的圓？

圓……

一個名字隨之浮出水面。

彷彿所有的氣泡一同炸裂。

春早急匆匆地將那張紙翻面，抽出一本更大的教材完全壓住，才沉下心離開座椅。

沿途不忘拽上童越。

「幹嘛啊……」童越將雜誌捅回抽屜深處：「我還想趁著下課看一下帥哥呢。」

「幫我送本子。」春早威逼利誘：「明天請妳喝飲料。」

「好吧。」童越不情不願地應著。

從辦公室出來，手裡沒了厚重的習作，胸口失去隔擋，春早急需把陌生沉甸的情緒剷除或轉移，遂看向童越：「問妳個事，原也不是借了手機卡給我嘛，也沒收我錢，我答應請他吃飯表達感謝，妳覺得什麼時候請比較合適？」

她在心底補充：當然是越早越好，越快越好。

請完了。

對原也的虧欠就能一筆勾銷，她也不用再惦掛著這件事，從而獲得完全的解放和鬆懈。所有異樣的情緒……一定也會連帶著消弭吧。

沒錯，絕對是這樣。

春早肯定自己。

「你們還約了飯？為什麼不早點告訴我！」童越發出不滿的嘟囔。

春早斜她：「因為還沒確定時間。」

這頓薛丁格的飯，誰知道哪天實現。

但現在不一樣了，務必要儘快兌現。

童越沉寂下去，撐著下巴，苦惱道：「這是個很重要也很嚴肅的問題，下節課我好好想一想，放學的時候告訴妳。」

春早心思有理，點點頭：「行，那我等妳建議。」

情緒轉嫁法果然成效顯著。

第二節晚自習，春早全神貫注，什麼都不再想，兩耳不聞窗外事地寫題。下課一收拾好書包，她就走去童越位子旁堵她。

「妳怎麼不說話，考慮好了嗎？」春早低聲問著，追隨故作深沉的朋友走出教室。

童越停下腳步，轉頭看她：「我是想好了……」又是一陣欲言又止：「就是……」

春早擰眉：「什麼？」

話音剛落，手臂突然被兩隻手緊緊握住，不由分說地往前扯去。

童越高喊著「借過借過！」，也不管會不會撞到人，像失控的野豬一樣，拉著她一路猛衝，剎停在一班前門。

兩個女生氣喘吁吁。

童越一臉逞笑，往裡面探頭探腦。出來的學生都會多瞄她兩眼，並避道讓行。

春早反應過來，轉頭要逃，被童越捉住書包肩帶。

「哎？別跑啊，」童越把她拉扯回來，攥著不放，目光鎖死班裡，發現目標人物了，她招手叫道：「原也──」

聽見名字，春早臉上有了細微但急速擴張的刺熱感。

剛走到一排桌旁的男生放緩步伐，跟身邊同學對看一眼，加快速度走過來。

「有什麼事嗎？」他停在門邊，眼一偏，逮住童越身後的春早。

女生靜悄悄地立在牆邊，光線並不好，也沒朝這裡看，表情有些捉摸不透。但能感覺到她不太自在。

童越正要開腔：「就是……」

「我們好像擋住門了，」原也溫和地斷開她的話：「邊走邊說吧。」

「是喔。」童越方才察覺。

三人步出走廊，來到敞闊的樟樹大道上。

周邊環境暗了下去，童越愈發大大咧咧：「春早跟我說借了你的卡，問我什麼時候請你吃飯表達謝意比較合適。我就想，擇日不如撞日，就今天吧。反正你們住一起，一起吃完飯，還能順路一起回家，多好啊。」

喂！偷聽的女生繃直背脊，我告訴妳這些不是為了讓妳隻字不落地全盤托出吧？

原也上身微側，視線越過童越去找春早：「妳要今天請客？」

春早硬著頭皮解釋：「……我本來是想等你通知的，但……」

「今天不好嗎？天氣這麼好，空氣也這麼好，」童越看看樹，又看看天，一錘定音：「這麼好的一天，怎麼能浪費掉。」

講完話，一開始居於正中，等速並行的女生，忽然開始倒退。

而左右兩人已不自覺地多走出幾步路。

發現身側空了個人，春早立即轉頭去找，不料對方在不遠處一臉燦爛地揮手：「那我就先走啦！你們吃好喝好！我還有一大堆作業要回家寫！拜拜——」

說完就一溜煙朝反方向跑遠。

春早：「……」

為什麼要把這種史上最難應對的局面留給她——春早完全失語，一時間也不知道怎麼才能擠出合宜的場面話。

她抬手整理兩下被氣流颳亂的瀏海。

深吸氣，一咬牙，繼續朝前走總沒錯吧。

她小心地窺看原也。

男生已經自若地靠了過來，填補他們之間突發的空缺，讓彼此的間距回歸到正常社交狀態。

近來頗為熟悉的胸窒感捲土重來。

要說什麼？快說話！春早焦慮地督促自己，問他想吃什麼應該ＯＫ的吧？

「你們班作業很多嗎？」原也突然這樣問。

春早說：「不多啊。」

他說：「妳朋友說還要回去寫作業，我以為你們作業多到晚自習都做不完。」

春早：「……」

春早捏起拳頭。

既然童越不提前知會一聲就將她置於此等境地，她也不介意透過講實話來抹黑對方：「她一直效率低下罷了。」

原也笑了一聲。

是稍縱即逝的電火花，迸裂在在髮梢上，無形勝有形。

——有著會讓人情不自禁想要縮一下脖頸的，那種好聽。

春早倒也這樣做了。

反應過來連忙挺胸收背，專心梳理思緒。正要直奔重點，她突地想起，傍晚擦黑板的事情……她還沒有當面道謝。

畢竟原也很高效率地清理完整張黑板時，她還手足無措地傻站在原地。

他將抹布遞回來，她也只是訥訥接過。然後對方就轉身離開了。

彷彿只是途經於此的舉手之勞，不逗留也不邀功，更不介意是否一定要換取她的好意。

她的目光離不開他的背影。

走廊盡頭，就是他的班級——

「今天謝謝你，幫我擦……」春早一邊回憶，一邊遮掩地更換稱謂，修改措辭：「幫我們擦黑板，真是幫了大忙了。」

男生口吻隨意：「沒事，又不麻煩。」

春早將聊天引向請客主題：「對了，你想吃什麼啊？」

「嗯……」這個簡單的問題，似乎讓男生陷入困境：「吃什麼啊……」

他在夜色裡慢悠悠地重複她的話。

「妳覺得呢？」他把問題拋回來。

春早瞥他一眼，理所當然道：「你喜歡什麼就吃什麼好了。」

原也說：「我不怎麼挑食。」

嗯？

春早滯住，「什麼都不挑嗎？」

「嗯。」

選擇題擺回春早面前。她望向不遠處的學校大門，差點要幫自己掐人中。

童越真是替她挑了個好時間，晚自習下課，外面還有幾間店鋪開著？要麼炸物攤子，要麼就是飲料店，後者絕對不適合，不然買烤香腸炸物給原也？

她突然有點想像不出長得這麼月白風清的原也，吃這些垃圾食品的樣子。

他也會吃零食嗎？

代入童越每次下課，手持整包零食，爭分奪秒狂暴開吃的惡犬撕咬狀或倉鼠咀嚼狀，春早自顧自笑了。她偷偷摸摸地，把臉偏向一邊，鼓著蘋果肌，保持了好一陣子。

獨樂樂不如眾樂樂。

儘管很想問她在笑什麼，但原也還是沒有直接開口，只是無聲無息地在高處將一切盡收眼底。

女生大概是緩和過來了，轉向他，一臉正肅：「那我只能隨便買了。」

原也頷了頷首。

「你可不能買完才說不想吃啊。」她稍稍透出警告意味。因為童越沒少這樣過，苦哈哈地求她帶飯，真買回來又嫌棄，常氣得她眼冒金星。

「放心好了，」男生莞爾著垂下眼睛，朝她看過來，語氣是並無所謂的溫柔：「吃什麼東西，本來就不是最重要的吧。」

春早下意識駁問：「那什麼才是？」

原也沒有接話。

慢慢，春早回味過來，那什麼才是，什麼才是最重要的，那些被掩蓋的氣泡，又在身體裡開啟新一輪爆炸，每一粒都寫著回答。

同手同腳。

春早沒想到這種事還會發生在高一拿過軍訓優異獎的自己身上，總之，到達校門剩下的那段路，她變成了不受控制的發熱包，走路都做不到肢體協調。

一定是她想多了……

但願只是她多想。

原也注意到她有些漫長的沉默：「怎麼不說話了？」

莫名的，抗拒再跟他有目光接觸，還反常的有點惱火，春早掃視著馬路對面那些四處散落的小攤販：「是你先不說話的吧。」

「是我嗎？」男生才反應過來，想了想：「哦，對，是我。」

聲音裡有了笑意：「抱歉。」

交通號誌上的紅色小人紋絲不動，示意此路暫時不通。

「是我剛剛那句話有什麼問題嗎？」

他居然直接講了出來！

夜風裡才剛降溫的臉再度憋紅。

春早作無礙狀，語氣也故意輕鬆：「沒有啊。」

原也觀察她幾秒，緩聲道：「我對吃這件事一直沒有什麼感覺。好像什麼都能吃，但也沒有特別喜歡的東西。可能跟小時候的經歷有關，每次吃飯我爸都會問功課問成績，再後來我媽……」

他斷在這裡，似乎不想再繼續往下講。

春早詫然抬眼。

原來他是這個意思。

心裡有鬼的是自己，還無意牽扯出那些讓人傷心的陳年舊事。

「其實，」春早侷促起來，下意識安慰道：「我也是這樣的，我——」

她跳開「媽媽」這個稱謂：「家長也經常在吃飯的時候問我成績……」完全感同身受。

那種時候，即便面前擺滿珍饈佳餚，也會變得食不知味難以下嚥；有些時候，委屈的淚珠還會滴落到飯碗裡。

「但我還是有很喜歡吃的東西的，」比如一些並無營養但能滿足人類口腹之欲的高糖高油高熱量飲食：「不然會有點活不下去。」

說到最後，她聲音愈來愈小。

欲求被壓抑久了，出路無外乎兩條，自我麻痹或成倍爆發。

原也卻總保持著異於常人的平靜：「是嗎？」

「對啊。」春早看他。

男生也看著她：「那就請我吃妳喜歡的吧。」

春早怔住，片晌，綠瑩瑩的小人在她眼底走動，她彎了彎唇：「好。」

春早選擇了炸雞柳，還是超大份的。

炸串不雅觀，飲料不適宜，留給她的選項本就不多。

不過，幸好她最愛吃的這家炸雞柳並未打烊。

口味自然無可指摘，每天晚自習前後都會被學生裡三層外三層包圍。

盯了一下滋滋冒泡的滾油，春早轉頭尋找原也。

男生立在路邊，半低著頭，安靜地滑著手機。路燈的光像裝滿積水的錐形瓶一樣罩在他身上，他的黑髮在風裡微微動著，像一幀文藝電影的截圖，無故有些孤單和蕭索——怎麼可能，春早飛速甩開這個怪異的念頭，明明路過的學生都在看他。

看，甚至還有人跟他打招呼。

哦？第二個打招呼的人又出現了。

第二次笑著回應相識的同學後，男生的臉朝她轉過來。

春早立刻轉頭，詢問老闆什麼時候能好，還反覆強調「不要炸老了哦」。

她要向原也證明，世界上還是有入口難忘的美味的，好吃的感覺怎麼可能沒辦法具體。

眼見著鮮香四溢，裡嫩外酥的黃金雞柳一點點裝填進最大號紙袋，春早跟著食指大動，她咽咽口水，目隨老闆的手去到一旁的籤筒上。

他抽了兩根竹籤出來。剛要一併放進紙袋，被女生出聲制止：「一根就行了。」

老闆詫異地瞥瞥她，剔出去一根，而後接過她遞來的紙鈔，將熱烘烘的炸雞柳轉交過去。

春早擠出人群，小跑回原也跟前，雙手提高：「好了，給你。」

原也被她手裡的包裝體積驚到：「這麼多？」

春早不以為意地說：「還好吧。你慢慢吃。」

總會吃完的。她在心裡補充。

原也接來自己手裡，修長的手指撐開袋口。

發現裡面只有一根竹籤時，他瞥春早一眼：「妳不吃嗎？」

女生連擺兩下腦袋：「不吃，這是請你的。」

一起吃……

同一袋……

這也太怪了。

不然她也不會只要一根竹籤，一定要把容易引發誤會的前提條件扼殺在搖籃裡，才能避免那些浮想聯翩小鬧劇重蹈覆轍。

原也不再多說，叉出一塊大小適中的金燦燦雞柳，放進嘴裡。

一低眼，對上女生隱隱期待的眼神。

他不再含咬，開始嚼動。中途往反方向偏頭，情不自禁想笑。

「怎麼樣？」她果然問了。

他抿唇看回去：「挺好吃的。」

挺……

她果然對這個回答不大滿意，但也沒有嚴詞厲色，威逼他重新作答，只是沒有感情地乾笑應和：「好吃就行。」

說完從書包側口袋裡取出小包衛生紙，抽出兩張，完全展開，又對折一下。女生秀窄的手，連帶著衛生紙，像隻白色文鳥撲簌簌地飛來他身前。

「墊著，小心燙。」她說。

原也一愣，有紙袋和塑膠袋的雙重阻隔，他倒是沒察覺到熱度上的不適。但還是依她所言接過去。

墊放好衛生紙，他又吃了一塊雞柳。

因為旁邊的人是這麼的……目光炯炯，似暗中凝視的貓，他根本忽略不了。

就這樣寂靜無聲地走出去一段路。

春早聽見窸窣的塑膠袋聲響，偏眼一看，原也竟將那袋雞柳整理回去，勾回指節，垂至身側，似乎不打算再吃了。

她克制著快要溢出去的不理解不認同，好聲好氣問：「你不吃了嗎？」

他「嗯」一聲，聽起來自然又單純。

春早張口結舌，忍了忍，善意微笑提醒：「這個要趁熱吃，口感才最好。」

男生依舊不覺不妥地回：「不是已經吃過幾個了？」

「……」

春早開始默念不生氣打油詩。

也太暴殄天物了吧。

回到家，春早無話可說到想要輕捶幾下胸口，推薦失敗的鬱悶滋味誰能懂，這種得不到認可的結局也太委屈了。果然是個怪物吧，真的不好吃嗎？

還是老闆今天的火候沒掌握好，但她在旁邊嚴格把關了，明明拿到手裡的色澤硬度香味都絕佳。他尊重每一根世界上最好吃的炸雞柳嗎？除非沒有味覺，不然永遠無法原諒！

還是童越好，每次買這個百分百捧場加暴風吸入，超大份的也能被她們以最快速度瓜分一空。

一頓長達八百字的內心輸出後，春早爬出自我懷疑的漩渦，並得出結論：原也，不識貨。

隨意吧。

洗漱完出來，春早用棉花棒清理著耳朵，歪著腦袋將這幾天腦子裡進的「水」搖空。回到臥室，見時候尚早，春總管還未回房，她也不急著上床偷玩手機，抽出書架裡的課外習題集，揭開到上次折疊的頁碼，又從筆筒裡選一支自動鉛筆，按幾下筆帽。

剛要低頭審題，女生陡地想起什麼，冷冷抬眼，將筆尖瞄準面前那堵牆，隔空戳動幾下，才重新垂下眼簾。

春初珍推門叫回沉浸題海的女兒。

「妳該睡覺了。」

春早應一聲，合上書本。

目送媽媽關門，並確認她也回房歇下，她才關掉所有燈，讓黑暗像安全的黑毛衣一樣裹住自己。

抻緊的神經一下鬆動，春早四仰八叉地倒回床鋪。

她輕車熟路地摸出手機，剛要戴上耳機，隔壁間忽然傳出動靜——腳步聲，開門，好像去了客廳……

春早慢慢放下捏著耳機的手，閉氣細聽。

微波爐的聲音？

春早坐起身體，挪靠到牆邊。

該不會是……

唇角不自覺地上挑一下，春早叉手環胸，就說原也不識貨，現在餓了知道吃了，可惜已經錯過最佳賞味期了。

春早躺回去，塞上耳機，先打開二十分鐘的計時器，再打開自己的歌單作網路衝浪背景音。

計時器是她用來限制上網時長的的輔助道具。

外面的世界亂花人眼，必須嚴格自控，才不會無度地耽溺於玩樂。

第一首歌進行到尾聲時，ＱＱ訊息的提醒突然跳出，春早以為是童越要來八卦今晚的請客事件，剛準備點進去大吐苦水，沒想竟是原也的訊息。

就三個字。

『睡了嗎？』

男生的大頭照是個有些冷淡疏懶的少年，所以完全看不出這個開場白的真正意味。

驀地，春早想起朋友的告誡：「以後他再跟妳聊天，妳看看就好。」

春早決定踐行「看看就好」。

但她明顯上線，裝消失是不是太沒人情味了？

終究於心不忍，打字回覆：『還沒。有什麼事嗎？』

對面回很快：『開門。』

簡略的兩個字，卻讓人心跳跟著漏掉兩拍。

大半夜的，搞什麼突襲？

安全的黑暗忽然變得不那麼安全，因為思緒開始搖擺。

春早定定看著螢幕，發覺自己已經有一陣子忘記換氣，她深呼吸，從床上一個鯉魚打挺坐起來，謹慎發問：『你在外面嗎？』

原也：『不在。』

那……

剛要問清楚，對面又說：『開門就知道了。』

春早捏了下手指，輕手輕腳下床。趿上拖鞋，她小步輕盈地跑去門邊，打開一道門縫。

就著狹小的罅隙朝外勘查——

客廳昏暗，一個人也沒有。

存在感最強的，只有無孔不入的雞柳香。

春早握住把手，將有限的視野一點點拉大。

中途，她動作驟停。

客廳中央的餐桌上，多出一副碗筷，碗裡裝有雞柳。它們擺放的位置明顯在離她房門更近的這一側。

餘光裡，床頭的手機亮了一下。

春早退回去，接收到原也的訊息：『看到了嗎？』

春早低頭打字：『看到了。』

她對他的用意似懂非懂，不自知地抬槓：『你還真不吃啊？』

他說：『我留了一半給自己。』

春早怔忪在那裡。

……原來路上不吃是為了這個嗎。

春早聽見自己的鼻息加重。

她走出去，將還冒著熱氣的碗筷捧回房間，把門關牢。

面對百吃不厭的雞柳，沒胃口的感覺卻破天荒地出現了，還不是因為負面情緒的反作用力，而是……她忽然有點喪失了對原也的判知，模糊不清的感覺圍剿著她，甚至有一點失重。

她坐在桌前，像坐在夜海航行的船底，沉浮不定。

她好像總是在……

自以為是地曲解他。

她果斷抓起手機，向他坦白：『對不起。我以為你路上不吃是因為不喜歡，還有點生氣，是我小人之心了。』

春早一邊咀嚼，一邊注視著對面的狀態輸輸停停，過一陣子，他只傳來簡單的兩句話：

『我知道。』

『但妳買的實在有點多了。』

春早撲哧笑出聲來。

怕驚到老媽，她飛快捂住嘴：『畢竟用著你的卡，我也不好意思請小份吧。』

原也說：『那現在兩個人吃不是剛剛好？』

心頭雲消雨霽，萬物萌發，春早同意他的說法：『是哦。』

她不甘心也不死心地二次提問：『那你覺得好吃嗎？』

他也不再使用委婉的，含糊的副詞，而是確切地回答：『好吃。』

春早：『真的嗎？』

原也：『嗯。』

春早放下手機和筷子，雙手握拳，揉動幾下笑得發硬的面龐，重新拿高手機。

螢幕裡又跳出一句：『吃完放廚房，等等我洗。』

剛冷卻的臉頰又開始有火燎趨勢，她連忙拒絕：『不用，我自己可以。』

結果男生很現實地提醒：『妳不怕被妳媽發現嗎？』

春早：「……」

儘管有些擔憂，但她愧於讓原也做更多了。解決完碗裡所有雞柳後，春早硬著頭皮，以最輕的步伐龜移出去。

燈都不敢開，全靠那一點微弱窗光和對家中路況的熟稔摸索到廚房。

整間廚房似乎被炸雞柳的孜然辣粉香醃入味，鮮氣撲鼻。

春早抽抽鼻子，停在水槽前，回頭張望兩眼，才小心翼翼擰開水龍頭，一點點地調整出水量，期間手勁沒收住，水流速度一下變大，砸進水槽裡，在靜夜裡跟山洪爆發似的，她嚇得馬上扭回去，重新嘗試，最後定型在「淅淅瀝瀝」小雨模式。

剛要把碗端來下方，身後「吱嘎」一聲。

開門的動靜。

春早心一顫，慌慌張張地關水龍頭，抱碗，原地蹲下，然後大氣都不敢出。

她也不知道自己為什麼要蹲下去，如此掩耳盜鈴，像個沒頭腦還沒骨氣的降兵。

「是我。」少年的氣音從後腦勺上方傳來，混雜著不加掩飾的笑意。

春早仰頭，原也正居高臨下地俯視她，這個角度，倒看的臉，怎麼也那麼無可挑剔。眼睛還很亮。

春早放下心，起立並回過身去：「你嚇死我了！」

她也鬼鬼祟祟輕聲細語，只能靠忽而緊促的氣息表明心緒。

「我都說讓妳放著了。」

「……」

春早無法反駁。

晦暗的環境裡，面前的男生就像輪月亮。之所以會產生這麼毫無瓜葛的比喻和聯想，一定是因為他笑起來的弧度太漂亮。

「給你給你，」春早心有餘悸，不知何故再也不敢跟他對視，把還沒沾到一滴水的碗塞到他身前，中止所有生死行動：「我出去了。」

原也接過去，側身讓路給她。

正要走，春早頓足回首。

儘管清楚春女士很大程度上不會管到原也，但多一事不如少一事，注意點總是好的。

她嚴肅臉蚊子音：「你聲音小點哦，放回去之前記得把水擦乾，還有，弄完趕緊回房間睡覺。」

原也看著她，並不搭腔。

唯獨嘴角沒有下降。

確認叮囑完畢，春早再次轉身，剛要邁出廚房門框，背後響起男生的回答。偏低的聲音，帶著明顯的戲謔：「知道了，大小姐。」

第五個樹洞

回到房間後，春早把自己整個埋進被子，天還沒涼快，薄薄的空調被輕軟得彷若一朵不存在的雲，顯得她臉上的悶燙越發欲蓋彌彰。

大小姐。

活這麼大還沒人這麼叫過她，甚至父母都沒有。哦，不對，她的親姊以前好像這樣調侃過她，但跟原也講出來的感覺完全不一樣。

那種時候，她只會開啟互嗆模式。

但剛剛……

脊椎通電。

隨後是雞皮疙瘩，夏季的熱浪鋪天蓋地。讓人只想逃開這種根本逃不開的節氣。

胸腔裡的轟鳴似乎能蓋住她的聽力，忍不住想去關切原也什麼時候回房，但她根本不做到。

刻意凝神屏氣換來的只有心跳聲，「砰咚、砰咚」急促得讓人窒息。

春早塞上耳機，把音樂開到最大。

舉起手機，螢幕定格在QQ畫面，第一個是童．嗑學家，第二個就是原也……

春早立刻關閉。

為什麼。

為什麼。

不是沒接觸過男生，九年義務教育以來，也有同齡人跟她明裡暗裡地示好過，有時是言辭直白的信件，有時是異於旁人的關心，但她從未這樣心潮起伏，曲折迂回，即使有感覺，也不過是淺淺淡淡的：這樣不太好吧……

但今日此時，她只覺得：很不妙。

相當不妙。

宇宙究極無窮的不妙。

原也其實沒有做什麼很特別的事情吧。

只是一些審時度勢的幫助，一些細緻妥帖的禮數，一些有因有果的交互。

畢竟他們現在是室友，較之同校同級生，有了另一層關係。總是好人緣的他，自然也有著盡善盡美的處事模式。

有理可循的事情。

為什麼要產生如此強烈的反應。

春早在糾結裡沉沉睡去，第二天迎接她的，果然是鏡子裡下眼瞼淡淡烏青的少女，她揉揉輕微浮腫的眼皮，無聲哀戚。

春初珍也注意到了：「妳沒睡好？」

春早撕扯肉鬆麵包的手一頓：「上高中後我睡好過嗎？」

春初珍啞口無言，幾秒才說：「我就關心妳兩句，一大早脾氣這麼衝幹嘛？」

春早噤聲。

慣例在文具店姐妹相會，八卦巨頭童越啃著肉包，不忘關心昨晚的事。春早卻無法將所有細節逐一講清，只用一句「請他吃了雞柳，然後就回去了」簡略概述。

「就沒啦？」童越顯然不滿意。

春早繃著臉：「沒了。」

她撒謊了。

抵觸分享，抵觸敞開內心。

看著朋友因為掃興黯淡下去的臉孔，春早陷入了極為矛盾的自省。她害怕童越會據此再進行萬字分析，鑿開更多她難以面對的孔道。就當下而言，透射到她內心深處的，翻倍增長的光束，已經明烈炙熱到讓她無法承受了。

她雲淡風輕地說：「終於請完咯，不用再有虧欠感了。」

偽作解脫語氣，心卻立刻懸吊去嗓子眼，還有點發澀。

童越被她的言辭驚到：「妳到底在說什麼啊？」

春早看向她：「我說的有什麼問題嗎？」

「倒也沒有……」童越嚼著包子，聲音含糊：「就是……妳去淨雲庵應該更能找到共鳴。」

淨雲庵。

本市知名佛教景點。

春早：「……妳有病吧。」

童越：「妳才有病。」

課間操，春早一如既往地規矩站立，童越和丁若薇留在走廊填畫板報，進度還沒輪到她，她就照常作操。

少了童越這隻嘰嘰喳喳的喜鵲，莫名有點孤寂。

遠遠掃到領隊上操的一班班導時，春早迅速偏移開視線，直勾勾盯住前面女生的馬尾辮。

廣播體操旋律出來時，春早開始舒展四肢。

「體轉運動——」慷慨激昂的男音喊著節拍，響徹操場：「一二三四五六七八……」

春早一側手臂曲平，一側手臂抻直，扭動上身，反射般朝左後方看過去。

女生眸光微定。

一眼即見的後腦勺並沒有在視野裡一閃即逝。

是她沒看仔細？

「三二三四五六七八……」

藉機再看一眼。

原也真的不在隊伍裡，屬於他的位置被他們班另一個戴眼鏡的男生取代了。

他去……哪了？

誕生這一習慣開始，這是春早第一次沒有在隊伍裡看到原也。

起先是疑惑，然後是空落——沒有錨點的，完全陌生又完全茫然的空落，就像一艘航速勻穩的船隻，慣性在晴天抬頭眺塔頂一眼，突然有一天，燈塔猝然消失，偌大的海平面只剩下自己。

廣播的聲音變得異常遙遠。

散場後，春早心不在焉地抱著手臂往跑道方向走。

隔壁桌盧新月老遠看見她獨行的背影，撇開一起走的兩個女生，跑上前勾住她手臂。

春早一怔，回過神來：「妳怎麼一個人？」

盧新月說：「我還想問妳呢，童越呢。」

春早說：「她跟丁若薇畫黑板報。」

「哦，對哦，」盧新月後知後覺：「妳怎麼沒去？」

「還沒到我寫字呢。」

盧新月壞笑著指出：「妳就來做操偷懶了？」

「什麼啊，」春早不斷下沉的心緒被扯回正常值：「不做操才叫偷懶吧。」

上午最後一節課是英語，春早要提前去二樓取回昨晚的隨堂測驗，方便英語老師下堂課講解。

抱著本子從辦公室出來，春早佇停在常走的樓梯口。

二樓是理組普通班，走廊裡隨處可見吵吵鬧鬧，荷爾蒙旺盛的男生，她過往都避之不及。

但今天……

陌生的異念往外汩冒著。

催動著她去做一些自己本不樂意，也前所未有的言行。

春早揣緊懷裡東西，悶頭閉氣一路疾行。

只要從最旁邊的樓梯下去，就能順理成章地路過一班……

女生飛速轉過樓梯轉角的光塊和浮塵，到達一樓。

踩下最後一級階梯。

高二一班的班牌近在眼前，春早往他們教室窗框靠近幾分，腳步微微放慢。

趁現在——

以最快速度裝不經意地往裡瞟一眼。

所有浮蕩無依的情緒在這一刻間靠岸和落定。

面貌出眾的男生好端端地站在自己座位，笑著用捲起來的不知道是課本還是筆記的東西，敲了敲前座肩膀，而對方趴在桌上補覺。窗外的日光耀亮了他半邊身體，朦朦朧朧的，光潔到自帶柔焦，像是剛從某個夢境回到現世裡。

春早逞心如意地收回視線。

「原也！」

她聽見有人惱怒地喊出他的姓名。

好像也變成惡作劇的一員，春早跟著唇角微揚。

她回到教室裡，心情輕嫋嫋撲靈靈，海上升起了太陽，爍金粼粼。她熟稔地把練作業本分發下去，走下講臺。路過童越座位時，撲鼻而來的牛奶糖味甜香，垂眼一看，是女生慢條斯理地抹著護手霜。

春早五指一張，將右手杵到她面前，左右擺晃，再搖晃。

「幹嘛？」童越迷惑抬眼。

不幹嘛。

莫名的想蹭一點，塗一下。

很怪嗎？

接下來的幾天，原也沒有再缺席過任何一次課間操，每每轉頭看到他，春早心頭都會有溫水般的熨帖感。

他好像變得比之前更加好看也更容易找到。同齡段男生喜歡在戶外跑跳，更不知保養防曬為何物，後頸常年黑黢黢，像是從來沒洗乾淨過。但原也不一樣，即使隔著崇山峻嶺般的人群，他都潔淨得如同日照金山或雪原雲杉。

其實原也做操也有點男孩子們常有的吊兒郎當，不會一板一眼，偶爾還跟身側人講話，多數時候都笑著，眼尾在日頭裡微微瞇起，與唇角形成呼應。

隔著老遠的距離都能傳染給她。

春早只能努力抿平唇線，讓自己看起來面無波動。

不過……原也做操時也會掃到她嗎？

畢竟他們認識，班與班之間又靠得這麼近。

她的背影在他視野裡會是什麼樣子？

週五晚上洗漱後，在鏡前吹頭髮的春早陡生好奇，就回了趟房，將筆袋裡的小圓鏡偷偷揣來盥洗室，像平日那樣束起頭髮，對鏡找了個刁鑽的角度觀察自己後腦勺。

……竟然是這麼的，平平無奇。

最是司空見慣的髮型，還有一些七零八散的碎髮，黑色的髮圈毫不起眼，幾乎跟頭髮混為一體。

春早又分別試了下低版馬尾和高版馬尾，最後無奈地擱下鏡子，請問差別在哪裡。

回到臥室，她打開抽屜，將裝髮圈的透明盒子取出來，一頓翻找，幾乎都是黑灰棕的鬆緊皮筋或者透明電話線，最特別的不過是灰藍或灰粉的純色款。

春早仰靠到椅背上。

煩惱到頭皮發麻。

她抓了抓，明明才剛洗完，蓬鬆柔軟還香噴噴。

週五被春早定為放縱日，上網時間會延長到平時兩倍，臨近十一點半，春早收拾好書桌，鑽回被窩，將計時器設成四十分鐘，而後打開ＱＱ。

原也的帳號總是手機上線模式，一登錄就能看到。

都這個時間了，他好像還沒回來，而她像是住在空谷裡一般幽靜。

春早忽然有點意興闌珊。

歌聽不進，也沒有睏意。就這樣漫無目地滑了十幾分鐘社群，她決定提前結束電子鴉片時間，剛要退出QQ，好友列表忽的閃出一則訊息，是原也傳來的，一張圖片。

春早心神一顫，點進去。

男生傳來一張手機照片，無需放大，就能看出是自己這兩天死磕的節日壁報——當中的一角。

除了少部分框架和繪圖入鏡，大部分都是她的板書。

她兩指放大那些字跡，幸好，那些齊整娟秀的小楷還算入眼——得益於六歲起就被春初珍盯著每日臨帖半小時。

原也拍這個做什麼？

他知道這是她寫的？不過一班窗戶正對著公共壁報的走廊，她這兩天逮著空暇都會踩著凳子在那邊爭分奪秒地填充板書，很難不注意到吧，就像上次他過來幫忙清潔黑板一樣。

春早滿頭霧水地回：『怎麼了？』

同樣的圖片又傳來，但這次上面多了個紅色圓圈。

圈出來的是其中一個字。

原也：『有個字寫錯了。』

春早定睛一看，一時失語。

的確有字寫錯了，大有裨益的「裨」，衣字旁被她誤寫為示字旁，少了個點。

一定是急於趕工外加童工頭三不五時在旁邊吆喝的緣故，她才會犯下這種低級錯誤。

此刻被發現並指出。

很難不讓人赧顏。

春早強自鎮定，擺出知錯就改的態度。

『是哦，我看到了。』

『謝謝指正。』

『星期一回去就改。』

男生卻第三次將圖甩來聊天室裡公開處刑。

『不用，我加上去了。』

『只是用粉筆。』

『應該沒關係吧？』

春早微怔，打開那張照片。

雖然小圖看起來沒什麼差異，但放大後明顯不是同一張，光線不同，角度也有細微的差別。她曾用白色顏料寫下的那個錯字，被人為地用白色粉筆修補好了。用材色差的緣故，對方顯然加深好幾遍那個少掉的「點」，為了使整個字看起來更為和諧一體。

春早奇怪：『什麼時候補的？』

原也：『現在。』

春早驚訝：『……你還在學校？』

原也語氣平常：『嗯，這個時間剛好沒人了。』

春早再度失語。

作為文組班穩定前五的高檔選手，淪為錯別字大王本該是件顏面盡毀的糗事，但回過神來，嘴角卻兜滿了渾然未知的笑意。

原來真的會有人主動去看黑板報上這些沒有感情全是技巧的主旋律文學，還玩起「大家來找碴」的遊戲。

春早不好評價原也的行為，她只知道自己用力磕著下唇很久了——為了阻擋噴薄的笑意。

她繼續戳字：『我還以為你回家或是去網咖包夜了。』

原也回：『就不能有其他選項嗎？』

春早：『什麼？』

原也：『比方說。』

原也：『我正在回去的路上。』

春早注視這兩句話幾秒，本能地拽來被角捂住全臉。手完全不夠用，照她現在的歡喜程度，即使雙手掩面，那些笑花都會從指縫裡生長出去，無處可藏。

該回覆什麼？

——注意安全？

——路上慢點？

救命，完全不會。

春早敗下陣來，選擇性忽略。

十分鐘後，房外有了動靜，男生開燈，換鞋，放鞋，開臥室門……種種細碎的聲響在深夜裡格外清晰，春早聚精會神地偷聽，感覺體內永久入住一顆閃爍不休的恆星，她翻個身，將憋藏到此刻的訊息傳送出去。

『謝謝你哦。』

『不辭辛苦地幫我改錯字。』

原也：『誰讓我看到了。』

還提前告知她：

『我要去洗澡了。』

『要一陣子無法及時回覆。』

儘管已經開心到想要蹬牆或捶床，春早還是在聊天裡故作淡定『哦』一聲，說：『您請便，我該睡覺了。』

原也：『好，晚安。』

道完晚安，已經快零點了，春早心思已超睡覺時間了，可神思雀躍到像在玩彈跳床，不知疲倦。助眠音樂起不到任何效果，她就把外面似有若無的響動當ＢＧＭ，直到原也回到隔壁臥室，整間屋子澈底寂靜下來，她才心滿意足地闔上眼簾。

週日晚自習前，春早提前離家，去了趟文具店。

假模假樣地在文具貨架前磨蹭半天，春早選出三支並不急需的中性筆，紅藍黑皆有。

她握住它們，像舉著足以招搖撞騙的幌子，而後挪去了髮飾區。

走出文具店，童越正在旁邊的便利商店門外吃冰棒。

她有些意外，從嘴裡拔出冰棒：「欸？妳今天怎麼早到了？」

春早晃晃袋子，三支筆在裡面相互撞擊：「提前買點筆。」

童越「哦」一聲：「那等我吃完一起走。」

春早一邊應好，一邊將新買的髮圈往口袋深處多揣了兩下。

髮圈是米白色打底，上面印著繽紛的油畫手繪風小圖案，摸起來的質感格外舒服。

防止媽媽多問，週一早上下樓後，春早才將它疊綁到紮好的馬尾辮上。

本還擔心童越會為此大驚小怪，但對方居然完全沒注意到。

可能是她平時用的髮飾更加浮誇，所以自己頭上這種在她眼裡只能算保守型，不值一提。

第一個發現的人是盧新月。

她從廁所歸來，回座位時多看她一眼，驚叫：「春早妳的新髮圈好漂亮哦。」

春早不自在地捋一下馬尾辮，臉微紅：「是嘛，昨天逛文具店的時候順便買的。」

「對啊！」盧新月湊近細看：「以前沒看過妳用這種大腸髮圈……妳頭髮厚，紮起來超好看的。」

她化身小火車：「嗚嗚我又後悔剪短髮了。」

春早安慰：「沒關係的，文具店還有同系列圖案的髮夾，我明天帶給妳，必須幫我們月月也安排上。」

盧新月就差要抱住她：「早早妳好好哦——」

前座女生聞聲，好奇回頭：「什麼樣的啊，也給我看一下。」

春早開心地轉過頭去展示，附近的女生都圍過來，一番溢美之詞捧得春早喜滋滋飄飄然。

高二一班每週一的課間操在數學課之後，下課鐘響，老師叫小老師上樓幫忙批改，吩咐完又往三組後排看去，找原也的位子，想再撈個數學資優生當無償幫手。

而少年已提前預判，不等他開口，就像條機敏的白蛟一般，動作迅捷地從後門混入班級隊伍，不給他一點抓捕入甕的機會。

停在操場，大家自覺分散站位。

原也旁邊站的是他的隔壁桌，塗文煒。

升旗儀式還未開場，兩個男生無聊得很，就聊起電競比賽。

兩人你一言我一語，討論分析各自看好的戰隊。

「但他們中單你總沒話說吧，夏季賽那手球女的爆炸輸出⋯⋯」塗文煒滔滔不絕地說著，卻發現原也不再如之前那般中途抬槓，還常有理有據到讓他秒變啞巴。

他偏頭看他。

男生果然在走神，望著某個方向一動不動，目光杳遠。

「喂，你聽我說話了嗎？」塗文煒不爽。

他的好同學不予理睬，心思儼然已從他們的「兩小兒辯遊[6]」中完全抽離。

6　改自中國戰國時期《列子．湯問》中「兩小兒辯日」。

塗文煒將上身歪靠過去，好奇他到底在看什麼地方。

原也留意到他的動作，回過頭來，眉梢略挑：「怎麼不講了？」

塗文煒：「你聽了嗎？」

原也：「聽了啊。」

塗文煒：「背給我聽。」

原也原封不動地概括奉還給他：「中單，夏季賽，球女。只是懶得理你。」

「……」塗文煒心服口服，並附上兩句國罵。

「不過你到底在看什麼啊。」他又循著他剛才的方向找過去。

原也上前半步，不動聲色地隔開他的視角，然後微微一笑：「一隻彩色的小鳥。」

***

情緒大起大落激素分泌超常的結果就是，春早不設防地迎來了本月的生理期。

看著床單上那瓣殷紅血漬，春早一言不發地收拾起來。

時針指向八點時，她鬼鬼祟祟地將床單和睡褲運送出臥室。

春初珍正在客廳餐桌旁擇菜，瞄到貓著腰的女兒，猜都沒猜：「妳月經弄床上了？」

春早臉熱：「妳聲音能不能小點啊。」

春初珍瞪眼：「我聲音很大嗎？」

其實媽媽聲音不大，中等分貝而已，只是在這間不算寬敞的屋子裡，她有些擔心被原也聽見。

春早將換下來的床單和衣褲分別浸入不同大小的盆裡。

聽見洗手間的水聲，春初珍小跑過來：「妳放著啊，我等一下洗。」

「哦。」春早看她一眼。

嘴上這麼應著，實際是將自己的衣物認真搓上半個鐘頭，中途春初珍又來打岔和催促：「早飯都要冷了，先出來吃飯。我都說放那讓我洗了。」

春早紅著耳根回：「等妳洗要到什麼時候。」

——萬一期間原也起床洗漱了呢。

他看到了，難保不會多想。

男女共用洗手間的不便在生理期直達頂峰，之後兩天，因為要頻繁地更換衛生棉，每一次春早都會捲好，用衛生紙嚴嚴實實包住，再將馬桶旁的垃圾袋一整個替換掉。

春初珍對她一天起碼下樓丟五次垃圾的行為表示理解但不贊同：「我垃圾袋買得再多也不是給妳這樣用的吧。」

春早梗起脖子：「我不這樣用，妳網購的垃圾袋這輩子都用不完。」

春初珍心知她異常行為的原因，有一套自己的邏輯：「妳自己大方點人家也不會覺得有什麼。」

春早：「妳又不來月經了，妳知道什麼？」

春初珍露出被中傷的表情：「得意什麼唷，搞得妳能來一輩子月經似的。」

春早：「……」

她寬慰自己，媽媽都五十多歲了，千帆過盡，自然對世間萬事看淡不少，能泰然處之。她初經人事不過三年爾爾，心裡有道難邁的坎不足為奇。

不過幸好，原也週末不怎麼待在出租屋。他似乎更喜歡去外面的海洋，不屑於徘徊在格局有限的小池塘，同情他家庭背景之餘，春早也會羡豔他的自由落拓。

她猜，如果在古代，原也一定會成為那種執劍天涯，懲惡除奸的少年俠客。

那她呢。

春早用筆抵著下巴，坐在書桌前分神地想。

大門不出二門不邁的苦兮兮閨中小姐？

怎麼有那麼一點點像……童越以前講過的古代言情小說裡的經典CP，春早情不自禁地微笑起來。

又晃晃筆，趕跑這些超出常理的想像。

週一大早臨走前，她又仔細拾掇套換好洗手間的垃圾桶。

她是抓著時間過來的，原也前腳洗漱完出去，她後腳就竄入門內。空氣裡殘留著男生牙膏的果香味，她將垃圾袋抽繩繫好，繞在手指上，與媽媽道別，開門去學校。

臨近十月，秋意來襲，早晚溫差變大，外加生理期需要保暖的緣故，所以春早穿了件薄薄的長袖針織外套。

她提著垃圾袋，不疾不徐地踩樓梯。

到二樓時，女生腳步驟停。

一道修長的身影立在二樓轉角的平臺上，斂著睫，心無旁騖地看手機。

春早看向他，沒等問好，對方似已察知到她的存在，仰起臉來，露出比秋日清晨還爽朗的笑容：「早啊，春早。」

春早眨了眨眼：「早。」

「你怎麼停在這？」她好奇地走過去。

總不會是……特地等她吧。

原也將手機朝向她：「提前下單早點，等等到校門口直接拿。」

Sorry，是她自作多情了，春早瞥訂餐畫面一眼：「還可以這樣的嗎？」

原也把手機抄回褲子口袋：「嗯，節約時間。」

春早贊許地點點頭：「學到了。」

兩人往樓下走。

春早在前，原也在後。

注意到女生一蹦一跳的，又恢復到往昔情狀的黑亮馬尾辮，他眉頭極快地一挑，沒有多問。

今天的樓梯似乎變得比往日漫長。

春早如芒刺在背，手腳都無法自然擺動，喉嚨微堵，好像卡了粒水果口味硬糖，彌散著甜意，卻不上不下的，就像現在的自己，無處安放，也無法順暢地啟齒。

終於走出樓梯間，來到晃白的天光裡。

春早回過頭，開始尬聊：「今天空氣好像蠻好的。」

原也很給面子的吸嗅一下：「好像是。」

「……」

「……」

短暫的沉默。

原也留意到她從一開始就提在手裡的灰色垃圾袋：「我幫妳拿去丟掉吧。」

女生驚恐地將它掖到身後：「不用！」意識到自己反應過激，她聲調放平：「反正不重，我自己可以……」

原也不明所以然：「合租一個月了，還這麼客氣嗎？」

「不是。」春早百口難辯，死死藏匿的動作還維持在那裡，要怎麼解釋呢。她背後開始冒汗。

物極必反，絕境之下，春早猛地想起媽媽那句「妳自己大方點人家也不會覺得有什麼」。

於是心一橫，將別在背後的垃圾袋慢慢墜放回身側：「裡面有我用過的……衛生棉。」

原也完全沒料想到這事。

被女生彆扭的坦誠打了個措手不及。

一時間有點侷促，微愕過後，黑亮的眼睛偏去別處，清了下喉嚨：「……哦，這樣，不好意思。」

「僭越了。」開始一些走向奇怪的發言。

春早耳朵已經紅得可以滴血，強裝平靜吐槽：「你在說什麼啊……」

你到底在說什麼。

原也也想問自己。

今天是英語早自習，原也漫不經心地念著課文，時不時地溢出笑音，完全克制不住情緒。

想起早上的情景就好笑。

一種極其尷尬，又極其有趣的好笑。

尤其女生遞進著紅起來的臉，像是即將爆破的，圓鼓鼓的草莓泡泡糖，隨時要殃及到自己。

也確實殃及到他了。

真有她的，不鳴則已一鳴驚人，製造的局面比競賽題難處理一萬倍，他當時真的大腦宕機了一下。

塗文煒注意到他的異樣：「您沒事吧？」

原也頃刻收斂所有情緒：「沒事，」又斜來一眼：「你能不能好好讀你的？」

「你才是能不能好好讀你的，你老在旁邊發癲很影響我注意力的好吧。」

「誰發癲了。」

兩分鐘後，否認發癲的某位又在書後偏過臉去，放任肩膀顫動兩下。

塗文煒驚魂難定地看向他茂盛的後腦勺，和微紅的耳廓。

終於，原也坐直上身，咳兩聲，恢復常態。

塗文煒納悶：「你到底在笑什麼？」他的意思是，念書這麼苦，開心的事不該跟哥們分享下嗎？

原也放低課本，掃他一眼：「想知道？」

塗文煒：「對啊。」

原也：「昨天睡前你是不是打排位了？」

塗文煒點頭：「嗯。」

「我觀戰了半局，所以……」你懂的。

「你滾吧。」

晚上淋浴完，原也擦著頭髮出門，無意瞄見垃圾桶，又想笑。

回到房間，他甩了甩濕漉漉的黑髮，靠在床頭怔神。

倒也不是完全不瞭解女孩子的生理期，但直面這種狀況還是會有稍許不自在，他白天的表現會不會顯得有些不禮貌了。

儘管後來生硬地關心了一句「這兩天是不是會不舒服」，也得到女生一本正經的回答，以及解釋：「而且今天是第三天，已經沒什麼感覺了。通常前兩天比較不舒服。」「提前吃過止痛藥，所以不會不舒服。」

他順著她的話多打量她一眼。

除了刻意繃著的紅臉蛋，好像沒什麼不一樣，難怪他沒有及時察覺。

第三天。

原也打開手機日曆，往前倒推，所以週六是第一天。同個屋簷下的他對此毫不知情，她整天把自己悶在屋裡念書，面都很難碰上。

等待頭髮乾透的間隙，原也速戰速決打了兩局手遊，退出畫面。

他切回聊天軟體，第一眼就看到春早上線。

女生的大頭貼跟網名一致，是一隻黑色馬克筆線條的簡筆畫小鳥。大概是她自己畫的。

他斟酌詞句，決定亡羊補牢，編輯訊息：『其實沒關係，我無所謂的，不用這麼大費周章。』

——地處理這些特殊時期的特殊狀況。

他省略後面的謂語，為了讓這段話看起來更加婉轉和隱晦。

他根本不會介意。

他不是變態，也不會有無禮的好奇心，更不會因為這種事情對她產生莫須有的偏見。相反。

原也繼續打字：『主要還是我的問題吧，我住來這邊讓妳不方便了，不是嗎？』

聊天室裡無聲無息兩分鐘。

女生氣勢洶洶地回來一張貓咪炸毛的「少管我！！！」貼圖。

原也微怔。

看了貼圖那三個驚嘆號，他勾唇投降，連回兩個：

『OK。』

『OK。』

少年躺下身去，枕住手臂，默默標記九月二十六號這個日期，並對自己為數不多的理論經驗表示認同：嗯，女孩子每個月是有幾天不太好惹……

第六個樹洞

週三下午第二節課是體育課，全班做完熱身，又繞場跑動兩圈，老師宣布自由活動。

秋老虎猖獗，灼日依舊將塑膠跑道烘烤得滾燙，女生們累得喘氣叉腰，三五成群地找蔭涼處歇腳。

春早跟著幾個同學靠坐到花圃邊，捋開額角汗濕的髮絲。

童越坐她身畔，咕嘟咕嘟牛飲半瓶礦泉水，又將剩下的拿來洗臉。

「妳也太浪費了吧。」丁若薇躲開差點濺冒到她鞋面的水珠。

童越抽出衛生紙，晃她：「我花妳錢了嗎？」

兩個女生開始鬥嘴。

春早淡笑著，抽出口袋裡的單字本翻閱起來。

童越和丁若薇同時瞥見，又異口同聲喊「救命」。

春早疑惑地看她們，繼續默誦單字，將零碎時間利用到最大化。

到底是習慣了，童越不做評判，只將目光放遠到操場邊的籃球場。網格圍欄裡，男生們不懼炎熱不知疲倦地揮霍汗水，不時傳來歡呼或類人猿般的返祖叫聲。

童越擺蕩著空瓶：「男生還真是不怕曬啊。」

丁若薇跟著看過去。

眺了一陣，她忽然指著某處問：「妳看，那是不是我們班的譚笑啊？」

童越瞇瞇眼，確認：「是哦，他跟理組班的混這麼熟嗎，還一起打球。」

同為社交悍匪，童越莫名跑出一些勝負心，不由冷哼：「我都沒跟理組班的男生打成一片。」

丁若薇笑兩聲：「妳進去只能被當球打。」

童越低頭覷覷自己的小身板：「我站在球場邊當啦啦隊不行嗎，還不是那個班品質不太行，要是一班的，我已經在籃球場旁邊擺賣水的攤子了，不收錢只加好友。」

「出息。」

捕捉到「一班」這個關鍵字，春早從單字海裡探頭，默不作聲留心起來。

丁若薇鎖著圍網裡的跳躍身影：「不過，譚笑好像比以前順眼多了。」

「真的欸，以前老覺得他邋裡邋遢的，哪次不是被班導罵了才去剪頭髮。」

「現在理了平頭清爽了好多。」

「他最近在追四班班花，」童越語氣隨意：「所以開始孔雀開屏注意形象了吧。」

「他喜歡林心蕊啊？」丁若薇一臉吃到大八卦被噎到的表情。

「妳才知道？」

「還真的不關注這個。」

「我們班這幾個挫男也沒什麼值得關注的，只是我的資訊網太強大，想不知道都難。」

丁若薇笑趴。

「唉，愛情的力量啊，」童越感嘆著，掏出小圓鏡，對鏡扒拉頭髮：「我什麼時候才能遇到一個喜歡的人啊。」

丁若薇拆臺：「妳每天都在遇到吧？見一個愛一個。」

「妳懂什麼啊！」

春早聽得如坐針氈，完全代入自己。

孔雀開屏……她現在的樣子算嗎——最近照鏡子的頻率確實較之以往翻倍增長，每天早上出房間前都會先認真梳理好頭髮，偶爾偷懶不用的護髮乳和洗面乳也一次都不再落下……

此刻箍在馬尾辮上，前所未見的大腸髮圈就是最赤裸的罪證。

春早埋低腦袋，雙頰微微升溫。

原來這樣就是喜歡嗎？

她喜歡……原也？

不會吧。

體育課下課，假借尿遁，春早翹掉固定小團體的福利社之約，去了趟廁所。

站在隔間裡，她將頭上的髮圈小心取下，如同卸去重負般吁了口氣。

剛要推門出去，春早又退回去。

會不會太……欲蓋彌彰。

她又綁回去。這麼來回折騰，背脊生出的熱意不輸剛剛課上剛跑完八百公尺，心跳也是。

她佯裝平心靜氣地走出洗手間。

可能真印證了什麼「墨菲定律」，越是躲避的人或事越是無處不在，逃無可逃。開學以來，她第一次在走廊單獨碰上原也。

與其說碰上，倒不如說是，她先看到了他。

總是一眼就能看到他。

男生正跟同學前後出門，他在前，另一位男生在後，興許是講完話了，他轉過頭來，笑意還未完全褪去。他真的很顯眼，甚至是搶眼，制服在他身上似乎都要比別人的白上三個色號。

春早步伐微滯。

他好像看到她了……

春早立即將視線拋去空處花圃那些矮叢灌木上。

她開始批評自己的刻意。

可就是突然無法直面他，做不到像以前那樣稀鬆平常地問好，甚至恥於看向他黑白分明的眼睛。

好在——童越和丁若薇各自握著一根霜淇淋甜筒出現在視野裡。

她像抓住一根浮木，急切又若無其事地跑過去，挽住童越手臂：「好啊，妳們吃霜淇淋都不帶上我。」

「妳自己說要去廁所的……」

「就是啊……好啦，給妳舔一口。」

「啊——」

謝天謝地。

可以「自然」地視若無睹，「自然」地擦肩而過，「自然」地掩飾呼之欲出的情愫。

回到座位才能夠大喘氣，春早抽出筆記本搧風，去燥效果並不明顯，就又抓起隔壁桌架在一邊的小花手持風扇，開到最大模式，呼呼地把氣流往臉上猛灌。

可男生轉瞬的視線還是像炭爐上的一滴焦糖，滲漏在她耳尖上。

再順著血管絲絲縷縷漫透全身。

溫度根本降不下去，還有燎原之勢。

春早絕望地把臉埋進手臂裡。

身體裡翻湧起未曾有過的潮汐效應，溫燙的海水一蕩，一蕩，永無止息。

這學期的國慶跟中秋銜接在一起，除去高三，宜中低年級都嚴格遵循國家法定假日規定，休八天。

春早的假期安排與往年無異，跟媽媽回家，然後，學海無涯，再抽一天跟童越出門逛街換氣。

收拾好兩套換洗衣服，幫窗臺的花草澆透水，春早提著行李袋走出房門。

春初珍還在檢查是否有物品遺漏，她就先去換鞋。

紮緊帆布鞋鞋帶後，春早直起身，瞥了瞥原也緊閉的房門。

他不在家。

多虧他不在家，能免去告別這個流程，畢竟光是「面對」這種事，對目前的她來說都變得困難一萬倍。

「小原是不是已經回家了？」離開前，春初珍有些好奇。

春早垂下眼睫：「我哪知道。」

從她意識到自己對原也「心懷不軌」後，她就沒再主動跟他問過好，也不會繞路，做操時更會特地避開他身處的角度。她才意識到，這並不是理所當然地觀察，而是窺視。她是個透過竊取他背影來實現精神饜足的小偷，這足夠令人羞愧難當的。

單獨說話……

當然更沒有了。

躺在家裡床上，春早翻著聊天記錄發呆。有客廳 wifi 護體，玩手機不用再遮遮掩掩，只要不當著春初珍的面造次，一切就好商好量。

國慶當日，春初珍備了一桌好菜。

春早姊姊難得一見地返家過節，光鮮精緻的都市麗人到家沖了個澡，變回不修邊幅的宅女。

還叼著棒棒糖手插口袋，吊兒郎當地四處晃蕩。

巡視到春早臥室時，她一言不發地躲在門邊，偷看了下一臉愁雲慘澹的妹妹，直到對方驚覺她存在，渾身一僵。

春早果斷翻身背對她。

春暢起了玩心：「媽——春早在玩——」

春早挺坐起身：「妳幹嘛啊？」

春暢靠著門框：「妳出息了啊，不迎接我就算了，看到我還不理我。」

春早關掉手機：「防止妳又沒話找話。」

「關心一下妹妹怎麼了，」春暢坐到她床邊：「妳怎麼半死不活地躺著。」

春早說：「累了。」

春暢喊笑一聲：「累了就閉目養神，盯著手機像什麼話。」

春早用眼神剜她：「妳被春初珍附體了吧。」

春暢笑哈哈。

樂完了，她神祕兮兮地從睡褲左邊口袋裡取出一個東西，遞給春早。

純白弧邊的小盒子，簡潔且袖珍。

春早狐疑地接過，目及上方LOGO時，她雙眼放光，揭開蓋子，果真是自己心心念念的無線降噪耳機。

壓抑著鬼叫的欲望，春早驚喜地望向姊姊。

春暢在她的反應裡揚高嘴角：「包裝盒有點大，怕老媽看到嘮嘮叨叨，我提前拿掉了，但我發誓啊，絕對不是二手貨，我只試過一次好不好用，還九點九九九九成新哦。」

說著又從口袋裡摸出說明書，丟給她：「妳自己研究。」

「妳那二十塊錢的破耳機用多久了？」春暢按頭又放下，好像終於將什麼煩心事從腦子裡一併帶離：「我真是看不下去了。」

「品質好怎麼了。」春早嘟囔著。

無語凝噎一陣子，她熱淚盈眶地問姊姊：「貴嗎？」

春暢豎起四根手指，又無所謂地一抖肩：「也就是我月薪的十分之一啦。」

春早依然瞠目結舌：「春女士知道了肯定要暴揍妳。」

「妳也脫不了干係，」春暢揚拳嚇唬她：「所以給我小心點，春初珍沒睡覺的時候記得開環境音，妳以為我不怕混合被打嗎？」

「噢噢噢人家知道了啦。」春早歡天喜地，開心到忘形，忍不住捏出嗲嗲的聲音。

春暢翻眼吐舌「噁」一聲，裝死仰到妹妹床尾。春早就去咯吱她。

姊妹倆的嬉鬧終結在春初珍嗓門奇大的喊吃飯吆喝。

這個夜晚，十七歲的春早終於切身體會到千元耳機和十元耳機的雲泥之別，她把最喜歡的幾首歌全都摘選出來，百聽不厭單曲循環到接近凌晨一點，才撐不住眼皮，遁入充溢著音符的黑甜夢鄉。

姊姊春暢沒有在家久留。念大學後，她開始不服管教，正式放飛自我，儘管在同城名校就讀，她卻幾乎不回家，偶有歸期也是來去如風。她的青春叛逆期似乎延時啟動，帶著久抑後的暴動和瘋狂。自然，也從媽媽口中的榜樣淪為反面教材，還被列出不孝之三宗罪，不考研究所不考公務員也不交男朋友。

春早倒是蠻能理解的，並將姊姊視作「吾輩楷模」。

沒人喜歡被春初珍管控和嘮叨。

她也是。

就像電影裡的主角：

總有一天，她也會衝破秩序的冗道。

總有一天，她也要到海裡去，擁抱閃電和驟雨。

假期進行到第三天時，春早就高效率地完成了所有家庭作業。睡前她愛不釋手地把玩著自己還裸奔的小巧耳機盒，尋思著明天約上童越，出門幫它置辦行頭，不能委屈了她的寶貝。

她傳訊息找她。

兩個女生一拍即合。

春早特別叮囑：『下午三點左右，手機訊息為號，春女士那個時間說不定會去搓麻將。』

預測完全準確，孩子休息，春初珍也有空放鬆，果然，中午洗著碗，就在傳語音呼朋引伴地組局，打算在社區門口的麻將室酣戰一場。

休假在家的春爸爸也被迫犧牲午睡，被老婆拉去湊人頭。

春早穿上姊姊新買給她的黃白格及膝連身裙，又將鑰匙串和零錢包收進帆布袋，當然，最不能遺忘的，是她心愛的新耳機。

檢查過家裡水電，她悄悄溜出門。

在約定的地鐵站口，兩個女生幾乎同時到達，望見對方。

春早眼前一亮，飛奔過去，大誇特誇：「ＪＫ[7]少女，妳今天好好看哦。」

「妳的裙子也好好看哦！」童越拉起她雙手轉圈圈。

春早仔細看她：「妳的妝也好好看，亮晶晶的。」

「是啊，感覺自己的眼屎都在發光。我今天還挑戰了魚尾和仙子毛，就是有點手殘，歪得明顯嗎？幫我看看。」

「騙人的吧，完全看不出手殘。」

兩個穿裙子的少女，像兩朵浮於水面的鮮嫩小花，攜手在灰冷的鋼筋森林下晃漾。

停在零售商店的耳機保護殼區域，春早對滿牆的可愛款式陷入選擇困難。童越則流連於一旁的潮玩盲盒，一邊把包裝盒往購物籃裡抓放，一邊蒼蠅搓手許願出隱藏。

糾結了好半天，春早終於縮小範圍鎖定目標，將ＡＢ項一手一個握著，她回頭找童越，打算讓她幫忙看一眼，卻發現女生已不知所蹤。

猜想她應該是不知不覺轉去彩妝香水那邊了，偌大的商店，春早決定待在原地，不去玩「妳找我我找妳」的遊戲。

她從口袋裡取出手機，幫兩個耳機套各自照相，而後打開ＱＱ，剛要傳給童越參考她意見，卻發現好友清單裡有新訊息。

7　日本「女子高中生」的簡稱，後用來代指日本女高中制服這樣的穿衣風格。

春早呼吸一凝。

是原也。

他傳來一張照片，是她臥室窗臺上露天散養的重瓣太陽花。走之前還只是花骨朵形態，但此時此刻，在他的圖片裡，它們已完全綻放，透粉的花瓣盈盈欲滴。

拍攝角度明顯是他房間窗戶的方向。

他說：『妳養的小花好像都開了。』

就在十分鐘之前。

春早臥室的窗臺上擺了些花草，除去家中下廚常備的蔥蒜，真正能稱得上綠植的只有三盆，其中兩樣是薄荷和迷迭香，偶爾春初珍拿來當作西餐的配飾或佐料，還有一盆就是原也拍下的重瓣太陽花——同樣來自春初珍——她閒著沒事就會在湊單軟體上亂逛，一時心血來潮下單了這株首頁推送給她的，僅需五點八元的「泰國進口」新品種。

可等真正拆封栽種完畢，女人就當甩手掌櫃，放在女兒房間朝南的窗戶外不管不顧。反倒是春早，不忘定期幫它澆水，寒暑假回家久了也會惦掛它的安危。

好在太陽花的生命力還算頑強，熬過隆冬，也熬過炎夏，終於在秋分後的花期如約盛放。

春早盯著照片裡粉釉酒盞似的花朵怔神了一陣子。

原也怎麼會注意到她的花？

他沒有回家嗎？

不會整個假期都獨自一人待在出租屋吧？

不用多此一舉地詢問他緣由和假日的去向，心知肚明。

只是，想到那個夜晚，路燈下形單影隻的少年，心臟的位置就像被蟄了一下，泛起輕微的刺痛。

決斷似乎變得容易起來，春早迅速鎖定粉色的那個耳機殼，滿店尋找童越。

春早變得心不在焉。坐在精緻的飲料店裡，面前擺放著奶油頂如雪塔般美麗的飲品，她都失去了拍照的興趣。

至於童越有一搭沒一搭的聊天，也像是另一個「自己」在替她在回應。

完全靜不下心。

完全投入不了這個本該鬆弛悠閒，難能可貴的下午。

原也風輕雲淡的訊息，變得像一道無解的符咒，緊緊貼在她背部，如影隨形。

她也不知道自己在浮躁什麼，緊迫什麼，這麼焦灼難定，急於截止和逃離當前的一切。

她想要去哪裡。

熬到五點，童越有家庭聚餐，沒辦法在外吃晚餐。兩個小姐妹在來時的地鐵站道別，目送朋友乘上回程的列車廂，春早垂下左右舞動的左手，抓緊手機，輕車熟路地去找自己的那趟班次。

站在月臺旁。

她再次打開手機，凝視原也的訊息——這則她假裝遺漏到現在的訊息。

飛馳的地鐵準點停在她面前，下車的乘客像被擠壓出卵道的魚籽那般洶湧而出，春早下意識地後退半步。

下一刻，她勾回快從肩頭滑落的帆布包帶，轉身匯入人流。

地鐵站外是兩重天，竟已在落雨。

秋雨來急，不猛烈卻密集，雨絲織蓋，整座城市宛若罩上紗衣。

既已下定決心，猶豫或反悔顯得多餘，春早憋住口鼻，一鼓作氣衝入雨幕裡。

路面的水窪被女生的帆布鞋踩踏出一簇簇透明的焰火。

春早喘著氣停在校門對面的Familymart裡，挑選盒裝牛奶和零食。

等待收銀員掃碼結算的間隙，她低頭打訊息傳給童越：『難得出來一趟，突然不想這麼早回家，我去書店待一下，我媽要是打電話給妳，妳就說我跟妳在外面吃飯。』

童越對這種時刻習以為常，回個『ＯＫ』，又憂患道：『要是她讓妳接電話怎麼辦？』

春早回：『就說我去洗手間了。』

「要塑膠袋嗎？」收銀員打斷她因扯謊產生的神遊愧疚心。

春早抬眼：「啊，要的。」

再從便利商店出來，外頭雨勢漸漲，陰雲遮頂，霓虹燈將路面倒映出瀲灩的湖光，不是不想買把傘，但她看了價格一眼又將它放回貨架。

反正只是去看一眼。

倘若他不在，她就將東西放在客廳裡，再傳一則足以告慰的訊息給他，告訴他這個假期不是那麼的孤寂和難耐，仍有個……「朋友」在關心他；倘若他在，她就將東西交到他手裡，假意託辭只是逛街歸來路經此處，手裡的物品只是下午溜達時順帶買來的——為了答謝他之前慷慨相贈的零食。

是不是很萬無一失。

春早停在社區門前，簷下雨氣微寒，她卻渾然未覺，只是淺淺地抿高唇角，而後摸出衛生紙，將臉頰和頭髮擦拭乾爽。

失去瀏海的遮擋，濕噠噠的髮頂肯定比下午坍塌，蓬鬆的裙擺也有了重量，要靠手拉扯開，不然很容易黏到腿上面。

現在的她，很像是十二點後的仙度瑞拉，看起來絕對是一副不忍直視的狼狽相。

恐怕，還更慘。

起碼逃遁的路上，灰姑娘並沒有淋成落湯雞。

不多想，她在心裡將流程重捋一遍：上樓↓開門↓看看原也↓交出東西↓道別。

就這樣，簡單的五步驟，也許連門都不用進。

♛

原也趴在桌邊睡了一覺。窗外的秋風絲雨，肆無忌憚地從紗窗孔灌進來。

布簾翻湧，驚擾了沉眠的少年，他撩開眼皮，面前的卷面已經被少部分雨點打出不規則的鉛灰水漬，姓名欄後的「也」字模糊成一片。

他一怔忪，連忙從椅子上站起。

外面的天已黑透，像是浸飽墨汁的宣紙，剛要將兩頁窗扇攏回原處，原也又將它們推回去，探身看了右側窗臺一眼。

紅陶盆裡的小叢花葉顫顫巍巍，綴滿了水珠，但沒有被風扯斷。

這才插上金屬窗閂，屋內再次變得悶而靜，就像每一個放假醒來的白天。

他回身整理起桌上有些狼藉的講義。

忽然，外面傳來鐵門吱嘎的動靜。

他的房間離門最近，因此這聲音更為清楚。

原也手一頓，皺眉，警覺地走去門邊查探。

下一秒，少年錯愕地睜大了雙眼。

鏽跡斑駁的門板像一片半掩的古舊扉頁，故事裡的公主探出頭來。

微弱的光線裡，她看起來水靈靈的，眼睛是寶石，頭髮是綢緞，皮膚是潔淨的雪。

如被扼緊。

男生喉結用力地滑動，該他說話了，卻做不到，艱難如斯。

如果眼神能言語，那一定是瘋狂跳動的程式數字，就像電腦螢幕裡澈底亂掉的程式設計畫面。

春早望向半陷在門框裡的高瘦少年，驚訝之後，他神色變得有幾分莫測，似乎不準備主動開口。

是她的突然造訪太冒昧了嗎，還是她的樣子有點嚇人，確實，環顧四下，客廳沒有開燈，她淡色系的裙子頗具女鬼氣氛，外加這個風雨交織的暗黑背景環境。

「啊……你在啊。」她完全推開門，乾澀地開口。

原也這才回過神來，低「嗯」一聲。

他按開牆邊的客廳大燈按鈕，微微濕漉的穿裙子的少女完全顯印在眼前，色彩比往日濃烈，一覽無遺……

他不大自在地別開眼：「妳怎麼過來了？」

隨意地問著。

卻在心裡爆粗口譴責自己，他承認，他有些卑劣，蓄意博取她的關注與同情，那是他這些年來深入骨髓的本能般的為人處世。他深知自己由內而外的優勢，也清楚怎麼以最快捷也最不動聲色的方式捕獲他人的好感；他也承認，就是要把那盆花朵那張照片當引線，與她說上話，聊幾句天，來滋養和消磨這個乾枯的下午。

但他完全沒想到她會親自過來。

還遇到這種見鬼的天氣。

春早小心地觀察他，她覺得原也好像不太舒服，就像此刻陰晦湧動的天。

一定是打擾到他了吧。

她已經想轉頭就跑了。

但壓在心頭的重任還是要完成，不然回去後她可能一宿都無法安眠：「我看到你的訊息了，下午在逛街，沒能及時回覆你，」女生在門口的地毯上蹭幾下鞋底，一邊講出提前備好的腹稿。

然後，快走幾步將手裡的袋子送到餐桌邊。

「不過我在久力大廈旁邊的全家順便買了這些，回來路上想著帶給你，正好你上次也買零食給我」，她著重強調那個「順便」，退回玄關，並故作自然地撥了撥濕黑的髮絲。

「沒想到會下雨……」

「就沒帶傘。」

原也微微吸氣，一言不發走回臥室，從衣櫥裡取出一條寬大的毛巾，走出來交給她：

「擦一下吧。」

春早接過去，擠乾髮尾，又舉高到頭頂輕輕地搓揉。

原也留意到她沒有換鞋。

「妳現在就要走嗎？」他問。

女生在柔軟的毛巾下方揚眸：「嗯，只是順路送個東西給你。」

順路，順便，還有什麼同義詞可以派上用場，再多待一下她恐怕就想不出來了。

原也側頭看了水跡繚繞不絕的廚房窗戶一眼：「要不然——」

他欲言又止，不知這般挽留是否合適，但還是說了：「等雨小點了再走吧。」

春早順著他視線看過去：「哦，好吧。」

三房一廳的格局，有那麼多可供選擇的地點，但進誰的臥室似乎都不大合適。

最私密的空間，自然要避嫌。

春早坐到餐桌前，無所適從地重複著擦頭髮的動作。

她覺得自己整個腦袋都要被磨平了。

男生卻自然地從袋子裡揀出紙盒牛奶，放到微波爐裡叮了四十秒，又拿回來，在桌對面熟稔地開口。

細長的手指拉開兩側紙翼，再順著斜坡往上提壓，將小口擠開。

微微用力時，青色的筋絡在他冷白的手背上山脈般僨起。

春早第一次見到這麼會開這種紙盒牛奶的人。完美治癒強迫症。

原也插上吸管，將牛奶盒放到她面前。

「冷嗎？」他輕聲問。

春早將毛巾疊放到腿面：「不冷。」

他打量起她。

居高臨下的關係，女生小而圓的肩頭，被打濕的布料透出肩帶的輪廓，繃在下方的皮膚若隱若現。

他的視線倉皇地閃去她額前。

……連問出一句「妳要不要換件衣服」都這麼棘手。

最後他克制地說：「那也喝一點。」

春早仰臉。

男生本身就高，外加她這時坐著，陡然加大的高低差帶來壓迫感。

所以即使他面色淡靜，竟也給人一種不容反抗的敕令感。

春早雙手抓起牛奶盒，吸啜一口。

原也在她對角坐下。

一時無話。

雨豆急促地拍打著窗玻璃，四面八方襲來，震顫著整個空間。同樣的，還有她自己，軀殼是房屋，心跳是雨滴。

春早摸出桌上帆布包裡的手機，按開瞄一眼，六點半了，等等還是搭車回去好了。

她侷促地玩手機，吮牛奶，不知不覺喝空，牛奶盒裡不當心發出水線到底的滋滋提示音。

同樣看自己手機的男生抬頭瞟她一眼。

再垂眸時，唇角明顯升起笑意，不加掩飾，不在乎被她看見。

春早臉開始發熱，拈住那再也用不上的吸管頭，在小洞裡來回打轉，上下滑動。

她別無選擇沒話找話：「你……作業寫完了嗎？」

男生忽的哼笑出聲，低到幾不可聞。

有什麼好笑的，她在心底嘀咕回嘴，那些熱度也傳導到耳根。

原也擱下手機，正色，筆直地看向她：「沒有。」

「妳呢。」他問。

「寫完了。我昨天就寫完了。」說完覺得這句話無端帶著一股很小學生的傲慢和得意，但她絕對不是故意為之。

男生果然又笑：「哦。厲害。」

救救她——春早暗自抱頭搶地。她在他面前根本做不到自然共處，束手束腳，草木皆兵，即使他不說話也不看她，他的呼吸都會成為隱形的繩索，將她縛在這裡，失去舒展和動彈的能力。

還是找點事做，不要待在同個空間好了。

春早半低著頭，眼瞳左右轉動，最後揪了揪自己還濕漉的髮尾，再次看向原也：「哎。」

剛剛說話後，男生似乎沒有再拿起過手機。

「嗯？」

她的一個語氣詞被他的另一個語氣詞托住，在略微真空的環境裡，訊號成功對接。

他像是用澄淨的目光在那裡等了她許久。

等待她栽進湖心，下沉，不斷下沉，溺在裡面，落不到底。

虛張聲勢的語氣暫態慌亂，縮小：「我……可以去用一下吹風機嗎？」

男生大概是沒想到她會問這個，有些意外，濃黑的睫毛撲搧兩下，他應了聲「好」，隨後眉梢微挑：「不過，吹風機好像是妳的，妳請便？」

打開吹風機的時候，雨水的聲音終於隱沒下去，春早雜亂的心緒似乎也找到了暫時的安置點。

她頭髮不算長，但有些厚實，平時完全吹乾少說需要二十分鐘。

不知是否跟雨水成分有關，今天吹頭髮的耗時比往日要長，吹完左邊換右邊時，她手臂舉得有些疲。

春早關掉吹風機，低頭活動手臂，並反向掰了掰手腕。

再抬頭望向鏡子，貼在吹風機按鈕上的指腹一頓。

原也不知何時站來了門邊。

洗手間的洗手臺離門很近。所以即使他並未入內，單是倚靠在向內打開的門板上，他的臉和上半身依然能投映到同一張平面鏡裡。

兩人的目光在此間碰上。

鏡燈這東西很神奇。人類正常面部結構造成的陰影，和那點無傷大雅的瑕疵，都會在這種特有的光線裡盡數消弭。

此刻的原也，像是精心打磨過的釉面藝術品，多看一眼都攝人心魄。

為錯開視線，春早飛快轉頭問他：「有什麼事嗎？」

原也說：「我以為妳已經吹完了。」

春早眼瞼半攏，抓了抓右邊頭髮：「……才吹好一邊。」

「女生吹頭髮都需要這麼久嗎？」

「短頭髮應該不用吧。」春早沒有再打開吹風機：「我很快就好了，你不用……管我的。」

而男生語氣淡淡：「我也沒事。」

像是怕她不自在，他從口袋裡取出手機，只是人還留在原地。

春早握緊吹風機把手，將它按開，但無論如何都不好意思再開啟最大模式，就歪著腦袋，用小檔風一點點吹拂著。

烏亮的髮絲似墨浪，在女生指間浮動。

期間她幾次從鏡子裡偷瞄原也，男生只是玩手機，姿態從容，面色不改，沒有表現出分毫的耐心告罄。

他是在……陪著她嗎？

春早不禁翹高嘴角，又馬上抿緊裝樣。

他會不會覺得枯燥？這麼想著，她主動開口：「你連假在這邊會不會無聊？」

可能是她的音量本就偏低，經由風聲一攪，真正流入空氣的所剩無幾。

男生掀起眼皮：「什麼？」

「……」春早陡然失語，他星辰一樣的雙目又在鏡子裡對她進行鎖喉。

她將視線平移到左側的一小塊水斑上面，並牢牢地固定在那裡：「你連假在這邊……會無聊嗎？」

原也回：「還好。」

春早絞盡腦汁：「其實我一直有些好奇，你假期通常都待在哪裡？」

「網咖。讀書的話通常去圖書館、付費自習室或咖啡館這些地方。」

看吧，他也是要念書的。春早找回一絲平衡，也增添一絲羨慕：「我都沒在那些地方讀書過。」

「妳想去嗎？」出乎預料的是，原也竟發出盛情邀約：「如果妳方便，我可以帶妳去。」

春早訝異地看過去。儘管很想一口答應，但念及自身狀況，她只能無奈地碎碎念：「好像完全沒有這種『方便』的時候呢。」

鏡面裡的少年倏然展顏。

猝不及防的一笑，像是曾在花店櫥窗外見過的純白花朵乍然綻放在眼前，以縮時攝影的形式超速展現，時間的維度在這一刻被縮窄至瞬間——

春早被衝擊到微微暈眩。

原也留意到安靜下來的少女，從鏡面裡尋找她的雙眼。

她近乎失神地看著他，一眨不眨。

他也慢慢斂平唇線。

雨打窗沿，風聲鼓噪，除此之外，再也沒有任何響動，唯獨女生的髮尾在湧蕩。明鏡似平靜的湖面，他們都不由自主地泊停在彼此的岸邊，與世隔絕。

「嘶。」春早的輕呼同時驚醒兩個人。

原也將視線偏出鏡框：「怎麼了？」

春早連忙說「沒事」。

出風口在同一個地方停留過久，頸側燙意陡生，她才意識到自己花癡地盯了原也好半天。

她面紅耳赤地關掉吹風機，又僵著背將電源線拔下，捲好，收回一旁的置物架。

再回頭時，哪還敢正視對方的臉，只說：「我要走了。」

先溜為上，此地不宜久留，不然所有的心思都會昭然若揭。

春早回自己臥室取了把傘。出來時，原也已經在玄關處等她，手裡也握著一把黑色的折疊傘，送人意味不言而喻。

春早走過去：「我自己下去就行了。」

她瞟向動靜明顯減弱的窗玻璃：「反正這時雨也小了。」

男生彷若沒聽見這兩句話，只問：「妳怎麼回去？」

春早按開手機：「搭車。」

「我送妳到路口。」原也已不容置喙地開門，還掌住門板，意欲讓她先行。

春早心情複雜，喜不自禁的同時，又覺得自己給原也添麻煩。

最後，還是被前者戰勝，埋低腦袋偷笑著越過他。

走道感應燈亮起來的下一秒，她立即切換到正經模式，挺胸直背地走在男生面前。

走出樓梯，雨確實不如來時那般大，天地濛濛，萬家燈火都生長出一圈光絨。

「砰砰」兩聲，兩人先後撐開各自的傘，步入雨霧間。

春早的傘是橘色的，俯瞰像一顆熟透的，圓溜溜的香橙。

為替原也騰出開傘的空間，她快走兩步，才回頭等他。

男生很快追上來，不遠不近地走在她身邊。

走出社區轉入小巷，徑道頓時變窄，路況也不佳，磚石路面上的窪塘隨處可見，在路燈下反著光。

本並排而行的原也，自行變更走位，去到春早後方。

女生轉頭找他。

他說明原委：「只能這樣走，不然我們的傘容易撞上。」

春早抬頭瞟瞟自己的傘面：「好像是。」

她回過頭去，走出幾步，又停身掉頭。後面的人留意到她的動作，半掩在傘下的臉完全露出來，望向她：「怎麼了？」

春早同他對視幾秒，搖搖頭：「沒事。」

其實她是想說，要不要跟她撐同一把傘，這樣所有的問題都能迎刃而解。

但她無法貿然開口，這樣的舉動過於親密，而且，再和善好相處的人不代表完全沒有分寸與邊界。

步伐緩慢片刻，春早收起心神，認真對付起糟糕的路面。

以退為進的戰略似乎沒有奏效，但原也並未因此心生悵惘。作為後場觀眾，欣賞黃鸝鳥無章法的舞步也很好。

面前的女生，踩地雷般跨越和躲避著那些水窪，蹦跳間下意識舉高傘柄，裙擺隨之輕盈躍動。

他在傘翳裡微微笑著，跟隨她走到路口。

目送女生乘坐的計程車駛遠，原也才轉身離開原地。

回到出租屋後，原也將春早留在桌邊的袋子拎回房間，隨手放到書桌上。

他靠回椅背，取出手機，打開QQ，什麼也不做地盯著看了一下，把它放回桌旁，且沒有退出這個畫面。

忽而百無聊賴到極點，開始掃視這個一成不變的房間。

目光滑過塑膠袋，又退回去，被裡面漏出一角的白色發票吸引。

原也伸手將它抽出來。

定格在發票上的「全家FamilyMart（宜中店）」——這幾個文字上面，原也眉微蹙，回想幾秒，他勾起唇角。

又拿起手機，拍一張照留證，才將發票塞回去。

春早在八點前按時到家，但因淋了雨，還是免不了挨春初珍一頓罵。

幸而有老爸在一旁為她說話，外加他們今天夫妻雙打贏到錢，春初珍龍心大悅，就沒有沒完沒了的計較。

回到臥室，春早分別傳了則「已平安到家」的訊息給原也和童越。

夾著睡衣去洗澡前，她退回桌邊，解鎖手機。

原也已經回了訊息：『好。』

以及一張已拆封的，她買的黑巧克力牛奶麵包的照片：『謝謝，今天的晚餐有著落了。』

蘋果肌開始自動發力，春早回：『不客氣。』

剛要再打幾個字，走廊傳來春初珍的奪命連環叫，等著春早換下的衣裙一併放洗衣機。

只能作罷道別：『我要去洗漱了哦，等一下再聊。』

原也：『嗯，不要受涼了。』

他、好、好、哦！

春早極力克制，才沒有讓自己一邊傻笑，一邊輕快地蹦跳去洗手間。

單獨對鏡吹頭髮時，她走神想起今晚的原也，還有他過目難忘的一笑。它就像是記憶深處的銀色閃電，一想起，總能讓她的大腦裡恍如白晝。

那朵曾在花店見過的白色花朵，到底是什麼花。

當時的她心神恍惚錯亂，一下子想不起。

此刻回憶紛至遝來。

春早的臉慢慢漲得通紅。

約莫是去年的小長假，她和童越在外閒逛，路過一家精緻的花店，她被櫥窗玻璃後的一枝花朵吸住目光。

花瓣是貝母白，層疊舒張似天使羽翼，在一叢繁複花頭間尤顯淡雅清透。

年輕的店長見她駐足流連，就招呼她們兩個女孩進去看。

春早停在那朵花前，詢問這是什麼花。

店主微笑著告訴她：這是一種白色的芍藥，名為——初戀。

第七個樹洞

月考緊追在連假之後。所以假期的後半程，春早都龜在家裡潛心複習，偶爾分個心，也不過是跟童越或原也聊幾句天，期間男生分享過幾張照片給她——就是他講過的那些外出讀書的地點，比如他去過的咖啡店的布景，還有公司格子間一樣的單人自習室，市圖書館的桌椅和書架——他似乎很喜歡靠窗的位置，每一本書的封面和紙頁都飽浸在日光裡。

春早將它們一一儲存下來，睡前再單獨翻出來看一遍，彷彿親歷其間。

返校那日，因為有晚自習，下午兩點光景，春早回到出租屋，媽媽在外面收拾東西，她就在房內整理假期作業與用於複習的資料和筆記。

回班會路過固定的走廊，一班成為她每日必經的隱形打卡點，這個時間，學生基本到場，男生多的班級更是喧囂吵鬧，還有籃球在半空拋出弧線，繼而哄堂大笑。

可惜的是，沒有瞄見原也。

今日汲氧充電以失敗收場，春早隱隱低落地回到自己座位上。

坐下後又覺自私自利，憑什麼，難道人家就要為妳而生為妳而存嗎，他不能有自己的事情嗎？

憑什麼，妳看向他的那一秒他就必須憑空降臨在眼前，他又不是什麼可以遙控的電視機。

懷揣著對自己的控訴，拿出課本的力氣都變大了。

盧新月見她心不在焉地輕摔著書：「怎麼了，我們的早，今天不太高興嗎？」

春早回魂：「沒有沒有。」

爾後輕拿輕放：「是假期後遺症吧。」

「確實。」盧新月也學她，啪嗒丟下講義：「八天看起來挺久，結果眼睛一眨就沒了！而且明天就月考，禽獸啊學校。」

兩個女生相視苦笑。

因為要進行每月一度的座位輪換，班導提早一刻鐘到班。

一時間，教室裡充斥著桌腳椅背的撞擊摩擦音。春早坐三排，本是第四組靠窗的位置，這次調整到第一組，緊靠走廊。盧新月向來對危機四伏的窗口能避則避，一番軟硬兼施，春早好脾氣地接手這一「寶座」。

更何況……

她還有私心。

離窗這麼近，倘若原也偶然路過他們班級，她應該能第一時間看到吧。

思及此，她不由捧臉抿笑。

各組座椅調換完畢，教室裡的動靜逐漸平息，春早才咽下所有發泡錠泡沫一般翻湧的粉紅小心思，聚精會神看起書來。

之後兩天，春早一心一意地迎戰月考，相較於童越專長的臨時抱佛腳不見棺材不掉淚，她從不會在考試期間挑燈夜戰。

像她這種等級和程度的文組生，分數差極難拉大，每一次考試都是跟上一次的自己競跑，跑贏是進步，跑輸就要停下自檢和反省。

春早上學期的期末考是文組班第四名。

這個成績，還是在省裡第一明星高，放在任何家族聚會的餐桌上都值得作為下酒好菜吹捧一二。無奈春初珍對她分數的態度總是「不過爾爾」——前五、前三，以及第一，在她眼裡是雲與泥，天與地，隔著珠穆朗瑪峰與塔里木盆地般的層級。

三天後，春早拿到了自己這次月考的排名，與上學期期末考無異，班級第四，也是年級第四。

她與上一個自己打成了平手。

童越一如既往地驚嘆：「春早妳怎麼又考得這麼好！妳好強哦！」

但春早笑不出來，緘默地翻看著各科試卷裡的扣分題，並且鼻腔滯澀，強忍著淚意，這種生理性的酸楚似乎已成為每次考試後的反射。她已經能想像到回去後，春初珍要如何對她每科分數進行慘無人道的審判和批評，並且永遠不懂裝懂，選擇性過濾過程的艱苦，滿心滿眼的，只有在她看來不如人意的結果。

春早將所有試卷用長尾夾卡到一起，帶回了家，方便春法官翻看她的「罪案卷宗」。

毫不意外，春初珍關上房門，開始了她的固定演出，冷嘲熱諷的：「妳成績怎麼能這麼穩定呢。」

「我都不知道怎麼開口。」

「批評吧不知道怎麼批，誇獎吧妳說我誇得出來嗎？妳就說，上個前三就那麼難嗎？」

「尤其這個數學，」她抽出當中一份卷子：「跟上學期末分數一模一樣，妳大題多拿兩分名次不就上去了。」

又嘀咕：「每次就差個幾分上一百四，也不知道妳怎麼回事。」

春早坐在那裡，深咽一下，不看她，也不看卷面：「大題不是那麼好寫的。」

「那人家怎麼能寫對呢，人家怎麼能拿全分，人家不是學生？」

「我不如人家，行嗎？」不就是想聽這些嗎，連帶著她的那一份，再對自己進行雙重否定，春早抽抽鼻子，有了想要去抽衛生紙的衝動。

但她的雙手仍倔強地攥在抽屜裡，拚命遏制著盈盈欲墜的淚滴。

春初珍被她破罐破摔的發言堵了幾秒：「知道不如人家就更要找到自己的問題根源啊，妳看著毫無變化的成績不心急嗎？」

「我都替妳急。」

「高二了，馬上高三了，我還指望妳能在市裡面省裡面拿個排名替我們春家光耀門楣呢，妳這弄得……不上不下的，人心裡面哪有底。」

春早長吁一口氣，緩解著高濃度的不忿：「我考得差嗎？」

春初珍站在她身邊，身形像座威壓的山體：「跟成績不如妳的——比如妳那個朋友比，肯定是不差，但水往高處流，人也不能朝下走啊，那樣還怎麼有進步。」

春早心頭冷笑。

反正她永遠有話，發言頭頭是道。

永遠都是這麼的輕飄飄。

見女兒木偶娃娃一般靠坐在那裡，上身薄瘦，房內只餘她微重的呼吸，春初珍心起不忍，不再多言，將手邊的試卷卡回去，擲下一句「出來吃宵夜」就出了門。

春早紅著眼眶瞥她一眼，深吸氣又吐出，才將媽媽特地揪出的那張數學試卷上的褶跡抹平，掀回第一面，目光在分數欄後鮮紅的一三七上停頓片刻，她將它別回長尾夾，四角完全對齊。

在客廳吃牛奶麥片時，春早心頭灰敗空落，雙目不自知地渙散。

春初珍在一旁靜音玩手機，也悶聲不吭。

打破寂靜的是原也擰動門鎖的輕響，男生換好鞋，與春早媽媽微一頷首。

他的視線在低頭用餐的女生身上多停兩秒，才回了房間。

春早自然知道他回來了。
但此刻的她，完全沒有多餘的心情藉機看他一眼。
春初珍就是有這樣的能力，能在分秒間凍結和摧毀她精心構建的玫瑰花園和玻璃教堂。
如颶風過境，所有的絢麗景象被夷為平地。
男生關上房門。
春初珍回頭看了看，降低音量：「妳知道隔壁考了幾分嗎，不是說他成績很好？」
春早心生煩躁，涼颼颼回：「不知道，我只知道人家一直理組班第一。」
春初珍雙眼瞪得溜圓：「原來他成績這麼好的呀？」
春早：「對啊。」
果不其然。
「妳怎麼考不到文組第一呢。」春初珍撫頭嘆息。
春早：「……」
女人消化著落差，環顧起他們的小房間：「說出去這房子房租都要漲兩倍。」
「這房子妳的啊？」春早加快舀動麥片的速度。
春初珍開始心理不平衡：「也沒怎麼看到他念書……哎，可能有的小孩天生腦筋好吧。」
「妳怎麼知道他不念書？」春早喝空碗底的牛奶和殘渣，看回去：「妳去認他當妳兒子好了。」

春初珍「嘶」一聲，不滿道：「妳怎麼說不起呢。」

春早懶得再辯解。

春初珍還是嘮叨個沒完：「跟妳真是沒話講，人家還沒媽媽陪讀，哎呀，想不透想不透……」

春早「啪」的拍下湯匙，起身回房。

本來就很難受了，現在可以說是遭透了。理應大哭一場，但眼眶燙了又燙，卻滲透不出足夠的液體，或許是已經「適應」，適應了無窮無盡的對比，適應了這種被否定和傾軋擠占的環境。春早曾在洗碗時壓動著沾濕的海綿，想到了自己，明明很努力地吸噬著更多水分，然而膨脹帶來的負荷只會更沉重；一旦派上用場的程度不遂人意，就會被外力稀里嘩啦地擰盡。

這個夜晚，春早平躺在床上，氣壓低到連偷玩手機的興致都消失殆盡。

她空茫地盯著灰濛濛的天花板，開始每次考試後的心靈雞湯洗禮。

妳是為了自己。

春早，只是為了自己，就當是為了自己。妳不需要任何人的肯定，尤其是春初珍的，不要去管她如何看妳。

讀書，奮力地讀，全心全意地讀，不撞南牆地讀，讀書是妳能翻越圍城和飛往天際的唯一路徑。

不斷地默念，不斷地自我療癒，沸騰的心緒終於止息。

♛

第二天的晚上是數學自習，第一節課講解試卷，第二節課則交由學生們自主複習和完成作業。

教室裡鴉雀無聲。

春早將扣分的題目謄抄到錯題本上，又從過往的講義或作業本裡找出相似題型，抄寫到往後幾頁裡，對比本次考試失誤的地方逐步分析和歸納，鎖定問題後，她闔上所有書本，閉閉眼，準備將本子裡的大題全部重做一遍。

一鼓作氣推算寫到倒數第二題，倏地有東西閃過，「啪嗒」掉落在她面前的計算紙上。動靜並不大，卻足以讓她周身一凝。

春早停筆去看，發現那是一顆粉藍相間的水果硬糖，被透明的糖紙包裹著，在白紙上映出小片彩色的光影。

她探眼講臺方向，五指向前挪動，悄悄將糖扒來手裡……

誰扔過來的？

疑惑地瞟隔壁桌，而對方正埋頭苦學，根本沒注意這裡，前後桌更是不可能，下一刻，似有靈犀，她舉目望向窗外。

原也的背影出現在本還空無一人的走廊上。身著制服的少年步態如風，沒有回頭對暗號，也沒有任何動作提醒。彷若憑空降臨，又或者只是，路過而已。

是他嗎？

好像就是他。

雖有些不明其意，但也莫名的似懂非懂。蜜意在春早臉上擴散，她抿一抿唇，將那顆不為人知的糖收回書包內袋，帶回了家。

心情陰轉晴之餘，她想問清楚這份舉動的起因並表達謝意。

睡前打開QQ，卻發現男生昨晚十一點多傳來一則長訊息：

『有個人喜歡吃糖，但他不敢多吃，怕吃多了會有蛀牙。有隻小鳥也喜歡吃糖，這人就凶巴巴罵她：糖不能多吃，不然會有蛀牙。可是小鳥笑哈哈：我們小鳥又沒有牙齒，我才不在意！』

什麼奇奇怪怪冷笑話。

卻讓她瞬間笑出聲來，積壓到今夜的淚水頃刻間決堤。

春早用被子蒙住腦門，將委屈通通釋放完畢，才抽出床頭櫃上的衛生紙掖乾全臉，再看一遍那則訊息。

這一次，只剩下笑。

她打字回：『誰說我沒有牙齒的。』

原也的回覆很快：『那一定是剛剛笑的時候發現自己有牙齒了。』

春早立刻磕緊牙關，狐疑地四面盯看。

他是不是有什麼空間透視的超能力，還能預判她當下的狀態和反應。

但嘴角依舊不受控制。

她從枕頭下面摸出那顆藏匿到現在的糖，拆開封口，含進嘴巴。清甜的果香很快在她唇腔裡融化。雖然已經刷過牙，雖然從小就被嚴令禁止，雖然會為蛀蟲們的齲齒大業增加百分之零點零一的可能性，但就這個晚上，這個被糖果消溶掉酸苦的夜晚，她就要做一隻不長牙齒的小鳥，只要她不在意，全宇宙都休想打擾。

眾所周知，糖果是無法單買的，所以那袋僅有一顆派上用場的水果糖，被原也座位周邊的男生們瓜分一空。

當然，是原也主動給他們的，發完又坐回去看題目。

前桌許樹洲撕開一顆全粉的糖粒，丟進嘴裡，牛嚼牡丹似的咯蹦咯蹦嚼掉，越想越不對勁，回頭問：「什麼意思，你要結婚了？」

原也瞥他：「你沒事吧。」

塗文煒在桌上幫自己的五顆糖排著隊，並不抬眼地插話：「他沒事，但你絕對有事。」

許樹洲興奮揚眉：「也哥，什麼情況？」

塗文煒冷哼：「我懷疑這小子瞞著哥們幾個談戀愛了。」

原也似笑非笑：「別造謠啊。」

「謔，他急了。」許樹洲指他。

「那肯定急啊，沒戀愛也是有情況了，」塗文煒篤定地說著，瞟向前排那些長髮身影：「肯定不是我們班的，沒看你跟哪個女生走得近，哪個班的啊，樓上樓下？還是隔壁？從實招來。」

許樹洲跟在後頭附和：「就是！從實招來！」

原也垂著眼審題，不為所動，面無波瀾地轉筆。

「不會是四班的林心蕊吧？」塗文煒賊笑：「我們這樓她最漂亮了，高一的時候不是還傳她在校園牆跟也哥表過白，運動會還當面送過水。」

講著講著，不由心嚮往之，羨豔不已。

許樹洲首肯：「不錯，顏值很般配，本爸爸同意這門親事。」

原也撐住額角，不打算摻和他們的神展開。

許樹洲和他隔壁桌一唱一和，最後越說越亢奮，開始兩岸猿聲啼不住。

二三排的女生聞吠回眸，又嫌棄地搖頭，心想怎麼會淪為這群怪物的同窗。

當中僅此一隻的沉靜小白駒——原也，終是忍無可忍：「行了，有那時間琢磨這些，不如想想數學怎麼拿不到滿分。」

塗文煒和許樹洲胸口中箭，同時語塞。

「滿分了不起啊。」

「有本事次次滿分。」

原也淡著聲：「我也沒幾次不是滿分吧？」

欠揍發言，果然迎來一頓國粹二重奏伺候，上課鐘終於響起，班導及時送來耳根清淨。

拖堂是他們數學老師的常規操作，下課五分鐘了，男人還跟種在講臺上似的，滔滔不絕，毫無解放意思。

年輕躁動的雄獸們敢怒不敢言，再著急也只能在桌底下乾抖腿，或抓耳撓腮。

文組實驗班的女生成群結隊地從窗前經過，笑語如撞擊的玻璃風鈴。

男生們的目光不自覺往外飛竄。

班導留意到，手背叩動黑板：「外面這麼好看出去看好了。」

塗文煒牙縫裡擠聲：「我倒是想。」

前排許樹洲輕嗤一聲。

三班下節課是電腦課，要去多媒體教室。

春早一早就環抱著一遝電腦課教材去電腦房占座位——當中包括要拉個戰鬥屎的童越

的。

所以女生出現在教室中間的窗框後，原也幾乎是第一時間注意到她。目及她馬尾辮顛動，步伐輕鬆，似乎心情不錯，他才含笑斂下雙眼。

♛

原也的那顆糖確有魔力，至少接下來幾天，春早沒有再被低潮挾裹。

春初珍延綿不絕的月考嘮叨被她當耳旁風，她說她的，春早就做自己的，自動遮蔽。大抵是察覺到女兒的不走心，她的掌權者趣味得不到滿足。春初珍就調轉矛頭，對準同個屋簷下的模範少年。一天早上，原也單肩背著包正要出門，被女人無由叫住，殷切地問起他月考成績。

原也佇足，不明就裡地瞟向春早。

埋頭啃三明治的女生並未表態，只是定在桌邊，耳垂已紅如石榴籽。

那只能自由發揮了。

他低聲說出總分。

儘管對他的水準多少心裡有數，春初珍還是被這個前所未聞的高分震懾住，又問：「你比賽成績那麼好，數學肯定也考的很不錯吧。」

原也回：「還行。」

春初珍：「多少分啊？」

本欲少說兩三分，原也還是如實作答：「一五〇。」

春初珍瞠目結舌：「滿分啊？」

原也頷首，又看春早一眼。

女生似已恢復常態，抿起豆漿，睫毛都不顫一下。

「你這小孩怎麼學的哦，」春初珍滿臉納悶：「也帶帶我們家春早，她這數學，一直是很困難。」

原也應：「可以啊。」

又奇怪：「不過春早考的不好嗎？」

春初珍糟心地嘆氣：「比你差遠囉，數學一直一百三十多，這麼長時間了也沒突破。」

「您可能不明白，」原也平靜地看著她：「新升學考文理組數學試卷是一樣的，對文組生本就不友好，她這個分數已經非常高了。」

春初珍沒料到他會直接站去反方，一時發愣：「我知道啊，但還有進步的餘地吧。」

男生狀似不贊同地皺一下眉，又露出挑不出差錯的清白微笑：「那也用不上『差遠』這樣的說法吧，照這麼說，我的國文、英語也比春早差遠了。」

「有空也讓她帶帶我。」

「不過——」他話鋒一轉：「她天天悶在房間裡讀書，好像沒時間分享經驗？」

放下話，原也道一句「阿姨，我先走了」就出了門。

徒留春初珍傻愣愣立在原地。

少年語速極快，吐字清晰又有節奏感，跟在她腦袋裡高速打字似的，女人一下子順不過來，轉臉茫然地看女兒：「他什麼意思，是不想幫這個忙嗎？」

春早怕在豆漿裡噗笑出咕嚕泡，趕緊將唇邊的玻璃杯拿遠，擰眉假正經：「可能是吧。」

春初珍無語看天兩秒，走回來將抹布蓋回桌面：「傲什麼哦，第一名了不起。」

春早只能陪笑：「理解一下，學霸都有點自己的脾氣的。」

春初珍單手叉住腰，還滯留原也那番快言快語帶來的後勁裡：「妳就沒有啊。」

春早心裡嘀咕：妳又知道了？

收拾好自己的書本，春早捏著背帶，一蹦一跳下樓，雖然有些不厚道，但偶爾看老媽吃次癟，可謂是快樂大過天。

走出大門，她看到了原也。

男生在階下長身而立，不看手機，明顯在等人。注意到她時，他心照不宣地笑了一下。

春早一瞬讀懂。

這一秒，她單方面認定，她與原也的關係已經昇華進階，從共犯變成同舟共濟的盟友，當她在暗夜風暴裡迷失航向，他會站起來當掌舵者，引領他們的船隻划向日出與綠嶼。

春早指指自己：「你在等我嗎？」

原也說：「不然我在等誰？」

春早回頭仰臉，瞄高處金屬防盜欄後的狹小窗口一眼：「也有可能是等我媽抄傢伙下來。」

原也笑意更甚，不敢置信：「不至於吧？」

「嚇你的，」春早走下臺階，發自肺腑地讚嘆：「但你確實有點厲害。」

原也自覺與她並行，保持著恰到好處的距離：「就——」頓一頓：「還行？」

春早心頭輕喊：「過度謙虛就是驕傲了哦，你都沒看到我媽有多傻眼。」

春早投去欽佩目光：「你好像完全不怕家長，上次跟你爸也是。」

值得拍照留念的程度。

原也說：「都是人，又沒低他們一等，為什麼要怕他們？」

春早瞥他：「等我考第一也許就有你這樣的好心態了。」

原也說：「第四為什麼就不行了？」

春早赫然瞪眼，臉慢慢升溫：「你怎麼知道我名次的？」

原也語氣自若：「我前兩天去辦公室有事，你們班導師的辦公桌剛好在我們班導旁邊，你們班級月考排名的表格就在桌上，順便看了一眼。」

春早：「……」

「怎麼了。」原也在她的失聲裡裝疑惑。

「我都沒有隱私了。」她含糊不清地咕噥。

原也單手抄口袋，作勢要取手機：「要不然現在給妳看看我們班群組的 excel？有我每科成績。」

春早半擋住眼簾，往反方向撇臉，避免被學神光環閃瞎：「不用了，別再刺激人了。」

原也在她暫時性的盲區裡失笑，又快速恢復正經：「不過說真的……要帶嗎？」

春早看回去：「帶什麼？」

「數學。」

「不用。」春早拒絕的速度堪比流星，呵氣：「你還真把我媽的話聽進去了啊。」

「跟她沒關係，」男生上瞼微揚：「只是想說，讀書的事，光靠老師可能不行。」

春早卻對此有不同見地：「可讀書不是靠自己嗎？」

原也說：「是自己。但更準確說，靠的是方法，方法不對再怎麼努力也是白費。」

春早消化幾秒他的話，抿抿唇，字正腔圓回：「那我也會摸索出其他方法。」

不管外人是否理解，在讀書方面，她就是有一些花崗岩層般嶙峋皺巴但也堅不可摧的自尊和傲嬌，固執地相信自己潛藏著尚未發掘的實力，絕不會輕易認命和屈從。

「即使不是最好的，」女生語氣堅定：「那也一定是更好的那種。」

原也看向她，沒有說話。

在他偏高的視角裡，女生的臉頰弧度似鉤月，濾著光的睫毛略微上翹，像是淡金色的鵝絨。這些分明都是圓潤和柔軟的東西，但不可思議的是，他感受到一絲不容撼動的堅毅。

決心被長達數秒的寂靜磨平，春早霍然驚醒，後知後覺地抱歉：「不好意思，我不是故意拒絕你的好意。」

「你已經幫過我很多忙了……但這個，」她一時間也無法講清，面露困難：「要怎麼說呢……」

無從說起，只是，這就是她的本心，這才是她自己。

試圖解釋更多時，原也已溫聲打斷她：「我知道。」

一切盡在不言中，春早點頭如搗蒜：「我就知道你知道。」

脫口而出的話平白像繞口令，春早窘住，身邊的男生倒是罕見地沒有笑場。

稀薄的晨氣裡，他若有所思。

無聲並行出幾步，他才溢出笑音，揉兩下鼻頭。

反射弧這麼長的嗎，春早側頭看他，眼神探究。

他極快瞥她一眼：「只是突然確認了一件事。」

春早：「什麼？」

他遙視前方的看板，唇又勾起：「我隔壁桌的眼睛絕對有問題。」

一路上，春早都想不明白，原也那句沒頭沒尾的啞謎有何深意，話題又是怎麼跳躍到他隔壁桌身上的。

但歸根結底，今天是她的幸運日，能在早晨就超額品嘗到今日的限量巧克力。

還有比這個更好的開場嗎？

快到巷口時，她要去找童越，就與原也提前說再見——這是她們的姐妹傳統，不能見異思遷違背約定。

而且，上了大路，都是同校學生，和原也這樣的「校內名人」走在一起，難保不會被捕風捉影。

望著男生隻身離開的背影，春早偷藏了一路的笑花終於能無所顧忌地勃發。

童越被她一大早就齜牙咧嘴的樣子嚇到：「妳怎麼了，這麼開心？」

春早這才意識到自己沒收住，開啟撒謊被動技：「路上看到一隻小狗，超可愛的。」

「在哪？」童越越過她的肩膀遠眺：「我也想看。」

春早說：「走了。」

童越惋惜：「啊我也好想養狗啊，但我媽毛髮過敏。」

春早說：「等妳大學畢業了自己住，不就可以養了。」就像她姊姊那樣，從裡到外地，得到真正意義上的自由。

「大學畢業……」童越皺出滄桑老嫗絕望臉：「那還要多久啊。」

突地，她雙目晶亮，攥住春早手臂：「妳說我要不要找個狗裡狗氣的男生談戀愛好了。」

春早無語兩秒：「……真有妳的。」

童越說：「幹嘛，委婉實現夢想，不行嗎？」

春早拜服：「行，當然行，妳認識的男生還少嗎？」不光不少，還會在好友列表裡分組歸類，早就可以湊出一本集郵冊或一間收容所，再築起一座動物園肯定也是小事一樁。

狗裡狗氣的男生……

原也有這種感覺嗎？

早自習背累了，春早忙裡偷閒忖度起來。想不出誒，如果非要挑選一個犬種，她心目中的原也似乎與大型犬更為適合，笑起來溫暖燦爛如金毛，但互動，也不是無條件的示好和親切；說是德國牧羊犬吧，可他沒有獨狼一般的深邃和孤僻。當然，跟雪橇三傻更是毫無關係。

——最後得出結論，原也是隕石邊牧，品相破萬的那種，瞳色清澈，行動矯健，腦袋瓜還聰明破表。

對號入座完畢，春早收攏嘴角，自知近日這種「無緣無故」笑起來的次數太多了。跟神經失調一樣，有點恐怖的。

有那些甜津津的少女情懷作調劑，一成不變的上學時間不再枯悶如前。

窗外樹梢橙黃橘綠時，學生們都換上秋季制服，老老實實將解放了一整個盛夏的肢體封印起來。

但再怎麼封堵，也堵不住部分女孩對美的追逐——譬如童越，她就超高效率地結識了一位高一小學弟。

說是小學弟，但身高一八〇有餘，站在她們身邊似高嶺平地起，名字亦很好聽，叫陸景恆。

用童越的話來說，完美滿足她想要的狗裡狗氣。

認識的過程簡單粗暴，福利社驚鴻一瞥的下一秒，童越就追出去截住人家索要聯絡方式。

學弟的同學紛紛起鬨，而人高馬大的男生在當中面紅耳赤。

彼時春早握著水站在一旁，望天又望地，試圖將自己化為與他們並無牽連的圍觀群眾。

一個禮拜後的週六晚上，童越在QQ上通知春早：『我和陸景恆談戀愛了。』

春早對她的火箭式進度嘆為觀止：『妳也太快了吧。』

童越：『機會只留給有行動力的人。』

童越：『我剛約會回來，牽了手吃了飯看了電影，作業一個字沒寫，明天妳媽在家嗎？』

春早：『不在家，她明早要回去拿衣服被子，說到晚才能回來，讓我自己在學校吃飯。』

童越：『好，我明天去找妳，要準備好什麼東西，不必我多說了吧。』

春早笑：『我已經寫好了，放心。』

戀愛……

牽手吃飯看電影……

春早盯著童越的聊天記錄，忍不住浮想聯翩。後果就是因精神高度興奮過久而失眠。

輾轉反側多次後，她強令自己停住。

正對著牆，開始數羊。

而白牆的另一邊是……

牆體似乎變得不復存在，變成一面大篩網，讓她煮糖水般滾燙黏稠的心緒無處可藏。

春早臉成熟雞蛋，立刻調轉朝向，只把後腦勺留給它。

不過，講真的，原也談過戀愛嗎？長相這麼招搖，又不清高矜傲，應該有不少女生喜歡他吧？完蛋，過去的他，在她眼裡只是一個「名字」，從不好奇他的過往，也不在意他的傳言。課餘偶聽班裡女生提及，都是左進右出漠不關心，畢竟那個時候，她的世界非黑即白只有課業，哪能猜到專屬於「原也」的粉紅塗鴉會在這裡留下重筆。

思及此，春早又打開手機，打算偵查一圈原也的個人主頁。

結果並未遂願，這男的怎麼回事，個人主頁不對外開放，完全摸不出蛛絲馬跡。

春早默默刪除訪客記錄。

再看看自己的——

也好不到哪裡去，上一次發動態還是考高中之前，很中二地抒發著對考取宜中勢在必得的雄心壯志。

再對比童越的九宮格，全是覆滿可愛明媚貼紙的生活照，撲面而來的少女氣息。

也難怪能那麼快虜獲陸小狗芳心。

這樣的女生，換她也會喜歡到不行。

對比慘烈。

春早嘆氣。

但，在自己的訪客列表裡，春早也有了新發現，就在她和原也互加好友的第一天，他曾光顧過自己的個人主頁。

後來……好像沒再來過……

果然，他也覺得她很無聊吧……

春早在這種內傷打擊中合眼睡去。

翌日十一點整，童越吃了個早午餐準時抵達出租屋。

春早去樓下接她。

作為老熟練工，一進玄關，童越就套上自備的粉色一次性鞋套，興致勃勃隨春早進屋。

路過原也房門時，她停下腳步：「原也今天在嗎？」

春早：「妳聲音小點。」

童越吃驚，換氣聲問：「他還沒醒？」

春早點頭：「應該是。」

童越認知被顛覆：「年級第一居然比我還能睡懶覺！」

春早無聲發笑。

書桌大小侷促，不適合攤放好幾科講義，所以兩人仍將抄作業窩點安排在客廳大餐桌。

童越拉開筆袋拉鍊，一陣挑揀，也沒選出漂亮趁手的筆。

還沒開始寫一個字，又拿起一旁手機，「啪啪」打字，不時吃吃笑。

春早看她兩眼，心領神會：「陸學弟傳訊息給妳了？」

童越捧住心口，得意洋洋：「什麼陸學弟，是我新男友。」

春早偏頭朝桌下乾嘔一聲。

童越拿起手邊橡皮擦丟她。

雖已完成作業，但春早沒有閒下，摘抄整理起喜歡的作文素材，並在下方試著化用和仿寫，用以提升寫作筆力和語感。

沒多久，童越又把手機湊近嘴巴傳語音，嗲裡嗲氣：「啵唧啵唧，我在寫作業，晚自習見，愛你——不要太想我哦——」

春早：「……」

春早：「妳殺了我算了，妳能不能好好寫作業。」

童越面不改色地睇她：「幹嘛、幹嘛——妳第一次見我談戀愛啊。」

倒也不是第一次，從小學到高中，她都會有這麼一個「階段性男友」。只是，以往的春早不以為意，但現在，她隱約體味過當中的化學反應，又是對照組裡的差生範例，難免心累。

春早不再出聲。

快十二點時，原也的門響了，兩個悶頭書寫的女生同時抬頭，尤其是童越，目光如炬地掃射過去。

男生頓在門後，似乎也被客廳裡的「盛景」唬住，愣一下，打聲招呼，他揉揉亂蓬蓬的黑髮，就走去洗手間，關上門。

「我看到什麼——美男起床圖？」童越小口微張五秒，又半掩住，賊眉鼠眼：「妳說原也會不會這時正在裡面尿尿？」

春早臉一熱：「妳整天都在想什麼？」

再出來時，原也一身清爽。

回房間途中，童越舉高筆殷切地同他問好，他也頷首莞爾。

「天啊天啊天啊。」童越持續發出最小分貝尖叫：「我們的居家版級草也好好看喔，比陸景恆那東西好看多了。」

春早微微擰眉：「還好吧？」

有那麼誇張嗎，還是她已經看習慣了？

原也沒再關門。

兩個女生雖激動，但都收斂著視線，沒有隨意往他房內亂瞄。

約莫一刻鐘後，他拿著幾張試卷和紙筆出來，停來桌邊。

春早仰頭看他。

男生目光自然墜下，示意被她們書本卷子鋪滿的桌面：「借個地方？」

春早連忙騰地方。

童越睜大眼，難掩興奮：「你要跟我們一起寫作業嗎？」

原也拖出椅子坐下，語氣愜意：「嗯，可以嗎，會打擾妳們嗎？」

童越就差沒雙手捧臉漫天發射愛心：「怎麼會呢！當然可以！」

春早的視野裡，男生細而長的手指，漫不經心地將黑色中性筆扣入指間，晃動兩下，倏然，衣服擦動，他回過頭來找她，近處的臉細膩白淨：「妳也沒問題？」

直直看進她眼底。

春早微頓，匆忙斂眼，學他上次說話：「你請便。」

原也低笑一聲。

按出筆芯，在空白的試卷上端，龍飛鳳舞地提上全名。

童越的眼瞳滴溜溜地在他們身上來回打轉，看好戲煲好粥神情。

午後日光慢行，三人安靜無聲地做著各自的事情。

原也的座位離春早更近，餘光輕易能及，春早只覺還沒摘錄幾句名人名句，男生手中的數學試卷就已翻頁。

「你那面題目都寫完了？」驚惑破口而出，聲調還有點高。

原也沒想到她反應這麼大，側過臉來：「嗯，怎麼了？」

春早為自己的驚乍赧顏。她看手機時間一眼，疑心他的做題速度：「你寫完一張這樣的數學試卷要多久？」

原也想了想，保守預估：「三四十分鐘吧。」

「平時考試呢？」

「看難度，通常五十分鐘內都能完成。」

「……」

正確率不必多言，人形答案卡如是而已。

瞠目之餘，春早瞥向他基本沒派上用場的計算紙：「你選擇題不用算的嗎？」

原也剔亮的雙眼看起來既無辜又真誠：「算了啊，腦子裡算了。」

這就是傳說中的「審題即做題」嗎？

春早驚嘆。

她終於明白原也為什麼能在週末肆無忌憚地睡懶覺，他有能力，有節奏有效率，有足夠的智慧和寬裕的時間，讀書於他們而言並非同一概念。有的人卯著勁發酵，有的人想方設法地往體內塞填餡料，而有的人，本就是塊簡練的壓縮餅乾，任一雜質或顆粒都能量飽滿。

她與童越交換眼神，均寫滿凡人的不敢置信。

春早不再問，繼續手裡的抄寫，獨自消解著人與人之間的天塹，也寬慰自己，做塊白饅頭也蠻好的，照樣充饑。

而童越在接到一通電話後，突然手忙腳亂收拾起作業，說自己有事要回趟家，並對春早送她下樓的做法百般拒絕。

紮著高丸子頭的女孩連蹦帶跳下樓。

將鞋套丟進樓底的垃圾桶後，她壞笑著回撥電話給男友：

「謝謝你啦。」

「配合我的電燈泡解救行動。」

「我演技值一個奧斯卡影后好嗎，哈哈哈春早以為我真有急事，比我還著急！」

「好啦好啦晚自習前跟你一起吃飯——」

「唦唦唦。」

童越一走，屋內頓時由百鳥林變為沉默之丘。春早回到座位，再難平心靜氣。身邊男生的存在感是如此強烈，如白塔壓頂，她寫字的速度都不敢太快，而他手裡沙沙作響的石墨筆芯，也不像是寫在紙上，而是在刮動她頭皮。

起先童越在場，原也只能找個中間位置插坐進來，但現在童越走了，整張桌子空出不少地方，他也沒有挪動一公分，拉遠二人的距離。

春早注意到這個，嘴角微揚，為抵禦笑意，她又咬兩下筆頭緩解，不敢多看他一下。

也不搭話，生怕干擾他解題。

寫到最後一道大題時，原也斜了春早一眼，女生已經停筆，架著本厚實的作文素材書在看，目不轉睛。

但，兩分鐘過去，她還沒翻頁。

他幾不可見地彎唇，故意寫歪一個字母，問她：「有修正帶嗎？」

女生翻頁的手停下，眼從書屏風後歪出：「膠帶行嗎？」

雖說都是老師明令禁止的東西，但比起像是患上白色風疹一樣的修正帶，她還是更愛用這種傳統改錯產品。

原也回：「也行。」

春早放下書，從筆袋裡取出一卷細款透明膠帶，推給他。

注意到他渾身上下似乎真只帶了一支筆出來，她不禁感慨起男生的簡單粗暴，又說：

「我暫時用不到，你先用吧，做完再給我好了。」

原也應聲「好」，拿過去，刺啦一下扯開。

黏黏過後，再也沒放下過那捲膠帶，就將它懸於左手間。他修長的，極有骨骼感的手指隨意扣弄著，像在把玩一枚尺寸過大的戒指。

春早偷瞄著，有點心猿意馬。

童越那些言簡意賅的戀愛小甜事又在她腦中重播。拉這樣的手，或被這樣的手拉住，會是什麼感覺。

……嗚，大腦又開始蒸溫。

原也拿開那張寫滿公式的試卷時，春早的手機在桌面滋滋震動起來。

女生一慌，連忙背過身去接聽電話。

直至此刻，他才能無所顧忌地抬起臉來看她。一心二用並不難，難的是卡停在某一步證明，即使他心頭已經有最終推算。

他在春早回頭時將那卷膠帶交還到她身前。

春早的心思還撲在通話裡，順手牽走，塞回筆袋。

她打開手機擴音，起身在桌上找東西。

原也問：「怎麼了？」

春早回：「童越說她英語作業找不到了，問是不是落我這了。」

「果然——」她從自己的那遝講義裡抽出一位「異類」，又把手機拿高：「在我這裡。」

童越在那頭放心地呼出一聲：『那就好，丟了我就沒命了，晚上還是高梓菲值班。』

——高梓菲正是春早的頂頭上司，三班的英語老師。

『但我作文還沒寫呢。』童越又發動哭哭音攻擊。

春早坐回去，將她那張英語講義翻到最後一面：「沒事，我幫妳寫，妳的字跡還挺好模仿的。」

童越各種感激加啾咪，春早半笑半惡寒地掛斷手機。

再抬眼，旁邊的男生正單手撐腮看過來，面帶笑意。

春早跟他對上眼，移開，再轉回去，對方的視線仍逗留此處，別具深意。

她被他盯得心裡毛毛的：「有什麼事嗎？」

男生啟唇：「妳還真是很擅長這個啊？」

春早不明所以然：「哪個？」

原也說：「幫別人寫作業。」

「哪有？」春早矢口否認：「是她卷子先落在我這的，晚上我們是英語晚自習，她又回去了，除了這樣我還能怎麼辦？」

原也看起來將信將疑：「是嗎？」

「對啊。」

「那去年寒假是怎麼回事？」

去年寒假？

春早頓住，瞳孔一點點放大，她突地意識到什麼，驚愕地看向原也，不會吧——不可能，她竭力鎮壓著快瘋竄出身體的心臟，但火炭般的耳朵尖足以出賣她。她負隅頑抗地裝蒜：「去年寒假？怎麼了？」

原也不急於拆穿，繼續跟她玩文字遊戲：「再提醒妳一下？成康門的盛鑫網咖。」

「嗯？哪裡？」春早側了側頭，開始自己拙劣的演技。

男生卻被她「小貓歪頭」的樣子逗出更多笑意：「我記得，我剛住到這邊時，有天晚上遇到妳。」

「我們聊到成康門的網咖，妳說從來沒去過。」

「可為什麼，我去年寒假就在那邊見過妳……」

——確切地說，那並不是原也第一次見到春早，在更早之前的光榮榜上，他就對她隱有印象。

擅長記憶人臉，是他的行為習慣之一，好讓他合理規避「社交事故」，維持住一些無需走心但表面必要的人際關係。

遑論這些時常出現在同個正紅色平面上的臉孔。

作為從小到大拿第一和獎到手軟的人，原也早對所有儀式性的表彰興趣缺缺，所以也極少會為之駐足。那天還是被高一時的室友拉停在排名欄前，他關心自己名次，原也便跟著瞟了一眼，視線漫不經心滑下去，在一個女生的名字上停住。他第一次見到「春」這個姓氏，單名一個「早」字，很獨特，生機勃勃的，莫名讓人想起早春節氣，青嫩舒展的芒草或藍而發白的，廣袤的天空。

他看了看她的照片，榜上的男生女生少有人不佩戴鏡架，這個女生算一位，眉目一眼可觀，眼神有幾分淡漠，但直勾勾的，似能穿透櫥窗玻璃，瀏海碎碎地散在她額前，微抿的唇線幾乎不見笑意。

相反有點……倔強？銳氣？謝絕營業？

反正不太好相處的樣子，那時他沒多放在心上，只閒閒催朋友：「找到了嗎，這麼難？」

「你以為誰都像你一樣好找啊。」對方險要捅他一拳。

再後來，便是春節。

媽媽走後，這種闔家歡樂的日子於他而言只是折磨，再無母親身影的屋子像一座曠蕪的廢墟。原屹再娶後，家中多了些屬於女人和小孩的生氣，但原也只覺這裡愈發凋萎和冷僻，所以每逢除夕過後，他就會將自己隔絕進網咖，暗無天日地打遊戲。

正規網咖不歡迎未成年，但也不是完全無地可容。

畢竟這些年來，他早將那些可收留他這頭青春期怪物的鐘樓或沼澤摸索一清。

那天是年初三，原也將背包寄存在圖書館，隻身前往成康門小商品市場的網咖。這是一處被宜市學子私下戲稱「未成年天堂」的寶地，很多學生在這買過菸，也上過網。

時值寒假，網咖包廂已無虛席。原也只能退而求其次待在二樓大廳，開機後，刀光劍影地打了兩局CS:GO，他被滿室渾濁的菸味熏到頭暈眼脹，就摘下耳機去窗口透氣。

二樓那扇窗戶敞著，正對一道窄巷。

聯排店面建於地下，頂部透不進光，規格也有限，所以即便身置二層，都顯得低而壓抑。

至於巷中情景，自然盡收眼底。

倒沒想到外邊還是有人在抽菸。

一男一女，應當是情侶，穿同款黑色羽絨衣，男生沉悶地夾著菸；女生著短裙，黃髮挑染出一縷緋紅。

她在打電話，音色脆亮：「妳到了嗎？」

「欸，好，我在盛鑫網咖旁邊這個垃圾桶等妳啊。」

說完又關了手機，看向她男友：「她說她馬上就到。」

男生點點頭，吐出煙圈，那股濃厚的菸味順著氣流騰上來，無處可避。

原也蹙蹙眉，決定回座。

下一秒，窗外傳來女孩驚喜的呼喊：「春早——這裡——」

記憶被這個別致且似曾相識的名字解鎖，有什麼欲將破土，原也回過頭去，再看樓下巷子，已多出一名女生，正往這邊快跑。

她的氣質與另外兩位截然不同，更接近於自己會在學校碰到的同齡人。

書包在女生背後輕微顛動，她穿白色外套，只紮一條馬尾辮，寶藍色的針織圍巾被纏繞成幾道，打起結，將她皎白的臉裹成一小團。

就在她鼴鼠般，警惕地豎高腦袋東張西望的幾秒，原也的手臂也饒有興味地搭去了窗沿。

他借此確認了她的長相，正是期末考排行榜上那個，他曾見過的——叫「春早」的同年級女生。

天氣很冷，她快速講著話，稀薄的白霧在唇邊不斷傾吐：「抱歉抱歉，來晚了。」

「沒事啦。」那個黃髮女生朝她笑道：「我們也沒等多久。」

女生邊喘邊摘下書包，俐落地掏出一遝厚講義：「你們檢查一下。」

黃髮女生象徵性地翻幾頁，並未細查，只說：「妳寫的還要看嗎。」

女生略為害羞地一笑，邀功：「下面還有妳男朋友的，我換了不一樣的字體，你們老師就算有十雙眼睛也看不出來。」

那對男女低頭去找，又驚呼：「真的哎，春早妳好貼心。」

他們的讚嘆讓女生有些傲嬌地撥撥瀏海。

黃髮女生推一下自己男友手臂：「愣著幹嘛，給錢啊。」

「哦，」那男孩才反應過來，從口袋裡取出一個折疊的紅色信封：「給。」

「妳點點。」

女生揭開紅包封口瞄一眼：「這裡面好像不只五百吧？」

「多給了妳三百，」黃髮少女說著，攔住她要點出多餘紙鈔的手：「不准退給我和小林了哈，妳幫我們大忙了。」

「哪有，又不是不收你們錢。」

「可妳也付出了很大的勞動力啊。過年呢，都是老同學，妳就別跟我們推三阻四了。」

女生幾秒不語，再開口時，似要感激出哭音：「你們也太好了。」

「好啦——」黃髮女生不在意地揪揪她臉蛋：「要謝就謝過年有壓歲錢吧。」

又盛情邀請：「早啊，妳等等跟我們一起吃晚飯吧。」

女生婉拒：「不了，我要回家了。我媽今天走親戚，回來看我不在家肯定要問東問西。」

「那好吧，」黃髮可惜，又問：「等高三了妳還會幫我們代寫了嗎？」

女生猶疑著：「應該不了……」

「不是吧，那我和小林怎麼辦！」

女生正視他們，一本正經：「那你們就做一對苦命鴛鴦。」

那兩人爆笑。

窗後的原也輕笑一聲。

她看起來完全不像是會開這種玩笑的人，所以很有趣，還有種滑稽又……可愛的反差感。

三人在巷子裡寒暄幾句，那個叫春早的女生就道別離去。

她來時匆匆，走時明顯能感覺出腳步輕盈，似一隻飽食鮮嫩草葉就差要咩咩叫的羊羔。

目送她身影轉出巷口，原也才從窗邊直起身，回到自己的機位。

寒假結束後，開學、分班、集訓，進度如車輪滾滾，一站又一站，幾乎沒有歇腳時刻。

班級距離近的關係，原也又在校內偶見她幾回，女生身邊有固定好友，但大多時候，都是她朋友喋喋不休地講，而她沉靜不爭地聽，慣常抿唇的樣子像極曾見的那張兩寸證件照。高一下學期的期中考在五月，暮春空氣裡飽溢著樟樹的清香，又逢櫥窗裡的天之驕子們更新，原也破天荒地駐留在榜前，還是與自己毫不相干的文組區域。

他找到那張面孔，才抬步離開。

這一次，他記住了她的排名，是第五。

第八個樹洞

春早有兩個祕密。

第一個是她的藏寶盒——也被她稱為小鳥放飛地。她跟姊姊春暢一致，有著無法聲張的青春期。從出生後，春初珍就像個無處不在的溫柔暴君，陰晴不定，而老爸生性懶惰又軟弱，從不干政，充其量是個擅長和稀泥的油滑奸佞。

她與姊姊不同的是，春暢發洩不滿的方式是寫東西，中學以來攢下的日記摞得像山。而春早喜歡搞囤積和收集，東西大都古古怪怪，春初珍看到定要貶損幾句「收破爛」那種，她以此為寄託和減壓。

她的第二個祕密同樣簡單：她要出去野。

這自然與春初珍的教育理念相悖。她常年視「玩」這回事為洪水猛獸，本該出去暴曬淋雨聞花香的瘋鬧年紀，姊妹倆都被封印在方寸之地。那時她和姊姊都住家，老爸跟著遭殃，開個電視看球賽都要提前申請。

春初珍是家庭主婦，家中收入全仰賴在區政府做了三十年文職的父親，她整日埋怨他沒有上進心，晉升比登天還難。

雖說從小到大溫飽無憂，但執掌財政大權的春初珍對金錢的剋扣程度，能嚴苛到小數點後，她與姊姊的零用錢都靠搖尾乞憐，還必須事無鉅細地報備。

後來姊姊上了大學，變身兼職狂魔，開啟經濟獨立第一步，再也不用忍受母親的掣肘，假期的社群也被山海，風原和綠野填滿。羨慕之餘，春早跟著沾過不少光。打那時起，她就下定決心，她要開始想方設法地存錢，高三一畢業，她要把所有的鐐銬甩在腦後，肆無忌憚地奔赴自己心目中的金色海岸和蔚藍色浪潮。

見海基金。

這是她替自己的小金庫取的名字。

當中除去姊姊三不五時傳來的轉帳紅包或零用錢，在考高中後的那個暑假，她也幸運得到能勝任的第一筆生意。

那是國中班裡一個叫安熠的漂亮女生，家境優渥，但成績常年吊車尾，這次考試未及死亡線，不出國就要去念高職。而春早名列前茅，平素兩人鮮有交集，但七月下旬的某天，她突然從班級群組裡私訊她：『春早，妳假期忙嗎？』

春早當時在預學高一課本，時間還算充裕，就回覆她，不忙。

安熠說：『我這有兩個二中的高一男生，暑假不想寫讀書筆記，讓我問問班裡有沒有願意代寫作業的好學生，妳想接嗎？就當賺外快，價格好商量。』

春早一頓，抿抿唇，試探地問：『你們願意給多少？』

安熠說出一個數字：『不夠還可以加。』

其實她講出的金額足夠讓常年經濟拮据的春早驚掉下巴，但她還是謹慎回覆：『傍晚給妳答覆。』

四點時安熠又來找她，說可以再加點價。

這一次，春早不再猶豫。

得到明確的任務後，她在手機上搜尋幾種偏男性化的字體，仿寫兩日，正式開啟自己的代寫職業生涯。

但她只在長假接單。

進入高中後科目劇增，課業繁忙如海綿擠水，還有春初珍旋轉監視器一般隨影隨行的目光，顯然無法放肆。

高一後，那個叫安熠的老同學去了高職，也從掮客成為春早的直接客戶。高一寒假，春早接到她和她男友的單。

安熠修的是觀光科，比起每日必須恭敬伺候的九尊大佛，做安熠的試卷是種享受。她常偷偷挑燈夜戰，一邊搜尋，一邊做題，變相地遊歷名山，也造訪湖海。她成為白紙黑字裡的「徐霞客」。

這感覺妙不可言。

而春早也一直以為，這趟交易除去天知地知，你知我知，再無外人參與。

包括她的閨蜜與老姊，她也從未分享。

怎麼可能料見，原也會成為直擊犯罪現場的場外觀眾。

此刻的她，臉漲得血紅，頭髮都快燒起來，這種恥感與公開處刑無異。

她只能束手就擒，心頭撲通滑跪，坦白：「是的，我是去過那家網咖，也有幫人代寫過作業。」

原也微微瞇眼，無奈：「非得我把話說這麼明白。」

春早不敢再看他：「有原因的……」

原也問：「妳很缺錢嗎？」

看起來完全不像。家境不像，平常的吃穿用度也不像，畢竟光是這間房子的租金都價格不菲。

春早搖搖頭：「不是，是我有個小金庫。」

原也眉梢一抬。

既已開誠布公，春早索性完全交底：「為了高三暑假去任何地方玩都不用看我媽臉色，也能買自己想買的東西。」

「這樣。」原也點點頭，若有所思。

春早重複：「嗯，就是這樣。」

原也放下撐唇的手，視線落去她面前的活頁本上：「妳的筆記方便給我看看嗎？」

春早愣一愣，同意，將自己的本子遞過去。

原也速翻幾頁，氣流掀動他漆黑的瀏海，他眼神極為認真，所以也讓春早心頭起了燙意，過了一下，他放下筆記，轉頭看春早臥室一眼：「其他的呢，歷史、公民、地理、英文、國文，都可以。」

春早不解其意：「你要這個做什麼？」他不是理科生嗎？

男生微微一笑，故作玄機：「幫妳擴充小金庫。」

春早睜圓雙眼。

男生拿起一旁的手機，滑動幾下，攤平示意她來看。

螢幕停留在一個販賣二手物品的APP畫面：「有些高分學生會在這上面出售自己筆記的PDF，有單科的，也有全科的，妳筆記做得這麼整潔漂亮，不賺這份錢會很浪費。」

春早第一次知道還有這種收入門路，有些驚奇地瀏覽起原也列出的網站。

她抬頭問：「真的會有人買嗎？」

「當然了，」原也下巴一抬：「妳看的那個升學考六八〇的全科筆記，三百多個想要，怎麼也會賣出一半。」

春早又問：「你賣過嗎？」

原也說：「國中畢業時弄過。」

「後來怎麼不賣了？」

「後來就出題了。」

「什麼題。」

「比賽題，專供應給補教機構。」

春早對此一無所知：「也能賣錢嗎？像這裡面一樣，一份二三十？」

原也聞言笑了：「可能還不只。」

春早變身好奇寶寶：「那多少？」

原也說：「出一套題五千。」

春早：「……」

「真的假的？」這份收入鴻溝讓她難以置信，她差點以為自己耳鳴。

原也：「真的。」

胸口疼，心痛欲裂，嫉妒的火焰熊熊將她灼燒。

她問：「要競賽生才可以吧？」

原也：「嗯，還要拿金獎。」

「哦……」確認與自己毫無干係，春早踢掉那點投機心態，專注當前的可操作利益：

「那這個我要怎麼做呢。」

原也將手機拿回來，隨意道：「什麼都不用做，把妳的各科筆記給我用一下就行。」

春早眨眨眼：「只要是高中後的筆記都行？」

「嗯，來者不拒。」

「然後呢。」

「我有帳號，手機裡也有掃描軟體，我幫妳掃PDF，做壓縮文件，最後幫妳交易。」

「我什麼都不用做？」春早想想不對勁：「最後還是我拿錢？」

「筆記不是妳做的嗎？」

「可——」不對，她保持警惕，沒有被誆入原也的邏輯怪圈：「筆記是為了讀書才做的，但沒想過還有其他用途，而且一張張掃描起來很累吧。」

他當她傻嗎？

小學就去影印店掃描過作文當範本，怎麼會不知道當中的麻煩程度。

女生百轉千迴的心思全寫在臉上。

原也憋住笑，淡定玩起手邊的筆，改口道：「我不是一分錢不拿。二八分，二成給我當辛苦費。怎麼樣？」

春早掂量少頃，一錘定音。

把房內所有筆記累成高塔搬運出來後，春早將它們均分成兩疊安放到桌邊，而後撣撣手看原也：「很多哦，現在後悔也不是來不及。」

原也瞄一眼：「這點算什麼。」

他又翻閱起她其他筆記，女生的字是典型小楷，工整到足以當字帖，主次重點都會用墨藍或勃艮第紅的筆標記，有些標題還會用馬克筆塗畫。每張右下角標記著頁碼，側邊嵌有彩色的標籤貼，備註著某一階段的重點梗概，便於查找。

欣賞少刻，原也雙眼斜出紙頁，發現女生還在朝這有一下沒一下地瞟，欲言又止。

「妳要說什麼嗎？」他闔上她的筆記。

「你用什麼掃描軟體？」她舉起自己手機：「我可以下載一個，幫你一起搞，這樣效率更高。」

「不要，」原也的理由無懈可擊：「容易亂。」

「……」

春早鼻腔裡輕而長地出氣，再看書也無法專心，片刻，她放下書本，努了努嘴：「原也。」

「嗯？」

「你為什麼對我這麼好？」她好像快哭了，眼眶輕微泛紅，但極力忍著。

「……」

他忽然有點束手無策，難以回答這道題，可能是她問得異常直白，眼神又格外單純；也可能是那個唯一解早就蟄伏在體內，難以啟齒。

它一天天壯大，擴張，吞噬著他的神智和心念。倒也沒有難堪其重，更沒有漏洞百出，他有足夠的理性在它搖搖欲墜時將它勒拽回崖畔，不至於太早栽落在她裙下，驚擾到對方。

所以原也平靜地開口：「可能是，網路上常說的那種……『自己淋過雨就想幫別人撐傘』？」

「什麼鬼啊。」女生撲哧一聲，破涕為笑，顯然被這個回答糊弄過去了。

原也微微彎唇，當機立斷地掃描起面前的筆記本。

他單獨創建一個相簿，將它們拍成圖片儲存進去。

見他開啟忙碌模式，春早便不再打擾，去房裡找了本《紅樓夢》出來四刷。

原也專心地往手機裡掃描她的作文本，逐字逐句閱讀她每一段精美的描寫。他的目光驟停在當中某一頁上面，「風吹過原野，稚嫩的小草也拗出塵土與砂石，為它塗抹新綠——綠色，一種充滿希望的顏色，平靜地蔓延開去。無數草葉編織成拋向彼岸的錨，將整片荒野都渡往春天」，凝視這段話許久，原也退出掃描軟體，轉而打開相機，靜音模式，將這頁完整拍攝下來。

其他都可以出售。

但春天必須私有。

照片裡的這段話，被原也剪裁豎轉設成了手機桌布，但也只是桌布，先前的解鎖畫面並未替換，以免為人所覺。

可即使如此隱蔽，一天下課偷玩手機，還是被隔壁桌塗文煒逮個正著。

原也手機裡的APP數量少而精，分類俐落簡潔，所以背景的顯示範圍非常直觀。

總是全黑的螢幕陡然變亮，塗文煒無意瞟見：「你換桌布了？」

原也拇指一頓，旋即打開一個軟體覆住螢幕：「嗯，怎麼？」

「啥東西？好像全是字，不會是什麼符咒經文之類的吧？」

原也服了他的玄學腦洞，順著說：「嗯。」

「漲學運的？」

「招桃花的。」

塗文煒嚇聲，視線在他這張同性都被動認可的俊臉上上下掃動：「您老還要招桃花？」

原也淡著張臉：「開個玩笑。」

「我就說……」塗文煒撫胸，又湊回去：「如果真是招桃花的，也給哥來一張唄，我也想認識女生。」

原也斜他：「想認識女生？」

「嗯嗯。」塗文煒頭如搗蒜。

原也下巴朝教室門一揚：「走出去，就有機會認識了，整天待在座位上你只能看見我。」

塗文煒多看他兩眼，偏過頭去：「……本來挺順眼，現在想吐了。」

原也踹他椅子腿一腳。

週三上午下課時，春早被高老師找去辦公室批改聽寫，一頓忙碌趕回教室，卻是「人去樓空」，半個人影也沒有，她傻站在門口張望幾下，等到兩名同班女生拿著水有說有笑回來。

春早叫住她們：「我們班的人呢，怎麼全失蹤了。」

其中一個回：「妳不知道嗎，湯老師上午有事，剛剛體育老師來班裡說跟下午調課，大家都去操場了。」

「我剛剛去辦公室了，」春早反應過來：「那早上數學課就不上了？」

同學點點頭：「嗯，調到下午啦，走吧，馬上都要打鐘了。」

春早跟著她們橫穿走廊，途經一班時，教室裡也空無一人，只餘滿室日光與書山書海。

他們是去實驗室或者多媒體教室了嗎？

如此猜測著，春早腳踩上課鐘響嵌入班級隊伍。

全班分兩排，稍息立正報號清點完人數，體育老師吹哨領隊繞場熱身。

他們的體育老師是位來校不久的年輕女性，常穿鮮豔的成套運動服，蜜色肌膚，看起來健麗苗條又精力無限。

大半圈下來，女生們已經有點氣喘，也會在調整呼吸的空隙，見縫插針地聊天。

譬如春早身邊的童越和盧新月，就在八卦一個組合裡的男星們，你一言我一語愈發興奮。

秋風徐來，樟葉顫慄，大團大團雪白的雲朵壓在屋簷。

「怎麼回事啊！女生都跑不過！」奔跑途中，身後突地爆發出中氣十足的男音重吼，三班女生不約而同地側目。

一隊男生猛然加速，陣風一般從他們左邊穿過。

「靠，是一班的！」童越的注意力立刻從韓娛轉向將他們甩至後方的男生隊伍上：「老天開眼！我終於能跟一班同一節體育課了！」

盧新月納悶：「妳怎麼知道是一班的？」

「妳沒看到原也啊！」

彷彿是個地標建築，亦或音量旋鈕，三班隊伍裡的私語隨即大起來。前方隊伍裡的少年不居末位，腦袋也明顯高出半截。他的黑髮在風裡肆意湧動著，光是背影氣氛，都與他人錯落開來，氣質卓絕。

春早舉目遙望一眼，又飛快低頭，日曬彷彿在一霎間彙集到她整臉。

前方的男老師回身，邊倒跑，邊朝春早她們體育老師熱情洋溢揮手，半玩笑半挑釁：「余老師，我們先走了。」

一班隊伍裡不少男生跟著回頭，也在笑。

女人很佛系地吐出哨子，淡聲道：「他們夯他們的，我們慢慢來哈……」

女生們也笑，清靈如鶯谷。

三班這節課練排球，隨意找出幾名學生去器材室領排球，余老師讓剩下的兩兩分散，找好各自的練習對象，方便等等進行雙人墊球。

童越從不放過任何鑑賞美色的機會，自然狗腿地尾隨體育股長去搬器材，醉翁不在酒地路過一班後，她快速審判完除原也之外的其餘男生。

至於原也，他是春早的。

朋友夫不可瀆，這點毋庸置疑。

回到春早對面，童越將排球拋給她，一臉興味索然：「除了原也好像沒看到什麼比陸景恆好多少的，有點失望呢。」

春早雙臂併攏，擺好正確姿勢，將排球和吐槽一併彈回去：「妳還在熱戀期，能不能專一點？」

「專一是什麼，能吃嗎？」童越墊回來，裝模作樣嚼幾下空氣：「呸，難吃。」

她為自己伸冤：「看看怎麼了，美麗是大家的。」

又舉手對天，降低聲音言之鑿鑿：「不過妳放心，我沒看你們家原也，一眼都沒有。」

春早面熱，回拋排球的手勁加重雙倍還不只：「妳說屁呢。」

「妳要砸死我啊。」童越抱頭鼠竄。

老師吹哨，中場休息。

女生們原地坐到草坪上休息，春早抱住雙腿，童越在她身邊跟個人形探測儀似的四下環顧：「一班的呢，怎麼不在操場上了？」

丁若薇草草眺眼遠方：「在羽毛球場呢。」

春早和童越一併看過去，距離過遠外加圍網阻礙，只能捕捉到一些閃動跳躍的藍白身影，無法很好地區分出人臉。

第二輪墊球訓練開始，這次是四人雙打對練，一刻鐘後，全班再次席地而坐，童越在人堆裡抗議大叫：「老師，什麼時候能自由活動啊。」

余老師單手叉腰：「打個排球要累死妳了哦？」

「不是啊，我想去球場邊看看我們年級的高品質男生，難得一起上一次體育課。」

本該語驚四座的一番發言，但發生在童越身上無人意外或迷惑。

大家只是哄笑一陣。

余老師乜她：「妳能不能有點出息。」

又摘下棒球帽扇風舉目：「哪個班啊？」

「一班！」「一班……」隊伍裡稀稀落落響起女生的細語，當中童越最為洪亮。

余老師嗤聲，拿她們沒轍地宣布解散。女生們歡呼雀躍，像被解放的羊圈，四下移散。

童越一手拽春早，一手扯丁若薇，氣勢洶洶目標明確地往羽毛球場進擊，將要到達目的地時，春早一眼看見圍網裡的原也。

男生已脫去制服外套，只穿一件全黑的短袖T恤。握拍彈跳而起，凶狠殺球過網時，他黑髮震顫，手臂上的肌肉線條極有力量感地僨張而出。

春早看到心驚肉跳，喉嚨微微乾癢起來。

「哇哦。」丁若薇顯然也看到了，溢出驚呼。

誰能不注意到他呢。

人群之中的阿波羅。

隔網對面的男生自然截不住，雙手投降，邊撿球邊罵：「搞毛啊，大哥你輕點行麼，突然打這麼凶。」

原也甩甩微濕的瀏海，側頭看向他，嘴角勾出一個與打球時全然不同的溫潤弧度：「知道了。」

春早看到恍神，身邊人已不知去向，再放眼找，發覺童越已經脫離她們的三人小組，像壁虎一般扒在圍網上，就差要踩著那些洞爬過去變身掠食者，大開殺戒。

春早：「……」

丁若薇同樣留意到，猛翻白眼，「丟不起這個人」地背身遠去。

孤身一人的春早頓時不知何去何從，怕被原也掃見，誤會自己花癡——雖然這是針對他一人的不爭事實，但她羞於久留。知足常樂，今天的小確幸已溢出，她已經將他從所未見的心動一刻妥帖收放進記憶畫廊了。

她轉身離開。

原也罕見地失誤，沒有接住這個很普通的發球。

對打的男生意外揚眸：「走什麼神呢，」又拿拍子指他，警告：「少輕敵啊……」

原也笑了笑，借著略微屈身——用拍將地上的球掂回手裡的間隙，瞥了場外一眼。

而後揚高手臂，重新發過網去。

期間因多次留意別處，原也再難集中精神，潦草地對打幾回合，他丟下拍，確認體育老師正在角落跟隔壁籃球場的同僚抱臂閒聊，無暇顧及此處，才環視周圍：「我去福利社，你們誰要水？」

男生們聞言，蜂擁過來。

原也粗略計了數，隨手撩起短袖前擺，抹一把額角溢出的汗液。少年腰線勁窄瘦長，側面凸出的腹肌薄而清晰，乾淨，又有幾分隱忍待發的欲感，足以讓場邊窺視的女孩們面紅心跳。

他大步流星走出圍欄。

春早正獨自一人坐花圃邊翻閱隨身攜帶的迷你活頁筆記，當中整理著歷史重要人物及事蹟年表，怕體育老師看到多講，她就沒有跟同學們成堆而坐。

樹隙的光斑散落在她的紙頁上，靜謐安然。

「妳還真是用功啊……」

一道清澈聲線倏地從上方滌過，有久曬之後的倦怠，也不乏調侃。

春早惶然抬頭，回眸找去。

男生帶著他長而瘦的影，還有他的聲音，從她周體悠哉曳過，不多停留。

似從後頸部位緝拿她一秒，又無罪釋放。

但遺留的感覺卻能擰緊她心門，讓她無所適從。

春早的臉在一刻間爆紅，傾低腦袋，想往筆記裡埋頭掩躲，無奈體積太小，她只能平復心率，不敢再往原也的方向多瞟一眼。

最後落荒而逃，將自己藏回集體之中。

原也提著滿滿一袋礦泉水原路折返，遠遠看，端坐樹下的女生已消失不見，徒留一地浮光碎影。

他邊走邊滿操場地逡巡，回到圍網內，他的視線仍滯留在遠而闊的綠茵地上，許多班在上課，許多人在跑動，或站或坐，就是看不到春早。

睋眼分心之餘，手裡的水已被同學哄搶抽空，而他渾然不知。

少刻，原也反應過來，低頭瞥見輕蕩蕩的塑膠袋，他回身找他們算帳。

目及幾個逞笑擰蓋的男生，他把空袋攥成一團，忍無可忍要砸人。

他們哄散，而他原地氣笑。

一群喪屍，又不是世界末日。

他自己沒有就算了，連想要給她的那瓶都不剩。

第九個樹洞

臨近十月尾聲，空氣裡飽沁著月桂的膩香，一樓教室後的楓林漂染上一層漸層紅，有關秋季運動會的通知在各班雪片般分發下來。

春早班裡開始行動，一撈到空暇，體育股長就會在教室裡四處遊說，籠絡人心，登記參賽人員；而童越作為課餘活動永衝一線的宣傳委員，自然不會放過身邊任意一位戰鬥力。

與往年一般，她第一時間鎖定春早這位「大文豪」，用來為她們班的加油稿添磚加瓦。她這位姐妹的文采有目共睹，校刊常駐嘉賓，考試作文也三不五時被別班國文老師要過去當範例。

下課時，童越靠到春早桌邊，不怕死地滑著手機逛網購：「早啊，妳說我這次舉牌穿什麼裙子好呢？」

春早探她螢幕一眼：「這個蓬蓬裙不是挺好看的？」

童越說：「跟去年款式有點撞。」

春早回憶一下：「好像是，要不然妳穿玲娜貝兒玩偶服吧。」

——沒去過迪士尼，她不介意把朋友當自己最愛的角色的替代品。

童越一聽就知道她在以公謀私：「妳想悶死我嗎？」

春早故意說：「還好啦，這陣子早晚溫差大，風也很大，玩偶裝很保暖的。」

童越回以一字箴言：「滾。」

盧新月從廁所回來：「妳坐誰桌上呢。」

童越笑嘻嘻地把屁股挪遠，幫她拍背：「哪有坐，小蹭一下妳的王座。」

「起開。」

「好啦好啦，」童越見人就逮，來者不拒：「盧姐，我敬愛的盧姐，運動會妳也跟春早一起寫加油稿吧，妳們國文都這麼好。」

盧新月果斷搖手拒絕：「我還報了跳遠，別再給我添事了。」

童越瞟向體育股長空無一人的座椅，牙根直癢癢：「宋今安怎麼回事啊，怎麼老偷偷跟我搶人才啊。」

春早失笑，又說：「不過，加油稿光靠我一個人可能不行，妳再找兩個高手吧。」

「好咧，」童越正色得令，豎起食指，信誓旦旦：「一天之內，一定為春老師奉上左膀右臂。」

而隔有一間教室的高二一班。

體育股長張宸希也在走道裡玩起隨機「抓娃娃」的遊戲，男生多的班級活躍分子溢出，不缺積極報名想要一展英姿的中二少年，當然有的大佛也需要親自去請。

拿著花名冊巡到原也座位時，他踢一下塗文煒桌腳：「讓個座。」

塗文煒巋然不動：「您是哪位老爺爺啊？」

張宸希：「……我就跟原也說兩句話。」

塗文煒掃他一眼：「站著說啊，請人不是該擺出態度哈。」

張宸希再度語塞。

原也從課外書裡撩起眼皮。

見男生注意轉來，張宸希直入主題：「今年一百公尺，繼續交給你？原哥怎麼說？」

原也手一勾：「看看。」

「什麼？」

「項目。」

張宸希連忙將名單下面的參賽項目表抽出，遞過去：「是想換個項目嗎？」

他跟原也國中三年都是同窗，高中又分到一起，深諳這小子雖手長腿長，一身運動細胞，爆發力驚人，卻摳門至極，每年雷打不動只跑一百公尺，耳根子很硬，絞盡腦汁想讓他為班級多謀福利都不行。

原也快速過一遍項目表：「再加個接力吧。」

張宸希受寵若驚：「什麼意思，你要多報啊？」

「嗯。」男生應著，把表格交回去。

張宸希按出圓珠筆紅芯，反覆確認：「那我幫你勾上了啊？一百公尺加接力？」

「嗯。」

「不愧是我原哥。」張宸希拍句馬屁，如天降橫財一般心情舒爽，拔足去往下一個「路口」。

原也微一彎唇，手指重新撐開書頁，接著剛剛中斷的內容往下閱讀。

突覺身側有人視線灼灼似鐳射，原也偏過眼去，對上滿臉深奧和探究的塗文煒。

「你絕對有問題。」他語氣篤定：「說，這麼想現，要跑給哪位妹妹看呢。」

「跑給你看啊，」原也謔聲：「文煒妹妹。」

「……別噁心我。」

運動會在十月最後一週的禮拜四和禮拜五，這個日期恰逢春早經期。

比較幸運的是，按照之前生理期的穩定程度推斷，運動會那兩天應該剛好收尾，不會對她的狀態造成太多影響。

反正四肢簡單的她，只要做好文字工作，不必親身去賽場揮汗如雨。

但不得不說，她們學校ＰＵＡ學生有一套的，月考緊追小長假，而運動會一結束就要直面期中考，反正總有隱形的枷鎖和鍘刀懸吊在那裡，根本無法全身心投入和享受這些珍貴而自由的陽光和空氣。

不過，也習慣了。

週五晚自習下課，童越跟陸景恆鬧彆扭，以要請宵夜哄男友為由匆匆跑路。臨時落單的春早倒也不惱，隨遇而安地安排起新計畫。

工欲善其事，必先利其器。

一出校門，她直奔文具店，準備提前置辦本次期中考的新裝備。

停在日系文具區，她在公共用紙上逐一試起中性筆，比較手感。

原也是目隨她進店的，彼時他正跟同班兩個男生在一旁的便利商店門口買冰，其中一位就是張宸希。

原也多加的那個接力項目，引發了連帶效應，有些男生知曉後，踴躍參報接力賽。

「他們說了，跟你搭檔拿獎品的機率很大。」基於此，體育股長張宸希嚎了兩天說要請客，週五晚自習一下，就跟班長一起，把原也押來便利商店，一路嚷嚷著隨便挑隨便選，還不允許他推辭他的好意。

等滑開冰櫃，立刻改口：「除了鐘薛高[8]和獺祭[9]，其他都行。」

原也笑了笑，收回視線，又將冰櫃蓋子推上。

張宸希不解：「欸？」

原也取出手機瞄一眼，又看同學：「別破費了，我有點急事，你們吃。」

說著轉身就走，攔住的機會都不給。

張宸希目送他背影，疑惑不解：「他的急事就是去文具店？三公尺遠，買根冰棒要花多長時間？」

班長摸著下巴揣摩：「可能碰到什麼熟人了？」

走進店內，原也越過兩排貨架，又倒退半步，找到貨架之間的春早。女生眼睫低垂，專心致志地在紙張上寫字，任誰路過都不擾不驚。她似乎常如此，就像剛才在店門外目不斜視穿行於人流一般，目的地清晰明確，有自己的結界，一經開啟，就會視一切為無物，隔著打不破的晶石護壁。

很無解的是，他偏偏想要上前叩動。

原也直截了當地往那走，才邁出幾步，忽有人喊他名字：「原也——？」

8 中國上海一間冰品公司，其產品較其他冰品貴四到五倍的價格。

9 獺祭，日本知名清酒，此處應代指獺祭聯名冰淇淋。

原也轉臉，辨認出是二班一位相識的女生，去年曾與他一起參加過比賽集訓隊的夏令營。

他停足，禮貌問好。

女生聲音脆亮驚喜，像牛奶糖碎裂在空氣裡。

也濺來了春早這裡，她迅速轉頭尋找名字正主，毫不費力，高峻的男生就停在貨架盡頭，文具店裡的日光燈管四處侵染，更將他襯得膚冷如月。

他身旁停著個女生，因偏頭關注原也，春早無法看到她長相，但那女生黑髮披肩，身段纖瘦，個頭只及他肩膀，兩人看起來……莫名的登對。

他也來買文具？

這個念頭浮出來的同一刻，那女生也問出她心音：「你來買文具的嗎？」

原也「嗯」一聲。

女生聽起來心直口快：「偶像，你不參賽了，我覺得挺可惜的。」

原也說：「你們繼續加油。」

「你不懂，少個偶像就會少一份動力。」

原也聲音裡明顯有了笑意：「把自己當偶像不就好了。」

「那是，現在你走了，他們沒人解題比我快哦。」

「這麼厲害？」

「對呀。」

好厲害，好自信，好落落大方的女生，還是競賽生，能夠毫無障礙地跟原也打趣，表達對他的崇拜和重視。

——這些對她而言輕而易舉的事，在她這裡卻難如摘星辰。

春早一邊讚嘆欽佩，一邊因差距而灰心。

心臟皺成未熟的青檸，往外泛酸意，她不禁微鼓起嘴，又緩緩洩氣。

怕被察覺到她在不遠處陰暗爬行和竊聽，春早慢慢挪位，去到貨架另一側的視線死角。

繼續低頭寫寫畫畫，但怎麼都無法專心，耳朵不落一秒地運作，腦子裡也亂成被貓抓玩過的毛線球。

貨架那邊的兩人沒有講很多，相互寒暄幾句近況，女生便說要去結帳。

確認動靜全消，春早移回轉角，探出腦袋，原也待過的位置已經空無一人。

她心一沉，沒了精挑細選貨比三家的心思，捏緊手裡現有的兩支新筆去付款。

提著小紙袋出門，春早裝不經意往空處一瞥，旋即瞄見黑色腳踏車上的男生，他單腳撐地，似乎也在留神店門的方向。暮色之下，他的神色有些疏淡。

心跳漸快。

他怎麼在外面？

莫非在等剛剛偶遇的女生？

再「偶遇」她的話會不會給他製造麻煩，增添社交難題？

如此斟酌著，春早當即作只是路過視而不見狀，繞道而行下臺階，再往小巷方向埋頭猛走。

身後傳來順滑的車輪聲，春早側目，刻意忽略的男生已追至她身側，正在握把減速。她的呼吸也像是被刹住，不再通暢。

原也側來一眼，隻字不言，似乎在讓她自行解讀。

看著他控制住車速，與走路的她保持並排，她生出一些暗喜，一些疑惑：「你怎麼在這？」

原也濃眉微皺，瞧不出信與不信，只是問：「妳沒看到我在門口嗎？」

春早沉默。

所有皺巴巴的酸澀和疑慮，被他這句反問頃刻間抹平。

她看到了。

他也知道她看到了。

許多被表像覆蓋的細節開始在心頭如星星燈帶般串結，一閃一閃，顱內自動吟唱聖誕快樂新年好，一切與開心有關的歌謠。

自尊心讓她必須完成自己的表演，死不承認：「我沒注意。」

她猜天塌下來一定有她的嘴頂著：「你在門口幹嘛？」

原也吐出兩個字：「等人。」

春早笑肌已憋得有些打顫，「哦」一聲，「那怎麼過來了，不繼續等啦？」

身側的男生安靜兩秒：「等到了。」

♛

打從隔壁間換租客，這是春初珍首次看到家裡兩個小孩晚自習後一起出現在玄關。

她有些意外：「你們一起回來的啊？」

原也在一旁等春早先換鞋，正要啟唇接話，春早已迅速回答：「樓下碰到的。」

「哦。」春初珍不再多問，只吩咐：「放完書包就出來吃飯，粥都要冷了。」

春早應一聲，面無波瀾回房，期間沒有再看原也一眼。

其實心快要蹦出嗓子眼。

臨睡前，她照常登錄QQ，發現男生一刻鐘前傳了訊息給她。

原也：『可以啊春早同學，不光擅長代寫，還擅長演戲。』

春早：「……」

聯想到今晚的「文具店等人事件」，她要笑不笑地安靜幾秒，側過身去，捶兩下枕頭，才能鎮定回覆。

她給出緣由：『多一事不如少一事，我怕我媽誤會想多。』

男生的消息隨之而來：『誤會什麼？』

春早再次失語。

這人怎麼回事，非要把話講那麼清楚嗎？

她深吸一口氣：『你上次在她面前明確表態不幫我搞數學，她有點不高興的，我怕她誤會我們兩個說一套做一套，瞞著她相互偷師。』

信口開河竟然是這麼羞恥的事情。

春早傳出去後就用手蓋住雙眼，過了一陣子，才放下，好在對方沒有將信將疑，也沒有刨根問底，已經在總結陳詞。

原也：『這樣。』

春早附和：『嗯，是這樣。』

是不是這樣，到底是哪樣，可能只有當事人自己才清楚。

不過——

晚上文具店的對話仍烙在她心牆，她不禁想問清這個從開學第一週就困住她的問題。

那時跟原也還算半個陌生人，小心翼翼，問什麼都擔心冒昧；但今晚似乎不一樣了，他來文具店找她，又在門口等她，讓她底氣頓生，彷彿握住一張可以踏足他內心的磁卡，滴一聲，即可搭乘他的過往巴士。

所以她問了出來：『你為什麼不參加競賽了？』

聊天室裡靜下去。

好一陣子，原也回來風輕雲淡幾個字：『因為想升學考，想當狀元。』

說得跟吃飯喝水一樣，春早被他的自信狂妄傷到，如鯁在喉，最後：『好的，祝你成功。睡了，晚安。』

對方感知到她的情緒，又進入輸字狀態。

春早便停在那裡耐心等候。

原也說：『如果考到狀元，我媽也許能看見。』

春早怔住。

不是沒猜測過原也生母的狀況，也想過最糟糕的，天人永隔生死離別的那一種，但現在看來，是她腦子裡的狗血撒得太多。

也可能是原也看起來過於獨立和灑脫，常讓人忘記他還是與自己一般大的少年人，也需要一些常人無法剝離的親情依戀。

未經他人事，任何安慰都顯得乾澀，春早慢慢打著字：『如果真有那一天，誰都會看見的，大家都會為你歡呼，在古代你可是要簪花騎馬遊街被圍觀的。』

原也問：『妳呢。』

春早心跳的拍子變快：『當然了。』

她開始畫餅：『我還會送你禮物。』

——實際上，頭緒為零。也不知道到那時的他需不需要。

只是，此刻的原也很像一頭袒腹的年輕雄獅，露出肚子上碗口大的傷疤，她忽然不知道要怎麼上前安撫，連目光觸及都顯得冒犯。

春早問：『你跟你媽不聯絡嗎？』

原也：『她出國了。』

春早想說，異國也可以打越洋電話和視訊，但顯而易見，時差和距離有時能成為最殘酷的割席，地球被赤道掰分為兩個半圓，有人還沉湎於舊日花園，而有人已經躍身另一片森海。

春早沒有問更多。

當然，隔牆的少年沒有說更多。

最後她信誓旦旦：『沒事，你還有很多在意你的朋友，比如我。我是絕對不會跟你失聯的。』

她會一直關注他。

見證他策馬舉高榜，春風得意時，永遠是百草園裡的獨秀一枝。

男生居然認真起來，當然也可能是孩子氣的玩笑。

他說：『發誓。』

春早生出幾分挖洞給自己的悔意，但還是硬著頭皮：『我發誓。如果我跟你失聯，我的數學永遠上不了一四〇。』

原也大概是笑了：『對自己這麼狠？』

春早氣哼哼：『不然呢。』

期待運動會到來的這一週，時間變得漫長又迅猛，終於，嘹亮的《運動會進行曲》響徹校園，高一二年級各班能成群結隊去往操場。學生們的隊伍如股股溪流，將綠茵地彙聚成藍白色的汪洋。

沸動的人頭，在校長上臺講話後終於止息下來。

春早站在隊伍裡，以手遮陽看遠方。

隊伍前端的藍色旗幟隨風飄揚，扛旗的正是他們的體育股長宋今安，而童越站在他身畔，穿著惹眼的瑤瑤公主[10]Cos服，妝容閃亮如小美人魚。領隊舉牌過場時，沿途男生們的口哨和狼嚎此起彼伏。

10 騰訊手遊《王者榮耀》中的英雄角色。

散會後，三班為數不多的幾個男生將桌椅搬來校園大道，擺放在標有本班提示的區域。四張課桌拼湊成大家的臨時營寨，旁邊還擺著成箱的礦泉水和能量食品。

春早把帆布包放到桌上，擰開保溫杯蓋喝口水，迅速進入備戰狀態。

她取出提前備好的幾張加油稿，把它們交給另兩名「臨時同事」。

一起寫稿的還有國文小老師吳曼真和班裡一個叫陶寫的內向男生。

「我昨晚寫的，你們看一下，如果沒問題的話，可以先交到廣播臺，幫我們班搶占先機。」

吳曼真放眼看賽道：「我們班第一個項目是什麼？」

春早拿出手機看群組一眼：「鉛球。」

「我覺得沒問題，」大略掃兩張，她交到陶寫手裡：「你看看，有沒有要改的地方。」

陶寫樹懶似的，總比旁人慢半拍，一下子才說：「挺好，我也沒意見。」

「誰去交？」

一個整理運動補給的男生舉手：「我來！」

說完就接過去風風火火溜走。

春早這廂筆耕不輟，而在內場觀戰打氣一小時的童越，滿頭大汗地回來。她臉頰酡紅，披掛的紗織頭飾黏在鎖骨處，她抽出一瓶水猛灌，炸聲問：「宋今安這個傢伙在哪，怎麼加油陪跑的就我一個？」

班長翻一翻時間表：「下場一百公尺，他去熱身了吧。」

「趁著有項目就偷懶是吧，我要去跑道上絆他了。」撂下話，女生又抱上幾瓶水，氣勢洶洶地殺回去。

剩下的人都哭笑不得。

一百公尺。

正在按筆帽的春早被這三個字攫住神思。

原也今年參加一百公尺嗎？

如此想著，她側頭望向相距不遠的一班區域，香樟樹翳裡，他們班的組織力似乎也好不到哪去，幾個學生面色焦灼地商量著事，中間並沒有他。

難道去參賽了？春早又掉頭看操場，紅色塑膠跑道和濃綠草地上四處散落著學生，哨聲、歌聲、人聲，融成一片。白光乍眼，還隔著灌木枝葉和翻飛的插旗，找個目標比登天還難。

「哎，春早，妳看看我這兩句行不行？」吳曼真忽然叫她。

春早回神，湊過去看了看，盛讚：「可以說是當代冰心[11]了。」

11 冰心，本名謝婉瑩，中國近代女詩人、作家、兒童文學家。其詩作被視為中國兒童文學與新詩的先驅。

吳曼真嗔笑：「那我就去交了啊。」

「好哦。」

「把妳那兩張也給我。」

「嗯。」

約莫一刻鐘後，跑得臉紅脖子粗的宋今安被幾個同學擁回來。男生一屁股栽坐到椅子上，仰頭用水沖臉和頭髮。

「第幾啊？」大家圍過去問。

濕淋淋的宋今安做出一個「V」：「第二。」

噘，班長噓他。

宋今安展開一條腿要踢空氣：「也不看看我競爭對手是誰！」

「誰啊。」

「一班的原也。」

本還跟大家一起笑的春早嘴角僵住。

她果然錯過了。他奔跑的樣子還跟去年秋天一樣嗎，宛若劃破賽道的颯遝流星、銀鞍白馬，即使那時還未對他投入過多關注，仍會為少年風馳電掣的張力而目不轉睛。

宋今安為自己挽回尊嚴，拇指食指捏出一個小小空隙：「只差一點點好吧。」

全程圍觀的一個女生小聲：「明明差人家一大截。」

宋今安瞥她：「妳少打擊我自信心啊，十點半還有我的熱門項目。」

「哪個？」

「接力，去年我最後一棒跑了第一。」

班長立刻狗腿地幫他捏肩：「行，你趕緊歇歇，底下還要看你幫我們班爭名次。」

宋今安懶笑著讓他手勁再大點。

一班體育股長張宸希與宋今安是舊識，從跑道下來，剛巧路過此處，聽見他坐那大放厥詞，就停下掂著礦泉水瓶：「宋今安——」

「幹嘛？」男生在椅子上坐正，把澆臉剩下的小半瓶水一飲而空。

「今年接力第一輪不到你了，你就爭二保三吧。」

「什麼意思？」

「我們最後一棒是原也哦，」他挑釁的腔調別提多欠揍：「就是剛剛一百公尺把你甩在身後的原也哦。人家都在那熱身準備了，你還坐這大爺喝茶呢。」

宋今安啞然，看電子錶一眼，開始人身攻擊：「這他媽才十點就熱身，我看他不是熱身，是在操場邊招蜂引蝶。」

眾人哄笑。

「那人家也有那顏值。」張宸希明顯原也迷弟：「你在那邊做三百個伏地挺身也沒人看。」

「滾邊去啊你。」宋今安拿空瓶子扔他。

張宸希一個箭步縮頭避遠，撓撓肩，優哉遊哉地踱回自己班那邊。

一番笑鬧過後，場地重新安靜下來，而春早的胸口卻瘋狂鼓動，因為失而復得的驚喜。原也還有項目，她也要行動起來。不能再傻乎乎地原地待命，她要幫他加油，也想再次目睹他在賽場上的風采。

等到高三，強壓之下的他們，也許就沒有這樣的機會了。

春早不容許自己做更多衡量，也足夠謹慎小心，她左右看看，撕下一張空白的活頁紙，拿筆袋壓掩住，低頭在上方寫字。

更換過筆跡，畢竟這是她的「專長」，不會有人看得出。

畢竟，以她的遣詞造句，文稿被廣播臺選中的機率趨近百分百，這是她獨有的自信。

為了他，她甘願當十分鐘的叛徒。

如果會被懲罰，在得知錯過他賽跑的那一刻，她就已經承受過。

春早在末尾題上「高二一班投稿」，掩耳盜鈴，而後將這張別有用心的加油稿藏回其餘幾張下方，緊張地攥住自己的私心，佯裝鎮靜起身：「人都要坐傻了，我去看看比賽。你們有寫好的嗎，我順路帶去廣播臺。」

原也在跑道邊望眼欲穿，也沒找到春早半個影子。反倒是童越Cos的手遊角色格外顯眼，綠瑩瑩一小團，在人浪和燦陽間忙前忙後。

期間他想叫住她問一問春早在哪，但她這位朋友大大咧咧，行事外放，身邊又都是相熟的同學，他怕給她帶來不必要的困擾。

忍了又忍。

張宸希帶了瓶沒開過的礦泉水過來，勾住他肩膀：「兄弟，給你。」

原也接過去，擰蓋抿一口，又還給他。

「你怎麼還要我送水？」張宸希奇怪地四處瞟，往年在場邊爭先恐後遞水的女生太多了。

原也說：「當然是渴。」

可圍在兩旁只為一睹他芳容的女孩們還是成群結隊，高一的都有，舉著手機跟追星似的。

人氣也沒下降啊。

張宸希越發不解：「沒女生給你水嗎？」

「沒要。」

「Why？」

「跟你無法說。」

「……」

見他濃眉微鎖，並未因在一百公尺賽跑中奪冠而喜悅分毫，張宸希連忙哄：「原哥啊——您這是什麼表情啊，我這個體育股長又沒給你壓力，輕鬆點嘛，友誼第一，比賽第二。」

原也再不出聲。

沒多久，裁判老師吹哨，示意男生們上場尋找自己的起跑點。

原也停在自己的位置，浮躁地抓兩下頭髮，做最後的熱身動作，掰動手腕時，也不忘全場掃視。

場邊有不相識的女生握拳，大膽呼喚他名字：「原也——加油——」

也有他的同班同學朝他揮手吹哨。

唯獨沒有她。

他對他們撐起極淡的微笑。

忽而，廣播裡響起字正腔圓的念白：「這裡是來自——高二一班的投稿——」

「你如春之原野，恣意生長。」

男生的瞳孔驟然縮緊，抻肩的姿勢停住，望向升旗臺旁臨時搭建的廣播臺。

播報的是位女生主持，聲音正從那的音響裡傳來，滿場迴盪：

「亦如晨之鷹隼，長空翱翔。」

「初升的朝陽為你披覆華彩，翻湧的旗幟為你鳴頌鼓掌。」

「追風逐日的少年永不停歇，飛馳吧，原也同學，盡情奔赴屬於你的終點和遠方——」

跑道中央的修長少年定立在那裡，聆聽著，懷疑著，揣度著，推斷著，最終抿出幾分笑意，他敢確定，這絕對不是他們班的加油稿風格，他回味著那段話，再次掉頭尋覓，這一次，他終於看到了他整場期待的存在。女生陷在人群之中，沒有大聲吶喊，也沒有大幅度的動作，甚至不太看得清她的笑容，還有她唇瓣輕微翕動兩下的口型，但他知道——

她一定是在對他說加油。

裁判老師高喊「各就位——」，哨響刺穿蒼穹。

原也接過屬於他的最後一棒，似脫弓的利箭那般，迸射而出。望著他飛速拉遠的背影，一旁的宋今安徹底傻眼，這個傢伙怎麼回事，跑得比一百公尺還拚，這誰追得上。

原也不出意外地跑了第一，剛越過終點線，班裡眾人就擁過來，裡三層外三層地將他包住，集體歡呼。

張宸希又是開瓶蓋，又是遞毛巾：「還好嗎，兄弟？」

原也搓兩下濕漉的瀏海，光顧喘氣，一個字都沒講，而後接過礦泉水瓶仰頭灌一口，撥開人群。

「我回看臺了。」他背身揮揮手。

張宸希追上這位大功臣：「沒問題，我幫你留了最佳觀景位。」

兩點之間線段最短，本想抄近路護送他橫穿操場去另一邊的本班觀眾席，然而原也恍若未聞地沿著草坪邊緣線繞道而行。

理由無他。

那樣可以經過三班的觀看席。

張宸希忍住多嘴的念頭，納悶跟緊。

晌午日光正盛，原也瞇起眼，找到高處的春早，女生還站在那裡，只是不再留神賽道，而是垂著眼睛撥弄手機。

他走上觀眾席，隨意找了個空位坐下。

前座回過頭來：「原哥超強！我短跑的神！」

原也瞥他一眼：「塗文煒呢。我手機還在他那。」

前座這才想起，雙手抄進左右褲子口袋，同時摸出兩支手機：「他去跳高了，還讓我把他手機也給你。」

又補充：「哦，還有，他讓你拍一下他跳高的精彩影片，說要上傳社群。」

原也：「……」

他把兩隻手機分別抽來手裡，疊握著：「行了，我知道了。」

應完又回身觀察，女生已經坐回去，手機還是沒放，視線跟黏在上面一樣。

到底什麼內容這麼好看？

原也打開QQ，傳訊息給她：『這麼大太陽也不怕傷眼睛。』

收到訊息提示的春早驚訝抬眼，朝一班看臺位置眺了眺，原也不知何時已回到觀眾席，黑髮蓬鬆，兩條長腿屈在空間拮据的走道裡，旁邊地上還擺著礦水泉瓶。

他也單手托握著手機，紋絲不動。

有沒有可能……

就停留在跟她一樣的畫面上。

春早因自己的想像而彎唇，同他解釋：『沒玩多久，只是在看剛剛拍的照片。』

說完傳去一張自己精挑細選的白衣少年奔跑圖，用以佐證。

春早的手機款式偏古早，鏡頭捕捉動態人像的功能相對落後，所以那張照片畫質不太好。

但點開大圖後，原也旋即唇角上揚，放大又縮小，將這張模糊到幾乎看不出正主的照片儲存進手機。

這是他近幾年來收到的，關於他的最佳攝影作品。

春早說：『就是沒拍好。』

原也說：『我的問題，是我跑得太快了。』

春早：『……』

春早：『你在炫耀嗎？』

原也否認：『沒有。』

實話實說而已，怎麼能算臭屁。

思及剛剛的加油稿，他想多問兩句，下一秒又及時剎住這念頭，他再次回頭，看臺的女生已不見蹤影。

男生眉頭略挑，傳訊息給她，明知故問：『妳不看比賽了？』

她回復：『不看了，幹活去了。』

原也：『什麼活？』

春早：『寫廣播稿。本該屬於我們班的奪冠熱門項目被別人搶走一個，就只能在文筆上面彌補了。』

她話語中的「別（有心）人」會意而笑：『嗯，那是要多加油。』

等待片刻，確認對面再無回音，原也喝了口水，忽而陷入無所事事的空虛。他再次把照片翻出來看，唇線時而浮起，這種難以抑制的自嗨狀態持續到塗文煒大汗淋漓地歸位。

「喂。」

他在原也身邊坐下。

男生迅速按熄螢幕，正色看過去：「幹嘛？」

塗文煒攤手：「哥的跳高錄影。」

原也頓一秒：「忘了。」把從頭到尾沒打開過的另一隻手機還給他：「抱歉。」

塗文煒開啟狂暴模式，對著他右耳持續炸雷：「我他媽服了！你是人嗎！我千叮嚀萬囑吋！我的英姿啊！你知道我剛才過桿的樣子有多帥嗎！」

原也被吵得蹙一下眉，心起較量和炫耀的惡趣味。

他把自己手機解鎖，翻轉螢幕，對準怒不可遏的隔壁桌：「沒關係，我有就行，我們兩個誰跟誰，我的就是你的。」

塗文煒定睛一看，更氣，狠捶他肩胛。

避免塗文煒更多的拳腳相加，原也不再多待，踩著臺階離開看臺。

人高馬大的少年出現在廣播站時，兩位同年級的播報員都有些詫異，當中那名男生問他什麼事。

原也停在桌前，瞥了瞥大小不一累疊的稿件：「可以看看我們班今天的加油稿嗎？」

「我們還沒細分，」他們都認得他，那個女廣播員沒有多問，只推來手邊一遝紙片：「高二一到五班的應該都在這邊。」

原也拿起來，逐個掀看。

片刻，他鎖定當中一張，抽出來：「這張我能拿走嗎？」

女生接過去瞄了瞄，有些猶疑。

原也不提緣由，只是微笑：「讀過的應該統計過了吧？不算影響你們工作？」

女生在他難以拒絕的明媚笑容裡微微恍神，妥協：「是這樣……好吧，你拿走吧。」

上午比賽結束，操場和大道上的學生們均鳥獸散。

早上還一身綠衫輕盈如小鹿的童越，已經奔碌成凌亂的海藻團，她累到直不起腰，被春早和丁若薇一左一右架著拖回教室。

剛步入教學大樓的樓體陰影，身後忽然響起一道青蔥男音。

春早和丁若薇回頭，只見陸景恆快速奔來。

她們立刻識趣鬆手，退開半步，好讓這位正牌男友接管童越：「妳還好嗎？」

童越白他一眼：「我看起來像還好的樣子嗎？臉曬得像猴屁股一樣。」

「沒有啊。」男生的目光直勾勾停留在她臉上：「比妳週末化的妝還好看，天然腮紅。」

「噫惹——」

丁若薇和春早不約而同發出調侃的音節，猛搓手臂。

陸景恆臉漲得通紅，瞥瞥她們，不再作聲。

而童越護起自己容易害羞的小男友：「你們幹嘛——」又對他的拍馬屁安之若素：「真的嗎？」

陸景恆有求必應，從口袋裡取出一面小圓鏡：「妳自己看，我怎麼可能騙妳。」

童越接過去，正光背光切換好多下，最後自鳴得意：「是很好看耶，我好美哦，你說的很對。」

啊……

丁若薇抬頭望天，一個激靈離開他們令人咯噔的戀情直播現場。

春早默默走開。她被他們糖豆噴射機一樣的氣氛浸淫，情不自禁地微笑著，戀愛就是這樣子嗎，再狼狽再疲累的樣子都能被對方美化為仙女。

正要進班，童越蹦躂著跟過來，彷彿一秒吸飽元氣，活力四溢。

被挽住手臂的春早轉頭：「妳不跟你們家陸小狗吃午飯嗎？」

童越說：「我這種事業型女強人，哪裡抽得出空陪他。」

春早：「……」

童越慨慨嘆氣：「下午還一堆事，我們幾個就在班裡隨便打發了吧。」

春早點頭同意，趁著午休間隙，她也可以爭分奪秒多寫幾張稿，力爭品質和數量上的雙優勢。

這般計畫著，女生停在座椅邊，等已經回座的盧新月給她讓行。

盧新月起身，與她笑著互道幾句「辛苦了」，又指指她桌面：「春早，妳桌上有盒牛奶，我記得早上出去的時候還沒有吧。」

「不知道誰放這的，我不敢動。」

春早站住，循著她的手勢望過去。

她的課桌中央，的確擺放著一個紙盒牛奶。之前有書遮擋，她根本沒注意，但此時走近，卻怎麼也忽略不了。尤其，那盒牛奶的外包裝還極有標誌性，她曾在連假雨夜購買過同一品牌給原也，連全脂的規格都別無二致。

童越耳尖，聞聲倒車回來，八卦天線瘋轉：「什麼？什麼？我聽到了什麼？」

「我又看到了什麼？這是誰的貼心小牛奶？」可算輪到她陰陽怪氣，就地反擊：「親故[12]啊，妳還敢『咦惹』我，我看妳也沒有好到哪裡去嘛。」

紅暈迅速漫過春早全臉和耳根。

她鑽回座椅，唯恐慢了的將那盒牛奶揣回抽屜，「咚」一聲，彷彿砸在她心口，呼吸開始吃力。

……而且，盒壁還是溫熱的。

盧新月露出老母親慈愛臉，抿唇偷樂：「是哪個男生從窗戶偷偷放進來的吧？」

童越手撐在她桌邊，與她交換眼神，也桀笑：「我想，我應該知道那個男生是誰。」

春早抬頭瞪視她一眼，那目光銳亮得，跟要當場把她刀成生魚片一樣。

童越趕緊偏頭，抿緊雙唇。

盧新月像隻在瓜田邊上躥下跳的猹，央求起童越：「到底誰啊，能不能告訴我？我很急。」

12 韓文「친구」的音譯，朋友的意思。

童越故作玄虛，不介意在姐妹急眼的邊緣反覆摩擦：「可能是哪位不願意透露姓名的王子吧。」

春早無可辯駁。

沉默是最好的保護色。

終於，盼到童越回座，盧新月也離席去買飯，春早繃到痛的神經才有所鬆動，她吁口氣，在抽屜裡找原也興師問罪。

春早：『是不是你？』

差不多兩分鐘的時間，男生回：『什麼？』

春早認準他在裝蒜：『牛奶。』

他似乎有些意外：『這麼好猜？』

春早吸氣：『除了你還有誰。』

原也正在跟塗文煒吃飯，收到春早消息後，他直接放下筷子。

只有他一個可疑選項嗎。

這倒是意外收穫，放牛奶的時候可沒想過排除法這麼好做。

「你不吃啊？」塗文煒的筷子尖探向他餐盤裡完好無損的醬滷大排骨：「不吃可以留給需要的我。」

被餘光留心的原也「啪」一下敲回去。

塗文煒訕訕收手：「你上午跑得不餓嗎？還有心思閒聊？」

原也掀眼：「你怎麼知道我在聊天？」

塗文煒：「你一邊打字，一邊笑得這麼倒胃，很好猜的好吧？」

原也：「……」

他把手機擱回桌面，三秒，螢幕亮起，又拿起來。

塗文煒無語，埋頭專注幹飯。

春早來了訊息：『我知道你送熱飲是好意，但真的不用啦。我朋友和同學看到都在亂猜和起鬨，感覺這樣不太好……』

原也：『怎麼不好？』

春早被這四個字逼問住，盯著瑩瑩發亮的手機螢幕怔忪片刻，她確定自己答不出，滿心矛盾的雀躍和不妥。最後只能斟酌內容，一個字一個字地敲下：『反、正、不、准、再、送、了。』

傳送前，又覺「不准」的說法無故有些撒嬌意味，便熱著臉將整句刪除，變更為嚴肅規矩的「反正別再送了」。

傳送出去。

聊天裡無反應一分鐘。

倏地跳出一張格外眼熟的炸毛貓貼圖：少管我！！！

第十個樹洞

這算是搬起石頭砸自己的腳嗎？

春早盯著手機裡的貼圖面色不定，退回去重審自己的發言。

是不是有點太凶狠太冷酷了，她揣摩著，最後改換語氣，溫和而官方地補救：『但還是謝謝你送的牛奶，等等有空就喝。』

然而原也沒有再理會這則訊息。

不回就不回囉，她會因為這種無聊的小事抓心撓肺寢食難安嗎？

答案是，會。

接下來兩天，春早都會在寫稿時不受控制地分心，也會在樹蔭大道和看臺附近四處逡巡，尋找原也的身影，而男生沒再露過面。

她也跟宋今安旁敲側擊打聽過原也比賽的日程，遺憾得知他真的只報了兩個項目，並且在運動會首日上午全部比完。

春早反覆確認：「啊？真就兩個啊。」

宋今安露出喪心病狂的表情：「妳還要他報多少個？」

春早訥住：「好奇而已，畢竟跑……那麼快……」

宋今安：「妳一班的啊？」

春早：「……打擾了。」

週五晚自習下回家，春早坐在客廳喝番茄豆腐湯，吃到快一半時，鐵門鎖動，原也走了進來。

男生背著灰色的雙肩包，鑰匙串懶懶勾在手裡，姿態閒逸。

四目相對。

春早垂下眼，立刻捧高碗，加快刨動食物的速度，筷子把碗壁敲得嗒嗒響。

原也蹭掉板鞋的動作頓住，側頭看她一眼。

女生已起身回臥室，關門的動靜比以往要大一些。

他偷彎一下嘴角，走回房內，將鑰匙隨手往書桌上一摔，打開手機，截圖一張網站交易畫面，點進好友置頂，傳過去。

然後抽出一本書，敞著腿坐下，好整以暇地等。

金錢誘捕器果真好用，二十分鐘後，女生的問話蹦出來：『這是我的筆記收入？』

原也回：『嗯，分錢了。售出十份是兩百，妳一百六。我用QQ轉妳？』

春早：『不行，我沒綁銀行帳戶，提不出來，方便給我現金嗎？』

怎麼不方便。

早預判到了。

原也當即提起桌邊掛鉤上的背包，扯開拉鍊，從內袋裡取出一遝現金，抽出兩張粉色的，回個ＯＫ：『怎麼給妳。』

春早：『等我媽睡了，我出去跟你拿。』

原也說：『行。』

春早暫停音樂，摘掉耳機，閉氣留意起屋外形勢。

捏著被角靜候十分鐘，確認這個時間的春初珍大概已深睡，她傳給原也交頭訊號：『出來。』

隔牆響起腳步聲，春早提前靠去門邊查探，抵開一道縫隙，見幽谷般的客廳一霎亮起，又一下熄滅，是原也出來，她忙拉開門板，接應到來的男生，準備以最快的速度完成分贓。

春早伸手，輕聲細語吐出三個字：「給我吧。」

原也從帽Ｔ口袋裡取出兩張疊了一折的一百塊，遞過去。

中途不由多觀察她兩眼。

女生睡前會散開頭髮，這似乎是他第一次看到春早披頭髮，髮梢軟乎乎地淌落在肩頭，兩旁勾在耳後，襯得她的耳廓與耳垂愈發秀巧瑩白。

春早動作熟稔地搓開紙鈔一角，細眉微擰：「怎麼是兩百？」

「提款機取不出小面額的，」原也說：「我也幾乎不用現金。」

「那我找給你。」

原也想說「算了吧」，然而，女生很果斷地回身往桌邊走，她從抽屜裡取出一個吐司造型的小零錢包，抽拉出兩張面值二十的，走回來。

她把它們捲成迷你紙筒狀，剛要抬手交出去，側邊驟然傳來把手扳動的聲音。

兩人俱是一僵。

原也第一時間想轉頭離開。結果手臂突地多出一股攥力，本散漫站立的他，被輕而易舉地扯進門框，風過，女生俐落地橫出手臂，撐上門板，動作可謂行雲流水，一氣呵成。

急促的掩門聲將春初珍迷離的睡眼引過來。

女人停步，望向女兒關攏的房門，試探叫一聲：「春早？還沒睡呢？」

「剛剛去廁所了，」春早揚聲：「晚上喝太多湯了。」

「那明天不做湯，」春初珍打個奇大無比的哈欠，去往盥洗室：「早點睡啊都幾點了！」

春早：「噢！」

她脫力地撫住胸口，大喘氣，這才有心思察看門邊的原也。男生靠著白牆，居高臨下，幾分促狹地盯著她，見她看過來，又偏過臉去。

然而嘴角的弧度藏無可藏，明顯在憋笑。

「不准笑。」春早的要脅是從牙縫間泄出去的，像隻幼貓在虛張聲勢地哈人，就差沒弓背了。

原也頷兩下首，無聲地「嗯嗯」。

又環臂望向天花板上吸頂的燈罩，繃住雙唇，也限制著自己的視線，不要在女孩子的房內失禮地亂竄。

儘管很想看。

包括同個空間裡的她。

終於等到春初珍回房——

警報停止，春早僵硬的身體鬆懈下來，剛才的心率恐怕直衝二百，緊張到胃都有反應。

她扶了下隱痛的腰腹，抬頭找原也。

抵牆仰頭的關係，首先映入眼簾的是少年輪廓分明的喉結，在修長的脖頸上雪丘般突起。

女生咕嘟咽一下口水的動靜何其鮮明。

原也耳聞，不明就裡地斂目找聲音出處。

春早也意識到了，飛速傾低滾燙的臉，緊急尋求其他重點當支援，最後鎖定手裡已攥得跟廢紙團無異的兩張貳拾元。

「啊，怎麼捏成這樣？」演戲是她的強項，掉頭逃跑也是：「我去幫你換兩張。」

後頸衣領被提拽住，又一下鬆開：「回來。」

春早受迫回頭，不直視他正臉：「幹嘛……」

男生刻意壓低的聲音略帶磁性，聽的人耳膜發癢：「別換了，就這個。」

他掌紋分明的手在她眼下攤平。

春早眼觀鼻鼻觀心放上去。

女生微熱的指尖如蜓尾曳水，輕而快地蹭過他手心，幾乎不可感，但漣漪已如打水漂般接二連三蕩地開來，原也回握住那截錢，將手收至身側。

他的鼻息微微加重了一點。

紙張在他手裡澈底被揉皺，指節壓抑到發白。

「是不是可以出去了？」

「你好像可以出去了。」

他們幾乎是同時出聲，氣息攪和為一體。

「呃，」春早頓一下，無所適從地幫他開門：「是的，可以出去了。」

「晚安。」原也說。

「晚……」安？

未盡的問候截斷在喉嚨裡，因為男生已超快閃身出房，眨眼不見人蹤。

春早怔忪著走回書桌邊，慢騰騰落座，全程如開〇．五倍速。

來回撥弄著那張兩百塊，她悶頭偷笑一下，又害羞掩面，情緒緩和完畢，才將它們對折。沒有像其他零錢一樣直接塞包裡，而是翻箱倒櫃找出一張湖藍色的信封袋，插進去，壓實封口。

又在信封右下角用粉色馬克筆畫出一個「〇」，不太滿意，再往圓圈裡添兩筆，勾出小愛心線框，塗抹為實心，才將它放入鐵盒裡。

想了想，她又將裡面有關於原也的物品都標記上類似「印戳」，與自己那些零碎藏品區分開來。

臨睡前，春早就筆記收入的事情同他道謝。

有牛奶教訓在前，這次她決定好聲好氣，不能再誤觸這傢伙的地雷。

原也回來三個字：『不客氣。』

好奇他前兩天都偷溜到哪去了，春早掂度著措辭，拐彎抹角發問：『這次運動會你就只報了兩個項目哦？後來都沒在操場上看到你了。』

原也：『嗯，沒事幹，去圖書館寫題目了。』

春早無言以對。

她在這邊各種揣度和掛心，結果他在那邊悄悄咪咪練習。

春早刺頭蹭蹭往外冒：『你可真會規劃時間。』

原也：『主要是有時間，起碼不會喝個牛奶都要忙裡抽閒。』

春早哽了一秒：『你要在這個事情上面過不去了是嗎？』

原也：『什麼事？』

春早：『你心裡有數。』

原也：『誰才該心裡有數？』

春早：『你。』

原也：『隨便了。』

沒想到他突然休戰，春早木住，也偃旗息鼓，最後她如實坦白加花言巧語：『牛奶我喝了，她們一走我就喝掉了。熱乎乎的喝起來很舒服，還是你會買。』

又揀出他之前的中二發言嘲諷他：『可以了嗎？國王陛下。』

迴旋鏢。

就你會用。

她也很得心應手活學活用好嗎？

春早在心裡嗤氣。

結果原也反問：『偷偷摸摸送牛奶的人還能是國王？』

春早：『……』

她確定了，原也就是小心眼到極點，這件事沒個三五年可能無法翻篇。

她按捺住性子配合他：『那是什麼？』

原也：『妳說呢，公主。』

這是春早第五次在早讀的時候笑出來，以防隔壁桌發現，她只能把課本架得老高，當做自己的少女心碉堡。

「公主」這個稱謂，後勁大得出奇，一想到就會思緒紛飛，像離心機上高速旋繞的細糖絲，很快凝結成一大團。

咳，春早清一下喉嚨，摒除雜念，強令自己全心投入到重點記憶中。

期中考在即，分心是大忌。

十一月的開頭，高二年級的期中考在學生們的怨聲載道中結束。這次考試是跟宜市另一間百年明星高中——附中合作的聯考，兩校廝殺，難度較之月考明顯升級，尤其是主科。文科結束時，春早多少有點沒把握。

但春初珍問起來的時候，她還是佯裝自信地說：「應該問題不大。」

幸好不是什麼一語成讖的FLAG，四天後，春早拿到自己的年級排名，第三名。

這是她進入宜中後第一次進入前三。因為一開始就被分在實驗班，每次考試都是神仙打架，即使文理分組後競爭壓力變小，也只是從一個弱肉強食的生物鏈去到另一個鬥獸場。

這次國文、英文的難度令人嘔血，而這兩科是春早專長，所以拉分顯著。

講解試卷前，高老師特地在講臺上多誇春早兩句：

「先說一個事啊，這次的完形填空，整個文組班只有一個人全對。」

「那就是我們三班的英語小老師。」

全班鼓掌，尤其童越，嗷叫得跟在演唱會前排ＶＩＰ席似的。

而春早只是垂眼莞爾。

宜中大考都會列榮譽榜，用以嘉獎文理組前三十的優異學子，並且緊靠在一處櫥窗裡。

一班體育課前，原也沒有急於去操場，而是折去表彰欄。

塗文煒夾著籃球跟在他後頭，亦步亦趨：「有什麼好看的，第一，老子早上過來替你看過了。」

然而隔壁桌卻站停在文組班的排名告示前。

塗文煒高深地瞟他，目睹他勾出一個在他看來極其駭人的微笑後，他恍然大悟：「該不會……」

原也斜他：「不會什麼？」

塗文煒一臉指認罪犯的表情：「你的『情況』就在這裡面吧？」

原也笑而不答。

靠，默認了？

但很明顯好吧，這小子什麼時候關注過這些。

塗文煒當即湊去那張紅底黃字的排名前，全方位掃射：「誰啊。」

原也：「走了。」

塗文煒釘在原地，開始甄選：「急什麼，讓我找找。」

原也心生興味，不再催，看他能猜出什麼名堂。

塗文煒瞇起眼：「感覺這個……」

「嗯？」

「這個『春早』，名字倒是和你蠻搭的，長得也還可以。」

不愧是你啊塗文煒。

原也鼻子裡溢出笑音，態度不明。

塗文煒扭頭：「是不是啊？」

「球給我。」

「幹嘛？」

「上課去了。」

不能在這裡久留，不然絕對在同學面前洩露無遺，原也背身將球拋回去，以此消解笑意。

「欸，你倒是說啊。」塗文煒雙手接住，追上他：「猜對還是猜錯，給個准話！每次都這個反應。」

原也看他：「什麼反應。」

「神神祕祕藏藏掖掖的，老是這樣可就沒意思了啊。」

原也眉峰微挑：「有嗎？」

塗文煒點點頭：「有啊。」

原也說：「被你知道還得了。」

塗文煒冤枉臉：「我怎麼了，我守口如瓶好吧。」

原也冷哼。

「所以真在那張榜裡唄，三十分之一，縮小範圍就好找了，容我放學後好好研究。」塗文煒摩拳擦掌，切換到福爾摩斯模式。

原也暗奇，這人是怎麼做到又聰明又笨的，他只能象徵性鼓勵：「加油神探，看好你。」

晚上到家，出租屋內不再是上次月考後的封閉冰櫃氣氛，而是暖春融融，桌上罕見地出現達美樂的披薩套餐和冰飲，香氣四溢。

原也唇一挑，打心底裡為春早高興，回房放下背包後，春初珍鮮見地來他門前，問他要不要一起吃宵夜。

原也想了下，答應：「好啊。」

又從口袋裡抽出手機，傳訊息：『恭喜啊，第三名。』

意料之中的沒有得到及時回覆，但沒關係，再走出門，女生已經坐在桌邊，嘬著手打檸檬茶。

瞟見他出來，她一頓，立刻將吸管從唇齒間拔出，戳回去。

「哎，小原，你坐這邊。」春初珍將他安排到春早對面。

原也應一聲，乖乖落座，接過春媽媽遞來的一角披薩和飲品。

馬鈴薯培根蓋滿表皮，春早不再直接上手啃咬，而是戴起一次性手套，小塊撕扯，細嚼慢嚥。

原也揭開飲料蓋抿一口，就聽春初珍笑問：「小原這次又是第一名吧？」

少年頷首。

「我們春早進步了一名呢。」

原也：「是嗎，那恭喜了。」

春初珍不忘含沙射影上次吃到的悶虧：「主要她這孩子知道用功，有恆心，不需要借助外力也能前進呢。」

原也看春早一眼，捧場：「嗯，我還要跟她多學習。」

奶黃色的起司絲牽拉在半空，一秒，兩秒，春早將它扯開，裹進嘴巴。

去。

春初珍笑不攏嘴：「你太謙虛咯。」

原也目光真摯：「我說真的。」

得到自己想要的反應，春初珍心滿意足地擱下一句「你們吃，我去晾衣服」離開客廳。

老媽一脫離視野，春早就放下只剩一半的披薩，揀起一旁的吸管包裝紙，擰成團，彈過去。

白色「軟彈」正中原也腕部，又跳到地上。

原也揚眼：「幹嘛？」

春早：「你少在那陰陽怪氣。」

他彎身將紙團撿起來，捏著：「有沒有陰陽怪氣不知道，但這算蓄意傷人了吧？」

「傷到哪了？這麼小個東西。」

原也握住自己腕骨，掐按著，眉心不適地蹙起：「很疼好嗎？」

「真的？」春早半信半疑。

「真的。」

春早有了愧疚心，面色凝住：「那不好意思哦。」

怎麼那麼好騙。原也演不下去了，嗤笑一聲。

「……」

「你騙我的吧？」她瞪起眼，拔出吸管，隔空用水甩他。

原也邊掩邊躲：「沒有沒有——」

見她的「冰茶空襲」一時間不會停止，他直接起身，越過桌面，將她手裡的吸管奪過來。

指圈一空，春早動作戛止。

瞟瞟空掉的杯蓋，她又伸出手去：「還我。」

原也坐回去，將那根「繳來的武器」插進自己飲料杯裡，看向她，不說話，也不使用它，像持有能拿住對方命門的要脅人質，就是遲遲不給出痛快一刀。

春早慢慢沒了聲音。

過了一下，她頂著烘熱的腦袋瓜，言語施壓：「還我啊，我還怎麼喝？」

原也把自己沒拆封的那根丟過去，下巴微挑示意，用這個。

春早：「……」

她負隅頑抗，仍堅持：「把我用過的那根給我。」

原也將手邊的吸管抽出來，好整以暇：「妳還要嗎，在我杯子裡放過了。」

春早啞口無言。

春初珍的趿著拖鞋的步履聲迫近，春早暗念一句「算了」，將那根新吸管從紙袋裡捅出，插到自己杯口的洞眼裡，取而代之。

餘光裡，男生將那根摘出來的吸管放到衛生紙上，繼續按照開始的方式飲用。

春早這才舒了口氣。

又傾低腦袋，克制住過於放肆的嘴角。

洗漱完回到臥室，她看到原也單獨的祝賀訊息，於是對仗回覆他：『同喜啊，第一名。』

又故意問：『你怎麼知道我第三？不會又在辦公室看到的吧？』

原也：『妳怎麼知道我第一的，我就是怎麼知道妳第三的。』

春早抿笑，靠向床頭：『你這次英語多少分？』

原也：『一四二。』

春早：『……』

春早：『打擾了。』

原也：『妳覺得我應該考多少？』

春早：『我怎麼知道，這次英語挺難的。』

原也說：『別低看我。』

春早說：『誰敢輕視您啊，我只是在想。』

她沒有往下說。

原也問：『想什麼？』

春早承認自己被同個屋簷下的滿級對比物襯得有點受挫：『我總有一科能贏過你吧。』

原也：『妳英語考了多少？』

春早：『跟你一樣。』

原也：『那我考了一四一，剛才記錯了。』

春早失笑：『無聊。』

對面的男生忽而認真：『但妳這次進步了一名，這很不容易，別被妳媽媽的慣性思考影響，多看那些肯定妳的人，多聽那些讚賞的聲音。』

春早凝視著這行字，鼻頭微酸：『嗯。』

原也列出具體對象：『比如妳的朋友、同學、老師。又比如，妳的鄰居。』

春早腦子一下沒轉過來：『我的鄰居？』

原也：『妳的花幾天沒澆水了？』

春早反應過來，翻身下床跑到窗口，盡可能小聲地移開窗子，探出腦袋，往左邊望去。果不其然，男生那邊也傳來推窗聲，白光洩出窗檻，他的房間裡似藏著一顆月亮，永不寂滅。

深秋的夜飽脹著金桂的甜氣。

突地，一隻手臂伸出來，握著手機，螢幕上是滾動的手持跑馬燈，醒目的黑底白字：春早是最棒的。

春早一下笑開來。

片刻，那手收回去，春早手機一震，收到他的訊息：『看到了嗎？』

春早樂不可支，停在窗後回覆：『看到了，謝謝你哦，我的鄰居。』

再往外面看，已經換上原也的臉，暮色裡，少年半斜過上身，手肘搭窗，不言不語，挑唇看著她。

春早立刻地鼠般縮回去。

無法對視。

無法堅持。

她怕下一秒自己就會破音嗚咽，然後在他面前露出涕淚橫流的醜態。

她邊往房內走，邊狠揉一下高熱的右眼，逼退淚意。搞這些花裡胡俏的，很難不感動好嗎？

春早躺回床上，這個夜晚，她確認了一件事，需要認可並不丟人，努力也不完全是單打獨鬥一條路走到黑的事情，憑什麼只能瞻觀高處冰冷的獎盃啊，捧不捧到又怎樣，放眼望，擂臺之外，總會有人給你掌聲和鮮花。

天使。

這是春早對原也的最新定義，怎麼會有媽媽捨得和這樣完美無瑕的小孩斷聯，如果是她，她每天必定噓寒問暖，讚不絕口。

轉念一想，有沒有可能……每天目睹春女士對自己無微不至的照顧也會對原也造成無形的傷害？

不如以後讓媽媽多叫原也一起吃飯好了。

前兩天的披薩宴氣氛就不錯。

藉口也不難編，謊稱原也在幫她補習數學就行，蹭飯權當感恩回饋。

下課時，春早一邊神遊，一邊做下這個決定。

然而，下午第二節課中途，春初珍忽然找來學校，她們班級，目及媽媽出現在窗外時，春早驚詫地睜大眼睛。

歷史老師出去詢問狀況，而後叫春早出去。

春早匆忙離開座位。

春初珍眉心堆滿陰雲，拉著她疾疾步下臺階：「妳外婆出事了。」

春早腦子嗡了下：「她怎麼了？」

春初珍指指頭：「腦出血，人現在還在ＩＣＵ，我剛從醫院過來。」

春早又懵又急：「嚴重嗎？」

「怎麼不嚴重。醫生只說暫時沒生命危險，約了專家今晚手術。晚上我肯定回不來。」

春初珍眼眶微紅，從包裡取出小遝現鈔，遞給春早：「自己吃飯，晚上記得鎖好門。」

「之後一陣子都要忙，說不準，我打了電話給妳姊，她說這幾天有空就來看妳。」又拿出一支外殼陳舊的紅黑色諾基亞老年機，交代：「有事用這個手機聯絡。」

春早意外：「哪來的？」

「妳外婆那順的。」

「……」

她還有心思苦中作樂。

春早雙手接過所有東西，寬慰：「我沒事的，你們先忙自己的事，我會照顧好自己。」

春早握著錢怔怔回到班裡，見她憂心忡忡的，盧新月寫了張小紙條推給她：發生什麼事了？

春早看她，搖搖頭，回答：是外婆生病了。

同學又關切幾句，春早逐一作答，兩人就停下文字交流，專心聽講。

但春早怎麼也聽不進去。

外婆是宜市本地人，孩子不多，就一雙兒女。兒子一家移民澳洲，而女兒相上春早現在的老爸，婚後便定居在同城。

小老太太不愛摻和晚輩生活，外公過世後堅持獨居，平時碰面雖少，但逢年過節見到她也還算利爽康健。

哪能想到會有這樣的突發狀況。

晚自習後，春早心事重重地回了家。這是她搬來這裡後，第一次在上學期間見不到春初珍忙前忙後的嘮叨和身影，出租屋空寂得像片乾涸的海嶼，居然讓人有些不適應。

春早坐到書桌邊，拆開從麵包店買來的麵包，一點點咬起來。

吃到一半，喉嚨有點噎，就端著馬克杯出去倒水。

恰逢原也回來。

他看看她，又環顧過於安靜的客廳，蹙眉：「妳媽呢。」

春早說：「去醫院了。」

原也將換下的運動鞋放上鞋架：「生病了？」

春早回：「不是，是我外婆。」

原也點點頭。注意到女生略為愁苦的面容，他沒有詳問更多。

兩人交錯而過，原也猛想起什麼，在自己房門前停步，回頭：「妳今天宵夜怎麼辦？」

春早已經走進廚房，正往杯子裡倒水，沒聽清，只好放下水壺：「什麼？」

原也折回廚房門前：「問妳今晚吃飯問題怎麼解決。」

春早嘀咕：「我不是每天都要吃宵夜的好嗎？」

原也恍若未聞，只瞥向她手邊嫋嫋冒煙的杯口：「準備喝水解決？」

春早面熱：「我買了麵包。」

原也唇微勾：「哦，了不起。」

春早嗑緊牙齒。

原也不再拿她打趣：「想吃什麼，我幫妳叫外送。」

春早越過他：「減肥呢。」

他跟上制服上身鬆鬆垮垮的春早，「妳認真的？」

「別管我了，你去忙你的。」春早停足一秒，繼續往自己房間走。

原也偏跟她槓上，步步緊追：「我怎麼就管妳了？」

春早停在門邊，轉身，視線來回丈量二人相對而立的間距。

原也留意到了，後退半步。

春早看著他下結論：「比我媽還媽。」

原也笑出聲來，繼而冤枉地一聳肩：「友好關心罷了。」

春早回到房內，放下水杯，從同一個紙袋裡，取出一個沒拆塑封的長條麵包，戳去他面前，只差沒戳到男生胸膛上。

原也巋然不動：「幹嘛？」

春早說：「友好關心咯。」

原也低笑一聲，抽過去。

「別小瞧我，」春早佯作詞嚴令色，「我不是你想像中的那種完全沒獨立生活能力的人。」

原也頷首，配合道：「嗯，是我有眼不識泰山。」

春早：「……」

「我要關門了。」她說。

「妳關啊。」

「你走啊。」

「我走不走礙著妳關嗎？」

「……」

春早攥一下制服下擺：「礙著了。」

靜默兩秒。

「別關了，」男生看過來，黑濃的笑眼可以說是世界第一難拒絕：「睡覺前再關。」

又說：「我也不關。」

「好、吧。」這兩個字，像打擊鈴鐺，輕快的音節蹦彈出來。

目送進門後到現在還沒放下書包的原也回房，春早才心花怒放地蹦回桌邊，無意目及桌角的圓鏡，反射出齜著牙的自己，她趕緊偏臉抿緊。外婆和老媽還水深火熱，她在這邊嬉皮笑臉的像什麼樣子。

一秒恢復到肅穆狀態，她用外婆的手機傳簡訊給媽媽，關心她目前的狀況。

春初珍回：『還好，加護病房裡面醫生說還算清醒。妳爸過來了，跟我輪換，放心。』

春早說：『妳也別太累了，保重身體。』

春初珍：『嗯，早點睡覺，門關好。』

春早：「……」

盯著最後三個字，她慚愧起來，又升騰出大股羞意，往左看一眼——沒了門扉的阻隔，四捨五入，就好像……好像跟原也待在同一個房間一樣。

即使看不到他，也不知道他在做什麼。那種無處不在的結繞感還是縈滿了空氣。

面前的書頁上攤放著一大一小兩支手機，畫面堪稱離奇。突然從電子乞丐轉型為富豪，莫名有點好笑，春早感慨著，拿起自己那支，打開ＱＱ。

好友列表裡的原也無動靜。

而置頂童越又改了名，從「你是我永恆的風景」變成「大霧四起我在無人處愛你」。

春早奇怪問她：『妳分手了？』

童越回：『沒有啊。』

春早：『那這名字是？』

童越：『十班來了個低調又帥的轉學生，名字裡有「霧」字，這是我為他新改的網名。』

春早：『……陸景恆沒意見？』

童越糊弄學高手：『他又不知道，還以為這名字是對他說的呢。』

春早拜服。

不過……春早點進原也的主頁，他網名裡的X到底有什麼深意呢？還是真如童越所說，有什麼青梅竹馬愛而不得的白月光之類的名字裡包含X？

春早托著臉，在紙上寫下原也名字的拼寫：Yuan Ye；又換行寫自己的：Chun Zao。

再怎麼推演和聯想，也思考不出跟X存在任何關係。

更不好意思多問，不然顯得她很在意，又很介意，還很多管閒事。

最後眼不見為淨，幫原也補上備註，覆蓋住原名。

剛要退出去，聊天畫面忽地跳出訊息。

原也：『在幹嘛？』

當然不能說在研究你網名，還為它百爪撓心。

春早刻意騰出拿取手機的時間空隙，才回覆說：『看書。』

又問：『你呢。』

原也：『剛吃完「友好關心」。』

春早笑一下：『味道如何？』

原也：『還不錯。』

春早瞟手機時間一眼：『你現在要用洗手間嗎？』

原也：『妳先。』

春早莞爾：『今天可以把優先使用權讓給你。』

原也：『不用，去吧。』

春早傳了一個握拳貼圖：『猜拳。』

原也立刻回傳一個剪刀手：『毫無勝算。』

春早樂顛顛地抱著睡衣去盥洗室。

洗漱完出來，春早看了原也房門一眼，見它依然開在那裡，她又偷偷挽高嘴角，回到書桌前，沒多久，原也的身影從門外一晃而過，之後是蓮蓬頭的水聲，繚繞不絕，春早有幾分無所適從，抽出一張衛生紙分神地玩著，不知不覺間把它折疊成一隻潔白的小兔子。

好在男生速戰速決，沒有讓這段微妙時刻變得更加難熬。

十一點半，睡覺時間將至，春早傳訊息給他：『你關門了嗎？』

原也：『沒有。』

春早：『你不睡覺嗎？』

原也：『等妳關了我再關。』

春早的蘋果肌快跟臥蠶完成交接儀式：『那我去關咯？』

原也：『好。客廳燈我來關。』

春早握著手機走回門邊，又往外看一眼，才將門輕不可聞地掩上，沒有上鎖。

坐回床邊，她評價道：『你的儀式感真是有點怪。』

而那邊卻說：『妳沒發現嗎。』

春早：『嗯？』

原也：『我住來這邊之後，只要妳單獨在家，我都不會關門。』

春早回想片刻：『好像真是。』

她問：『為什麼？』

原也：『假如妳有事找我呢。』

春早：『我沒有那麼多事。』

原也：『如果旁邊住著一個總是關著門的人，妳還會想跟他來往嗎。』

春早：『你是在影射我嗎？』

原也：『不是，妳又不是故意的。』

春早：『如果我真的很想跟一個人有來往的話，我應該會主動去敲去的門。』

她不敢用「他」，覺得那樣太露骨，誘導性暗示性都太強。可傳出去後，臉又紅了，這不就是欲蓋彌彰嗎。

聊天室裡沒了訊息。

須臾，門板上傳來兩下指背叩響，她驚得一下從床上撅起，高聲：「有什麼事嗎——」

「不用開。」男生的嗓音似夜林穿行的風：「只是想敲兩下。」

春早小步挪到門後，手圈住門把，心跳得雜而亂。手機震響，她收到他只能用文字表達的內容：『像妳說的那樣。』

春早拚盡全力克制，才不至於在門板上咚咚捶兩下，發洩喧囂的喜悅。

她留在門後，終究讓手垂落。

如果現在開門，她不知道自己會對原也說什麼口不擇言的衝動話語，因為激昂的情緒；因為對他的——劇烈到要爆炸的心動。

胸口漫長起伏一下，春早故作沉靜回覆：『收到，請回，睡覺。』

原也：『ＯＫ。』

還有個可愛的笑臉貼圖。

似乎在強調，他並沒有因為她不開門直面他這回事而惱惱。

傻站片刻，消化完這顆體積過大的糖衣藥丸，春早才慢吞吞走回去。剛要把自己摔回床上，忽然又傳來敲門聲，她訝然望回去：「又怎麼了？」

還是原也的聲音：「有妳認識的人過來，好像是……」

「春早——」外頭響起春暢的叫喚，又減弱：「她睡了？」

原也：「應該沒有。」

「……」春早騰得起立，出去迎接自己老姊。

簡單打個照面，春暢去洗手間刷牙洗臉。回來後，姊妹倆擠到同一張小床上，春早把自己的靠背扔過去給姊姊當臨時枕頭，春暢墊了墊，嫌高，又把它扒拉開來，平躺在那不聲不響。

春早問：「妳怎麼這麼晚還過來？」

「春女士擔心妳，跟我交代了沒十遍也有八遍，我加完班就趕過來了，」春暢枕臂，朝妹妹的方向側過身，在黑暗裡眨眼：「怎麼，影響妳跟小帥哥孤男寡女共處一室了啊？」

春早臉燙，背對她：「什麼啊。」

春暢學她語氣：「什麼啊。」

「幹嘛——」有惱羞成怒的趨勢。

「幹嘛，藏挺深啊，」她推一下妹妹纖瘦的背脊：「不是專門來一趟，我都不知道妳現在跟這種頂級男高中生住一起。」

春早無語，撐持著自己的身形，偽裝鎮定。

春暢回到攤大餅睡姿：「你們現在這些高中生都是吃什麼長的啊，一個個這麼好看。什麼仙丹妙藥，我也去弄點。」

春早：「妳已經來不及了。」

果不其然，換來姊姊摜來後背的重拳出擊。

春早吃痛，跟姊姊互嗆幾句，房間又寂靜下來，春早放慢呼吸，回想著今晚所有經過，心潮起伏，一下子抿笑，一下子又鬱悶拈酸，最後忍無可忍求助經驗豐富的姊姊：「姊。」

「幹嘛……」春暢都快睡著了，聲音渙散。

「一個男生的網名是一個字母，」她小心地闡述著：「但是跟他本人的名字拼寫沒有任何關係，妳說這是為什麼啊。」

春暢打個哈欠，含糊說：「簡單。」

「嗯？」

「明早我幫妳問問隔壁。」

「……」

第十一個樹洞

有這麼明顯嗎？

春早一秒納悶，又裝腔作勢：「跟他有什麼關係？」

春暢「嘖」一聲：「早早——妳騙得過別人，還騙得過我這雙慧眼嗎？我是妳親姊，妳什麼情況還不是一眼看出，還有妳那個隔壁。」

春早定神，好奇：「隔壁怎麼了？」

「看到我來怪不自在的，」春暢在黑暗裡翻個白眼：「沒想拱我家大白菜沒什麼好不自在的。」

春早忍俊不禁。

她不再否認，只是放低聲音再三告誡：「妳別亂來，別真的去問他這個。」

她不想讓原也下不來臺，自己同理。

春暢瞇眼嗤笑：「我是搞不懂你們小年輕人這種猜來猜去的情趣，妳這麼在意這個點直接問他不就行了。」

春早安靜了一下：「我有什麼……資格啊……」

聽妹妹這樣妄自菲薄，春暢不樂意了：「問個網名還要入場券啊？幹嘛，他皇帝？要避名諱？」

春早嘟囔：「萬一聽到的是自己不想聽見的結果呢。」——按原也的性子，大概不會瞞天過海，敷衍了事。

春暢不以為然：「可妳不問內耗的一直是妳自己欸。」

「反正……」春早彆扭地說著：「不去想就好了。」

春暢哼一聲，翻個身抱住手臂：「睡了，本社畜明天還要上班，沒那閒工夫當妳的愛情顧問。」

「我也要上學的好嗎？」

「那妳還不睡？為個破問題想遲到啊。」

「……」

春早也側過去，一下子又將手機拿起，滑到最低亮度，點開原也主頁，凝視少刻，才將它塞回枕頭下方，合眼睡去。

春暢就職於一家時尚雜誌的國內分公司，工作時間相對彈性，平時能睡到八九點才起，但受到高中生非人作息的影響，今天不得不提前兩小時起床。

掛著兩顆快垂到嘴角的黑眼圈，她走出房間。

剛出門，腳步就停住了。

客廳餐桌上，擺放著麥ＸＸ的早點，種類還不少，足夠她們二姊妹吃飽。

弄這些……春暢瞄了瞄隔壁房門，心頭嘁聲，走向洗手間。

春早將頭髮梳得一絲不茍出來，也注意到桌上的早餐。她跑去姊姊旁邊擠牙膏，開始洗手臺爭奪戰，又問：「妳買的早點啊？」

「隔壁小帥哥買的。」

「喔……」

「收收妳的嘴角。」春暢從鏡子裡瞥她一眼。

「……」春早立即狂刷泡沫遮羞。

收拾完出來，春暢毫無負擔地落座，拆袋，取出起司蛋堡，咬一口：「他之前幫妳們買過早點嗎？」

春早吸著豆漿：「搬過來第一天時，幫我們買過。」

「老媽收的？」

「對。」

「那次買了什麼？」

「蒸餃、燒賣之類的？」春早回憶著：「我也記不太清了。」

春暢邊咀嚼邊含混地評判：「這小子挺會啊，看人下菜一套一套的。」

春早迷茫：「什麼意思？」

春暢點她腦門：「蠢。」

又擔憂地斜妹妹一眼，小小聲：「妳怎麼玩得過他？」

春早更加不明其意，也弱分貝交流：「玩什麼？」

唉。

春暢決定去給他一個下馬威，起身離席，又撥開妹妹不解拽住她衣角的手，手插口袋踱到原也門邊：「哎，怎麼稱呼啊。」

男生的聲音從屋內傳來：「原也。」

「哦，」春暢腔調懶洋洋的：「謝謝你的早餐啊。」

原也正在整理背包，只說：「不客氣。」

春暢又問：「你吃過了嗎？」

原也回：「還沒有。」

春暢氣勢泰然，完全不像那個「做客的」，而是東道主：「沒吃就一起出來吃好了。」

原也沒有婉拒。

還沒穿上制服外套，只著杏仁白連帽衣的少年，一身清爽地走出來時，春早微微紅了臉，他怎麼做到能把各種白色穿得這麼合宜好看的。

春暢也算半個長輩，所以兩位小輩不敢造次，只能眼神相觸作為晨間問好。

春暢回到妹妹身邊，繼續消磨那個已啃去一半的蛋堡，一邊跟春早搭話：「春早，妳現在網名還叫那什麼什麼小鳥嗎？」

「……」春早開始痛苦，遲緩啟唇：「是啊……」

春暢抿抿唇，作若有所思狀：「嗯，還是這種個人特徵鮮明的名字好，哪像我們部門有些新來的實習生哦，很喜歡用一些亂七八糟的字母，一點也看不出性格，都不知道怎麼共事。」

春早嗆住。

她在桌下踢姊姊腳面，又被她輕巧躲開。

再抬眼，原也正在對面看著她們，似笑非笑的，他絕對聽懂了姊姊的指桑罵槐。男生不為所動，只低頭吸一口豆漿，不對此發表任何意見。

但即使如此低調，還是被春早姐姐 cue 到：「原也，你覺得呢。」

原也像講堂上豁然開悟的學生，頷首：「嗯，有道理。」

春早默默把杯子移到身前正中央，以此為袖珍盾牌，阻擋自己渾身發麻的尷尬。

春暢趁勢追擊：「是吧，你用什麼網名？應該不是這種吧？」

原也極淡地一笑，口吻平靜：「可能就是妳不喜歡的那種。我母親姓向，她和我爸離婚後我一直用她名字的首字母當網名到現在，沒改過。」

春暢&春早：「……」

我們真該死啊。

飯後，姊妹倆相顧無言地立在書桌旁，各自反省，最後還是春早怒捶姊姊手肘一下結束靜默。

「我上學去了。」她扯下掛在椅背上的雙肩包。

春暢從自己的小提包取出唇膏，擰開來，又拉住春早肩帶：「等一下。」

春早迷惑抬頭。

春暢下巴一抬：「叫原帥哥一起走。」說完將子彈頭口紅直愣愣戳過來。

春早下意識避遠，又被她控住下巴，擠出嘟嘟唇。

春暢在她圓潤小巧的上下唇各畫一筆，又收回去，丟包裡：「別擦，抿抿。」

春早莫名地瞪向她。

「用美色代草率的我彌補一下人家。」

「神經啊。」

嘴上雖這般嫌棄，但沒有抬手抹掉，只問：「會明顯嗎？」

春暢說：「這是裸妝色號，我不說誰都看不出來，還能讓妳氣色起飛。」

春早將信將疑，想拿起桌面圓鏡確認一下，中途瞥見時鐘指針，急匆匆將鏡子架回去，背上書包。

聽見屋外動靜，春暢連忙三步併作兩步跑去門邊，叫停原也：「哎，你等等啊，我妹妹正好也要去學校，你們一起走好了。」

說著拍拍春早書包，將她往外推。

原也在玄關站定。

春早跟著他出門，下樓。

春早繞開姊姊跑出去，目光相撞的下一秒，男生眉心忽而一蹙，但隻字未語。

天邊既白，紅日還未探頭，金黃色的梧桐葉子在水泥地面打著旋，全白的板鞋踩過一片，乳酪黃的運動鞋也踩過一片，又並排而行。

春早必須為姊姊借題發揮的冒犯言行致歉：「今天早上，不好意思了。我姊這人性格就是有點那個——」難以一言蔽之。

原也瞥她一眼，無所謂道：「沒事啊。」

「你不介意就好。」她喃聲說著，再次確認：「真沒事啊？」

原也微微笑：「真沒事。這樣很好。」不然他怎麼會知道她還為這事胡思亂想。

一切盡在不言中，春早不再吱聲。

「不過，」身側的男生有點猶疑，「妳的口紅也是妳姊幫妳畫的嗎？」

春早僵住，抬手捂住嘴：「怎麼了。」說好的裸妝呢。

「很難看嗎？」她著急地問：「是不是很誇張？」

原也多端詳一眼：「不，蠻可愛的。」說著兀自笑一下。

他曖昧不明的反應更讓人心慌，春早急得團團轉，摸出背包側袋裡的小包衛生紙，要擦。

「哎。」原也想阻攔，但不好冒昧地去握住她的手臂或手腕，見女生已經在用衛生紙胡亂用力地擦抹，他放下手。

也罷。

不擦老師說不定會看出來，對她無益。

待她放下手，他的目光再難從那裡掙開了。

女生本身的唇色偏淺，但此刻因外力反覆摩擦，小而圓的唇型呈現異樣的深紅，像是盛夏待擷的莓果，盈盈綴在低枝上，伸手可觸。

原也喉嚨微緊。

他極快偏開眼，又必須提醒她，有些口紅被她著急搓揉的動作弄到嘴巴外面了，他稍微調整了下氣息：「那個。」

「嗯？」春早看向他。

原也握了握拳，表述事實變得困難至極：「嘴巴外面還有。」

「啊……」春早又抽出一張衛生紙：「哪邊？」

原也速度判斷一眼：「左邊。」

春早忙將紙張一角抵到左邊唇畔，細細拭著。

原也怔住。

不對，他腦子瀓底亂了，鏡像原理，應該是右邊。

連忙糾正：「我的左邊。」

他的左邊……是她的右邊嗎？

兩個聰明人此時都變得有點呆滯。春早也思考遲鈍，不甚確定地將衛生紙慢慢往右挪。

算了。原也從口袋裡拿出手機，調出前鏡頭，抬高手，讓她當鏡子。

春早這才看到自己的樣子。

啊。

她險些尖叫。

唇周烏七八糟的，要多醜陋就有多醜陋，真想殺回去爆砍她老姐，但現在後悔已來不及，只能潦草又倉促地擦了又擦，作無用功。

但要用到眼唇卸妝液的色料在皮膚上哪那麼容易解決，最後原也說：「等我一下。」

男生關上手機，一路奔跑到社區門口的小店裡，再出來時，他手裡握著一瓶純淨水。

他開蓋走回她面前，伸手：「衛生紙。」

春早將手裡殘留著少許玫瑰色痕跡的衛生紙交給他。

原也偏過上身，往上澆了少許水，才回過眼來。

「我來吧。」他說著，不給自己和對方太多反應的機會，手已經挾著沾濕的衛生紙一角，覆上她嘴唇。

春早被冰涼的觸感刺了一下，不自覺往後躲。

原也頓了頓，不由分說追過去。他的手指隔著衛生紙，小心而仔細地幫她清理。

春早一動都不敢動，唯獨心臟瘋狂竄動，臉部溫度急劇攀升。

視線只敢扎根在平行的……男生露膚度極少的脖頸處……

不敢看他盡在咫尺的手，還有他多半在凝視自己唇部的，認真的雙眸。

起初力道還算溫和，或許是那顏色太難處理，後來逐漸加重，碾壓著她唇角，一下一下。只是那一點，小範圍的灼燒，不知何故擴散為全身性的烘烤，令人窒息。

不知多久。

或許一分鐘都不到。

他終於放下手：「好了。」

終於能呼吸。

周圍的氣流，人煙，雀鳴，樹葉的窸動似乎也在一瞬間復位。

春早雙腿都有點酸軟，乾渴虛脫，像剛跑完一百公尺。

原也將剩餘的水喝掉半瓶，才擰起瓶蓋，他目光突地一緊，看手機時間一眼。

春早反應過來：「是不是要遲到了？」

「跑。」

他推上春早。

綠燈只剩三秒，少女少男一前一後飛奔過黑白鍵般的斑馬線，晨風裡，光乍破，頭頂是暮秋湛藍色的歌。

手術後的外婆遲遲沒退燒，陪護在側的春初珍無法兼顧女兒，只能靠每日通話關心詢問春早的起居事由。

週五晚，春早被姊姊帶去省醫探望外婆，老人狀況略有好轉，也能吃些流質食物，期間還碰上從墨爾本趕回來的舅舅和他小兒子。

男人將手邊典雅的黑色紙袋交給春早，說是帶給她的巧克力和外文書。

春早欣然接過，道謝，然後將禮物帶回出租屋。

春暢今晚要留在病房與媽媽輪值，不便送春早，她便單獨搭車回家，回到熟悉的小屋，第一時間映入眼簾的，就是原也開著的房門，換好鞋再抬頭，男生已經倚在門框上看她。

「今天又妳一個？」原也問。

春早點了點頭。

他真的很關心她的吃飯問題：「晚飯吃了嗎？」

春早說：「跟我姊在外面吃過了。」

「你呢。」她關心回去。

原也說：「還沒有。」

春早看手錶一眼，驚訝：「都要九點了哎。」

原也眼底含笑，直視著她沒說話，片刻，春早品出來他潛在的不滿：「你不會是在等我吃飯吧？」

原也反問：「妳說呢。」

春早要笑不笑地鼓鼓嘴：「這樣啊……」

「算了。」男生臉上並無遺憾之色，眉梢滿不在乎地一挑：「我自己叫吃的。」

春早玩梗道：「下次一定。」

原也好像就是在等這個，又或者是突如其來的心血來潮：「別下次了，明天跟我出去。」

什麼意思。

是要約她嗎？

關乎「吃飯看電影牽小手」的桃色加粗文字開始在大腦裡來回滾動。

春早捏緊紙袋的扣繩，心緒像搓揉的浮沫，密集地往外湧動：「出去？」

原也「嗯」一聲：「還記得麼，國慶假期的時候，妳說想出去讀書。明天週六，剛好有機會，我帶妳去圖書館。」

「讀書」二字一出，春早頓時蔫了，但她掩飾得很好：「哦，好啊，」又問：「幾點？」

原也敏銳地指出：「妳好像不太積極的樣子？」

「哪有！」她立刻揚聲，元氣滿滿地辯駁。

「九點出發，好麼？」

春早懷疑：「你起得來麼。」

原也被她的質疑弄失語一秒：「我上學期間怎麼起來的？」

春早：「可你一到週末就睡懶覺。」將假期都聞雞起舞的她襯托得異常笨拙。

原也：「春早，妳對我偏見很大。明天看誰起得更早。」

春早：「那必然是我。」

「行，到時候看。」

「口說無憑咯。」

正要再爭兩句，女生已經用「略略略」的魔法攻擊堵住他的話，見他卡住，她立即以勝利姿態拎高紙袋翩然回房，留下原也氣笑。

於是，翌日五點出頭，天地還一片黑，這間小房子的兩扇窗就前後腳亮起暖橘色的燈盞。

畢竟是要單獨出去，臨睡前，春早在衣櫃前選了一小時衣服，又因精神亢奮輾轉反側，醒來照一照鏡子，毫不意外地收穫一眼白的紅血絲。

但好歹……

她往耳畔別一顆小兔頭邊夾，又將奶油藍的衣服下擺拉扯平整，才自認不賴地走出房門。

目光迎上已坐在客廳餐桌邊，提前占領高地的原也，她就知道自己輸得很澈底。

男生穿著款式最簡練的全黑外套，與皮膚形成極強的反差色，還將他映得愈發唇紅齒白。

春早啞然。

他怎麼能——隨便一穿都好看到讓人的視線在他身上打死結，再難解除。

男生單手支著凳子，丟下手機，懶懶散散的，有那麼點守株待兔的意思：「誰更早？」

春早強詞奪理：「你又不用梳頭。」

原也多打量她兩眼：「妳今天也沒紮頭髮啊。」

春早雙頰浮出些微熱度，開始後悔戴那個多此一舉的「隆重」髮夾：「懶得紮了。」

原也低哼一聲。

春早掖乾臉上的水珠出去，原也仍待在桌邊，她摘下髮箍，整理瀏海坐下去，洗臉前摘掉的髮夾被她收回口袋裡，再也沒取出。

總算能自在點。

原也仰頭，目隨她入座：「妳早飯吃什麼？」

她選在他斜對角的位置：「都行。」

原也說：「那我隨便點了。」

原也選了一家粥店的外送，因為時候尚早，所以兩人邊吃邊聊，中途還談及喜歡的書籍和歌手，相互推薦和分享。

兩人提前半小時出門，八九點，地鐵最為擁擠的時分，而宜中站周邊又是ＣＢＤ，無座是常態。

春早這幾年和童越節假日出遊，十次有九次都是依靠雙腿撐過好幾站路，而童越慣常嬌氣，所以路上常是她安撫站到失去耐心的朋友。

但今天不同，原也身形突出，在人頭攢動的車廂裡高峻似黑色燈塔，往她側面一立，自帶屏障功效。

即使人流如潮湧，無所顧忌地四面推擠，他也沒有一次因外力或慣性往她身上擦撞或貼靠。

穩得不可思議。

可，哪怕沒有密切的肢體接觸，男生的存在感依然強烈，春早低垂著眼，根本不敢抬頭。

她有點擔心……他剛好在看她，垂著他黑亮而敏銳的雙目；又或者，變成目光竊賊被他當場捉住，畢竟他俯視而來的角度更加自由和靈活。

到圖書館有四站，一刻鐘。

第三站是轉乘站，呼啦啦下去一波人，又填塞進另一波，較之之前似乎更多，車廂徹底淪為堵塞的管道，水泄不通，春早與原也被迫輾轉到邊角。

窗外的看板五光十色地滑走，視野裡，或坐或立的面孔有麻木倦怠，也有興奮新奇。他們旁邊的中年男人開著最低音量在手機裡看相聲影片，捧逗哏的腔調忽大忽小。

就在這樣若有似無的背景音裡，春早忽然聽見原也叫自己名字。

她倉皇揚眼，不知何時原也離得這麼近了。少年略微傾低上身，他的鼻尖、眉眼，清冽的氣息、濃而長的睫毛，紛紛壓向她五感。

一瞬把她心臟吊去嗓子眼。

「妳髮夾呢？」他眼睛側過來，音色極低。

春早頓住，說話都變得吃力無比：「摘掉了。」

他沒問她緣由，只說：「在哪？」

春早克制著要吞咽的衝動：「口袋裡。」

「給我。」

春早不明所謂地把手插進上衣口袋，將那個兔子邊夾摸出來，豎著遞給他。

原也接過去。

下一刻，耳尖忽有涼意，有東西窸而慢地擦過她的頭皮與髮隙，激出她一身雞皮疙瘩，手指也在帆布包肩帶上擰出皺褶。愣然之後，原也已垂下手，那個因「嘩眾取寵罪」而提早撤離的髮夾，猝不及防被他歸置回原處，再次裝點她的髮絲。好像將她極力藏匿的心事，重新示眾，但那個觀眾，全世界僅此一位，近在咫尺。

地鐵於此刻減速，剎停，窗外的看板閃爍不休，春早死盯著上面的 LOGO，眨啊眨的。

「到了。」

身側的男生說著，聲音裡隱有制勝的意味。

第十二個樹洞

春早沒有再調整那枚髮夾，原也也不提及。

好像心照不宣的暗語，橫亙在那裡，她觸手可及，而他斂眉可見。

春早喜歡閱讀，但能摸到非推薦課外書的機會微乎其微，大都集中在假日逛書店時淺嘗輒止。

她這些年來基本宅在家讀書，作為土生土長的本地人，市立圖書館竟一次都沒來過。

原也沒有急著領她去最終目標地，而是抄小路停在沿途一家私人咖啡店。

兩人前後進門，原也停在吧檯前，問她喝什麼。

春早是奶茶果茶的忠誠信徒，又有春初珍嚴加管控，咖啡只偶爾喝過即溶。

——而她上次進咖啡館，還是為諮詢暑期工兼職事宜。

此刻望著高處黑板牆貼裡花裡胡俏的飲品單，她陷入了迷茫。

「桂花拿鐵好喝嗎？」

原也回：「還可以。」

春早看他：「你經常來這裡買咖啡？」

原也：「去圖書館前都會帶一杯。」

「你都喝什麼？」

「冰美式。不過妳還是別點這個，」他找出一個容易共感的形容：「跟喝冷藏過的中藥一樣。」

春早腦補到苦皺起小臉：「啊？」

收銀機後的店長一聽，替自己伸冤：「我們家美式用的烘豆很香很獨特ＯＫ？」

原也笑著看回去：「就給她桂花拿鐵吧，加三泵糖漿。」

十分鐘後，坐在一旁胡桃木小圓桌等候的春早，拿到了屬於自己的咖啡卡片。

她翻轉一下，看到背後筆觸細膩的桂花可可豆圖案：「這是什麼？」

原也說：「他家的特色，每種咖啡品類都有專屬小卡，我幫妳要了一張。」

春早又去看上面古典的咖啡店英文LOGO，設計獨具匠心。喜歡，回去後一定要作為重磅嘉賓加入她的鐵盒祕密花園。她開心地將卡片收進帆布袋裡。

圖書館一樓落地窗環繞，空闊的大廳裡被日光積盈。原也停在門邊，要來她手機，在圖書館ＡＰＰ上幫她辦理電子借閱證。

春早安靜地立著，偷偷打量起原也。

高高瘦瘦的男生一手拎紙袋，一手在操作她的手機，眼瞼微垂心無旁騖的樣子……

真的好像一個……

又帥脾氣又好的男朋友哦。

她被自己的想像搞到羞澀，背過臉去竊笑，緩過勁才回頭正經八百地問：「好了嗎？」

他抬眼：「催什麼，」又問：「妳手機系統多久沒更新了。」

春早失聲兩秒：「是手機的問題，不是我的問題。」

原也笑而不語，將手機遞回來。

過完安檢，原也領她去三樓，週末的圖書館人不少，星羅棋布地散在各處，但格外靜謐。

兩人穿過疊巒般的書架和長長的閱覽桌。原也找到固定的靠窗位置，示意春早坐在那裡。

初來乍到，春早拘謹地放下包，低聲：「這嗎？」

「嗯。」原也取出紙杯咖啡，將春早的那杯放到她身前，才在她外側坐下。

秋日的光影被窗框剪貼在女生的帆布袋上。

春早從中抽出筆袋和作業講義，輕拿輕放，而後慢悠悠背過身，將拿空的帆布袋勾放到椅背上。

回過頭，原也正微微揶揄地看著她，唇角弧度似有若無。

春早莫名其妙，剜他一眼。

原也立刻斂目，在手機上傳靜音訊息給她：『沒事，不是一點點聲音都不可以。』

素質人春早收到，手指敲得飛起：『你管我。』

原也：『好，我不管。』

春早：『寫作業了，勿擾。』

兩人同時放下手機，春早啜了啜現磨咖啡，被醇厚的咖啡味和清雅的桂花香驚豔到，怎麼可以結合得這麼恰到好處。甜度也適中。

她如遇天外來物般多抿一口，才放回去，按出筆芯，全心對付起假期作業。

原也慣常先做擅長的數學卷，快寫完選擇題那頁，假借翻面，他撐頭看向春早，執筆的女生已入無人之境，眉心水波般微皺又漾平，日光將她的髮絲渲成剔透的淡金。

他微微笑，繼續寫自己的。

臨近十一點，早起兼睡眠不足的後遺症漫上來，咖啡因都抵禦不住困意的侵襲。

春早掩唇打了個呵欠，眼皮逐漸沉重。

她換邊撐高下巴，不服輸地死撐。

而卷子上黑而密的文言文印刷小字越發模糊不清。

注意到她有一下沒一下，小雞啄米般的昏狀，原也猜到大半，小聲提醒：「睏就趴下睡一下？」

春早瞥他一眼，強打精神虛張聲勢：「沒有啊！我不睏。」

她很好，怎麼可能被瞌睡輕易打倒。

尤其旁邊還坐著每逢週末就嗜睡如命的原也，他這麼神采奕奕，顯得她太弱了吧。

難得出來一趟，如果就這麼敷衍地趴過去，會對不起他的「精心安排」。

春早灌下兩大口咖啡。

放下筆，雙手撐臉，搓揉兩下，想讓昏昏沉沉的自己重新振作。

這咖啡……

怎麼比安眠藥還奏效。

萎靡的女生還在硬扛，原也當即放棄任何無效的口頭建議，一下扯掉外套拉鍊。

布料摩擦的動靜將春早混沌迷糊的視線引過去。

男生在桌邊三兩下疊好自己脫下的外套，方正規整地推過來。

春早愣住，因他突如其來的舉動清醒幾分，口型問：幹嘛？

「墊著睡。」他說。

春早神會，搖頭：「不用。」

「拿著。」他替她做決定，隻言片語，不容許她再反駁。末了看四周一眼，拿起手機，在備忘錄裡打字：半小時後我叫妳。

看到他上身只餘一件單薄的白色短袖，春早還是做不到貿然接手，就在計算紙角落寫字，掀起來給他看：你會冷的吧？

這個天，溫度不上不下，圖書館裡也沒開暖氣，不知道會不會凍到他。

原也的手指在螢幕上快速敲擊，還把字體加粗調大，似在強調語氣：所以快點睡。本來只要冷半小時，現在要冷三十二分鐘。

春早抿笑。

不再多想，她把這個黑色的「臨時枕頭」扯回自己面前，取代所有紙張和書本。

等真正貼靠上去，睡意一剎間跑盡，感官全被少年衣服上淡不可聞的洗滌劑香氣盈滿。她情不自禁地往手臂深處埋了埋，像沉進一片蔚藍色卻不會缺氧的海水。她變成輕盈而澄明的水母，在呼吸均勻的張合間，漸而遠離地心引力。

左側的動靜澈底消弭。

原也瞟過去，視線不再含蓄，終於可以光明正大地看她了——儘管只有後腦勺。

他停下轉動的筆，目不轉睛。

忽然，女生身軀微動，像是要調整睡姿。

他的目光如驚鳥，飛速掠離。

再偏回去，女生的臉確實換了個邊。

她的雙眼仍舒服地閉合著，只是砸吧兩下嘴，似已酣眠。

臉頰上的肉被動作擠堆到一處，圓鼓鼓的。

原也強忍著笑意。

怎麼回事。

每天都在更新她在他眼裡的可愛值。

他不再看，繼續寫題，只是書寫流暢度驟降，解題速度延長到平時五倍，寫快了筆芯會吵鬧到什麼程度他很清楚。

中途不忘關注時間，對比春早狀態，見她毫無轉醒傾向，他提前關掉那個鬧鈴。

等候的時間似乎在拉長，原也百無聊賴，便寫了張字條，用筆袋壓在她面前的講義上，去就近的書籍區逛了逛。

春早在這期間睜開雙眼，目及身側空無一人的座椅，她騰得坐正，四下看，最後鎖定面前的紙條。

——我去看下書，帶了手機，醒來傳訊息給我。

春早後知後覺地留意時點，內心長嘯：都十二點了。果然，她才是那隻睡豬。原也已經不耐煩到要去離席閒逛消磨時間了。

她扒拉開黏黏在頰邊的頭髮絲，又將原也的外套整理一番，才傳訊息：『我醒了，你在哪。』

原也秒回：『我現在回去。』

春早：『我去找你。』

原也：『這邊書架太多，不好找。』

原也：『待著，三分鐘內，我必出現。』

春早只能坐好，嘟嘴玩了會自動鉛筆，一道身影罩下來。

一與春早四目相匯，他就露出那種內容豐富的淺笑。

春早秒懂，把外套丟給他，接著寫半途而廢的國文作業。

手機一亮，她收到他的訊息：『公主，睡得怎麼樣？』

春早捏了捏拳，回覆：『托你的福，還不錯。』

原也：『今天開始，週末睡冠非妳莫屬。』

幼稚，無聊，可笑，春早沒再理會訊息。

旁邊傳來防風布料的響動，春早偷瞄一眼，是原也俐落地穿上外套。

平白無故的，開始對害他受凍，還冷落他的行為感到不齒。

她無法再裝漠視，索性打開QQ，配合這傢伙的玩笑。

春早：『我只當一天。』

原也握著手機，失笑：『好，現在開始頒發獎品。』

他單手抬高剛剛取來的書，遞出去。

春早接過，書體裝幀簡潔，封面上的圖案似直入穹頂的鉛筆，筆頭隱著女孩與飛鳥的剪影。她默念書的名字，《垃圾場長大的自學人生》。

然後看回去。

原也與她對視一眼，低頭表明來意：『幫自己的借閱卡開個光，就從這本開始。』

春早粗略掀看幾頁：『講什麼？』

原也：『一個女孩透過學習，掙脫家庭束縛，實現自我的成長史。』

春早心領神會地彎動嘴角。她安靜地凝視著扉頁，片晌，倏然起立。

原也抬頭看她。

女生指指他身後被各色書脊砌滿的方堡，示意要過去轉轉。

原也起身想陪，又被她不由分說按回去，執拗的眼神分明在說：她不可能迷路。

於是他原地待命。

半小時後，收到春早的求助訊息，他無可奈何地笑著起身，快步穿越書山去接她。

這個平常又不平常的週六，春早人生第一次在圖書館借閱了兩本書。

一本是原也為她挑選的外國翻譯小說，另一本則是她為原也別出心裁挑選的讀物——

為此她還做出大無畏犧牲，勇闖堪稱另個世界的兒童閱讀區。

那是一冊兒童的硬殼繪本，封面色塊濃郁爛漫，書名也簡單直接，足夠令人會心一笑，叫《美好的一天》。

♛

這地區的春秋快得像是被快轉，進入十二月，宜市氣溫驟降至冰點，學生們紛紛往制服外面添上保暖衣或羽絨衣。

晚自習下，春早套好自己的羊羔絨外套，背上書包，獨自一人走出教室。

童越一下課就沒了影，飛竄去對面樓堵截男友，原因是她前兩天跟十班那個叫李霧的轉學生索要聯絡方式，被相識的人檢舉到陸景恆那邊。男生怒不可遏，爭執幾句就不再回覆她任何訊息。

上節課下，童越聲淚俱下（裝的）地為自己鳴不平：他說什麼，指責我出軌，我只是想讓好友列表裡多一個帥哥怎麼了，這也有錯嗎？何況……我也沒要到。

春早很難評判她的行為，只說：妳開心就好。

難得清淨地走在校園大道上，春早雙手抄口帶，低聲哼著歌，忽然，有人叫她名字。

春早轉頭，發現竟是同班的譚笑。

他是她們班裡為數不多的男生之一，與春早並不相熟，在班裡只算點頭之交。平白被他喊住，她有些意外和迷糊。

譚笑的交際能力不輸童越，笑容熟稔地朝她晃晃手：「哎妳今天怎麼一個人啊？」

春早頓了頓：「童越她有事先走了。」

「哦，」譚笑應著，從左後方拽出一個男生，直奔重點：「這位……我朋友，一班的。」

春早滯住，不明其意地眨兩下眼。

那男生架著副半框眼鏡，長相是清雋斯文掛。他有些靦腆地看向春早，自我介紹時也不敢接觸她的眼睛超過三秒：「春早，妳好，我叫趙昱寧。」

春早頷首，往唇角堆出僵硬的微笑。任何突發社交只會讓她茫然，尤其對方還如此熟練地喚出她全名。

「那我走了啊。」譚笑搡趙昱寧手臂一下，調笑著叮囑：「底下看你自己了啊。」

「知道了。」趙昱寧有些不自在地推他，又偷瞄春早。

譚笑在暮色中跑遠，只剩春早與面前這位陌生的外班男生相對無言。

幾班的？

她腦筋一下有點生鏽，一班的，原也同學？

女生若有所思，且一言不發。趙昱寧見狀，主動探問：「我們就一直站著？」

春早回過神來：「哦。」

兩人抬足朝校門走。

春早雙手抄在口袋裡，於紅燈前停步：「你怎麼知道我名字的？」

趙昱寧停一秒：「妳作文寫得很好，我們班國文老師發給我們看過。」又降低音量補充：「我高一就見識過。」

「這樣啊。」春早點點頭。

穿過人行道，男生還在找話：「妳以前國中什麼學校的？」

春早回：「實驗的。」

趙昱寧說：「我育才的，跟你們學校在同個街區。」

春早回想一下兩間中學的位置：「是欸。」

「就三百公尺，那時放學騎車總能路過你們學校，沒想到現在考來同一所高中了。」

救了個命，春早完全不知道該怎麼接他的話。

從他憑空出現到口若懸河，這個進程和發展可以說是，措手不及。

她只能在口袋裡悄然握緊雙手，讓場子不那麼冷淡和乾硬：「就是不在同一個班級。」

「怪我，文科不行。」

春早瞠目。誰怪他了啊。

見態度疏淡的女生有了破冰跡象，趙昱寧一股腦地把自己收集到的資訊往外抖露：「妳是不是你們班英語課小老師？」

春早「嗯」一聲。

趙昱寧編撰著合理藉口：「我經常看到妳去辦公室。妳英語應該很好吧？」

春早謙遜答：「還好。」

趙昱寧笑了笑：「我英語總是一百三十幾，上不去。」

聊到讀書，春早才覺窒息的交流裡，終於探進來一根氧管：「一百三十幾也很厲害了。」

「妳有什麼訣竅嗎？」

春早看他：「你是來問我學習經驗的嗎？」

趙昱寧訥住，耳廓在小巷黯淡的路燈下，也肉眼可見地漲紅：「也可以啊。」

春早側頭示意窄巷盡頭：「不過這個時間可能不行，我現在要回家了。」

趙昱寧跟著看了眼：「妳每天從這回家嗎？」

春早：「對啊。」

趙昱寧：「女生一個人走這麼黑的巷子，會不會害怕？」

「沒事，已經習慣了，我自己可以。」

趙昱寧放出此行最終目的和大招：「我送妳吧，妳住在哪？」

春早靜默幾秒，不再浪費時間，點頭答應。

她在心裡抓耳撓腮，等回去問問童越怎麼恰如其分地處理這種情況好了，反正就一個晚上。

對待不熟悉的人，本來就很難做到有效拒絕或回避。

兩人繼續往前走，只是，伴隨著暗下去的微光窄道，氣氛愈發沉悶。趙昱寧暗恨，明明已經關注身邊的女生一年多了，卻對她知之甚少，除了「長相清純乾淨」、「成績優異」、「班級職務英語課小老師」、「沒男朋友」、「有個連體嬰朋友較難接近」這些浮於表面的特徵標籤，他幾乎找不到其他突破口。

功課做了跟白做似的。

少年內心焦灼，卻也只能默不作聲地護送著。

最後絞盡腦汁另闢蹊徑，等到她家樓下了，分別前以「求教英語學習經驗」之由要到她的聯絡方式好了。

如此，他放鬆心情，步伐也輕快了些許。

反觀春早，這一路像是走了一個紀元，瞄到眼熟的面店招牌時，她簡直想以頭搶地，怎麼才腳程過半。

就在這時，身後遽地傳來一長串節奏緊促的車鈴音。

還長久不斷，尖銳又不耐煩，像失控毆鬥的凶雀。

走在外側的趙昱寧聞聲讓步，一輛黑色腳踏車飛似的越過，若不是他避得及時，絕對會擦到他手臂。

「什麼人啊，素質這麼差，」他望向車上人疾馳消隱的背影，不爽：「這麼小的路還騎這麼快，也不怕撞到別人。」

春早循著看過去，擰擰眉，又輕嘶一口氣。不想告訴趙昱寧，這個人是你的同班同學。

不過，兩個都他認識的人，不打聲招呼的嗎？

迷惑之餘，春早也有點不快。

這樣事不關己溜之大吉，就不能停下當個好心人拉她一把，將她從煎熬的社交泥潭中解救出來？

三分鐘後，走進社區，春早如獲大赦，腳步不自覺加快，幸好租房的樓棟離正門不遠，勝利在望。

「就在那邊。」她指向標識著數字一的大門，輕車熟路地往那走。

「哦……好。」趙昱寧還在心裡組織待會詢問聯絡方式的措辭，有些遲鈍地跟過去。

然而，快到大門時，一道醒目的長影立在階下。見他們過來，男生停住手裡玩著的鑰匙串，白亮的面孔轉過來，眉眼漠然，情緒莫測。

春早還未啟唇，身邊的趙昱寧已驚喜地叫出聲：「原也？」

又抬頭看看近在眼前的大樓：「你也住這啊？」

原也漫不經心地「嗯」了聲，視線掃向春早，沒什麼力度地看她一眼，才回過身去開大門。

那一眼，似冰片貼來她後頸，春早不由瑟縮一下，心也跟著蹦極。

她忙跟趙昱寧說清：「那個……我先上去了。」

趙昱寧從跟同班大佬的意外偶遇中回魂，叫住春早。

春早回頭。

趙昱寧取出口袋裡的手機，不再遲疑：「我們要不加個……」

話音未落，就被臺階上的男生打斷：「妳進不進來？」

趙昱寧抬眼望過去，原也正掌著門，紋絲不動，視線也無落點。

他錯誤理解為這位一慣好人緣的同學是在邀請自己上樓小坐，笑著推辭：「今天太晚了，下次再去你家玩吧，寫題還是玩遊戲，隨你挑。」

原也瞳孔輕微一震，下巴一抬，示意他身側的女生：「我沒說你，我說她。」

趙昱寧呆住，驚疑不定地在二人身上來回睃巡。

春早已經想掘地三尺活埋自己，硬著頭皮第二次跟趙昱寧道別：「不早了，我先上去了，謝謝你今天送我。」

飛速撂下三句話，她越過原也，走進樓梯間。

「哐噹」，鐵門在背後自動合攏，男生踏梯而上的步履聲也在逼近，春早轉頭看他，正要聲討加吐槽一下路上被無視的事，對方先行吐出幾個字，別具深意：「外面是妳的護花使者嗎？」

春早不甚確切地問：「你不會是在陰陽怪氣吧？」

原也一聳肩：「有嗎，我在陳述事實。」

春早頓覺冤屈：「什麼護花使者。放學遇到班裡同學，然後推來一個男生，就這樣。」

「剛認識就讓他送妳，妳對陌生同學倒是挺放心。」

春早在他微帶譏誚的言辭裡噤聲。

這人抓重點的角度歪得過於離奇了吧？

整件事的受害者難道不是迫不得已被動社交的她？

他倒好，還針對起她來了。

春早輕吸氣：「他硬要送，我能說什麼？」

原也少見的咄咄逼人：「妳不會拒絕嗎？」

音色又淡下去，兀自得出結論：「哦，怎麼不會，每次拒絕我都很流利。」

春早訝然止步，掉頭理論：「你少借題發揮，我哪有經常拒絕你？」

原也也在一級階梯後駐足，兩人視線碰巧持平，極近的距離裡，樓梯間感應燈冷白的光打下來，男生剔亮的眼眸猶如打磨之後的銳器，狠擂在她心上，盯得她胸口陣陣蜷縮和發緊。

「沒有嗎，」他收起進門後那些明裡暗裡的冷言冷語，同她對峙起來：「別人剛認識就可以正大光明送妳到樓下，到我這就是一靠近學校就要保持距離，偷偷送盒牛奶都要被置喙，到底是我不一樣還是他不一樣？」

他語調漸急，說到最後，再不掩飾所有控訴意味。

春早張口結舌。

怎麼能記仇到這種程度。

那一頁舊帳，他到底要翻多少回。

好無聊。

好無語。

爭執的欲望在頃刻間消失殆盡，春早鎮定下來，指出他從所未見的臭脾氣：「說清楚，你到底在發什麼牢騷？」

這句話似一柄剪子，瞬間挑斷氣氛的弦。面前那雙較真的眼睛力度銳減。

走廊裡寂然兩秒，男生偏開臉，而後一言不發地擠過她，頭也不回大步上樓，消失在視野裡。

回到房間，原也把背包「咣」一下甩到桌面，失力地靠坐到椅子上。

雙目失焦一陣子，他急促起伏的胸膛慢慢平緩下來。

大腦也是。

在直達沸點後倏然冷卻。

他在幹嘛？

懊悔地抓兩下頭髮，原也拿出手機，正襟危坐，手肘支到桌邊，點開那個聯絡人，他嗒嗒輸進去幾個字，又盡數刪去，重整混亂的思緒：

『對不起，我不該那樣講話。』

『也不該干涉妳的交友自由。』

『剛才是我不好。』

『以後不會這樣了。』

四行話，似耗去全部餘力。

原也撐住額角，將手機放下，停留在這個頁面，盯著，一黑下就按回去。

維持這個狀態長達十分鐘，他才從椅子上起立，一下子倒床放空，一下子開窗透氣，一下子駐足門後，一下子靠牆聆聽。

心浮氣躁，坐立難安。

升學考……不，這輩子，他都不會再忘記這兩個成語的釋義。這就是現在的他自己。

終於，回來後就沒放下的手機螢幕終於亮起，提示有新訊息。

原也點進去。

少年眸心微緊。

是隔壁女生的訊息，她沒有接納他的道歉，也沒有指控他的無理。

簡單乾脆的五個字，只回答他在樓梯間裡氣急敗壞質問出來的最後一句話——『是你不一樣。』

——《國王長著驢耳朵》未完待續——

高寶書版集團
goboOKs.com.tw

YH 213
國王長著驢耳朵（上）

作　　者　七寶酥
責任編輯　吳培禎
封面設計　虫羊氏
封面繪圖　虫羊氏
內頁排版　賴姵均
企　　劃　何嘉雯

發 行 人　朱凱蕾
出　　版　英屬維京群島商高寶國際有限公司台灣分公司
　　　　　Global Group Holdings, Ltd.
地　　址　台北市內湖區洲子街88號3樓
網　　址　goboOKs.com.tw
電　　話　(02) 27992788
電　　郵　readers@goboOKs.com.tw（讀者服務部）
傳　　真　出版部(02) 27990909　行銷部 (02) 27993088
郵政劃撥　19394552
戶　　名　英屬維京群島商高寶國際有限公司台灣分公司
發　　行　英屬維京群島商高寶國際有限公司台灣分公司
法律顧問　永然聯合法律事務所
初版日期　2025年09月

原著書名：《國王長著驢耳朵》由北京晉江原創網絡科技有限公司授權出版。

國家圖書館出版品預行編目(CIP)資料

國王長著驢耳朵 / 七寶酥著. -- 初版. -- 臺北市：
英屬維京群島商高寶國際有限公司臺灣分公司,
2025.09
　冊；　公分

ISBN 978-626-402-342-9(上冊：平裝). --
ISBN 978-626-402-343-6(下冊：平裝). --
ISBN 978-626-402-344-3(全套：平裝)

857.7　　　　114012264